El Llano en llamas

Letras Hispánicas

Juan Rulfo

El Llano en llamas

Edición de Françoise Perus

NOVENA EDICIÓN

CÁTEDRA

LETRAS HISPÁNICAS

1.ª edición, 2016
9.ª edición, 2022

Ilustración de cubierta: Zona de Jalisco, México
© AGE Fotostock

PAPEL DE FIBRA
CERTIFICADA

© Herederos de Juan Rulfo
© Ediciones Cátedra (Grupo Anaya, S. A.), 2016, 2022
Juan Ignacio Luca de Tena, 15. 28027 Madrid
Depósito legal: M. 38.164-2015
ISBN: 978-84-376-3499-9
Printed in Spain

Índice

Introducción

Los «realismos» de «El Llano en llamas» bajo sospecha

I

Los cuentos de Juan Rulfo (1917-1986) reunidos aquí con el título de *El Llano en llamas* no son exactamente los mismos que aparecieron por primera vez en 1953, con un nombre algo distinto —*El Llano en llamas y otros cuentos*—, bajo el sello del Fondo de Cultura Económica. Han variado también su número, el orden de la presentación, y en algunas ocasiones el propio Rulfo introdujo modificaciones lexicales o sintácticas que no carecen de relevancia para la comprensión de la poética de los cuentos. En su momento, señalaré las que mejor dan cuenta de la atención y el cuidado que hasta su muerte el jalisciense nunca dejó de brindarles a sus obras.

La primera edición de *El Llano en llamas* comprendía quince cuentos, algunos de ellos publicados con anterioridad en diferentes revistas de la época. En 1945, la revista *Pan* (1945-1946), dirigida en Guadalajara por Antonio Alatorre y Juan José Arreola, había dado a conocer —previo pago— «Nos han dado la tierra» y «Macario», que volvieron a aparecer ese mismo año con leves modificaciones en la revista *América,* fundada en 1940 por un conjunto de jóvenes intelectuales, tanto mexicanos como españoles recién exiliados. En los años siguientes, esta misma revista —de cuyo consejo de colaboradores Rulfo había llegado a formar parte— incluyó en números sucesivos «Es que somos muy pobres» (1947), «La Cuesta de las Comadres» (1948), «Talpa» (1950), «El Llano en llamas» (1950) y «Diles que no me maten» (1951). Los hasta entonces no publicados todavía eran «El hombre», «En la madrugada», «Luvina», «La noche que lo dejaron solo», «Acuérdate», «No oyes ladrar los perros», «Paso del Norte» y «Anacleto Morones». Esta primera edición no incluía un primer cuento titulado «La vida no es muy seria en sus cosas», también publicado por *América* en 1945.

Siempre por parte del FCE, las ediciones posteriores a la de 1953 presentan las siguientes variaciones: la de 1969, en la Colección Popular, incluye tres nuevos cuentos: «El día del derrumbe», «La herencia de Matilde Arcángel» y «Un pedazo de noche», todos ya aparecidos en revistas con anterioridad: los dos primeros en 1955 y el tercero en 1959. La reedición de este mismo volumen en 1970 no incluye «Paso del Norte», que, sin embargo, vuelve a constar, recortado, en la edición especial de la colección Tezontle, en 1980.

Junto a estas ediciones del Fondo de Cultura Económica, es preciso mencionar la de Planeta (1975), con múltiples reimpresiones; la de la Biblioteca Ayacucho (1977), al cuidado de Jorge Ruffinelli; la de la Colección Clásicos Mexicanos (1979) de la Secretaría de Educación Pública; y la de Cátedra (1985), con la inclusión de un estudio introductorio de Carlos Blanco Aguinaga. Por su parte, la Colección Archivos de la UNESCO, hoy interrumpida, encargó a Claude Fell la edición crítica del conjunto de la obra del narrador jalisciense. Bajo el título *Juan Rulfo, Toda la obra* dicha edición salió a la luz pública por primera vez en 1992, y se reeditó en 1996 con la colaboración del Consejo Nacional para la Cultura y las Artes (Conaculta). Pese a los numerosos errores que se le han señalado, se trata de una edición erudita, que incluye un minucioso trabajo de investigación filológico llevado a cabo por Sergio López Mena, quien se dio a la tarea de rastrear las variantes estilísticas que presentan las sucesivas ediciones de los cuentos y de la novela del jalisciense.

Por lo que concierne los textos de la presente edición, son los mismos de la vigésima edición de Cátedra (2012). Provienen del cuidadoso cotejo de los textos con los mecanuscritos rescatados por la señora Clara Aparicio de Rulfo, cotejo llevado a cabo por la Fundación Juan Rulfo. Estos textos son también los que constan en la edición mexicana de *El Llano en llamas* —sin notas ni estudio introductorio— por parte de la editorial RM (2005).

II

El Llano en llamas es hoy un clásico de la literatura mexicana e hispanoamericana y, probablemente, uno de los volúmenes de cuentos más traducido a otros idiomas en el mundo entero. Sin embargo, su recepción inicial no despertó entusiasmos desmedidos, acaso por cuanto varios de los cuentos ya eran conocidos del público lector y habían merecido desde antes los elogios del reducido círculo intelectual al que pertenecía entonces el jalisciense. Con todo, pese a ciertas aseveraciones dadas por incontrovertibles, en el sentido de que el libro hubiera pasado entonces casi desapercibido, el ritmo de reimpresiones y reediciones, por un lado, y las numerosas publicaciones de varios de los cuentos en revistas, suplementos literarios y antologías diversas, por el otro lado, dejan más bien pensar lo contrario. El tiraje de 2.000 ejemplares para la primera edición de *Pedro Páramo* (1955), apenas dos años más tarde por el mismo Fondo de Cultura Económica, también permite pensar que para entonces Rulfo ya contaba con un seguro y nutrido círculo de lectores. No se trata, por lo tanto, de que la novela hubiera arrastrado el volumen de cuentos —cuya primera reimpresión corresponde precisamente a 1955, antes de reimprimirse varias veces cada año hasta el día de hoy—:

más parece, inicialmente al menos, que *El Llano en llamas* haya sido el que contribuyó a despertar el interés de los lectores por *Pedro Páramo*. Ello no quita, sin embargo, que, andando el tiempo, los elogios suscitados por la novela hicieran que el volumen de cuentos tendiera a pasar a segundo plano, o a ser visto como escarceos previos a la elaboración de la obra mayor del jalisciense, *Pedro Páramo*. De hecho, hasta hoy son mucho más numerosos los estudios relativos a la novela que los que contemplan el volumen de cuentos como un todo orgánico y válido en sí mismo. Más adelante volveré sobre el asunto.

Para la evaluación de la recepción primera de *El Llano en llamas,* hasta hoy no se cuenta con una investigación tan prolija como la que Jorge Zepeda dedicó a *La recepción inicial de Pedro Páramo (1955-1963)*. Con todo, del estudio que acompaña la rigurosa investigación de fuentes llevada a cabo por Zepeda se desprenden algunas observaciones generales que atañen a los contextos de publicación y lecturas primeras de la narrativa de Rulfo en su conjunto. A juicio de este autor, las «encrucijadas» en las que se inscribía a la sazón dicha narrativa son en buena medida las que orientaron las primeras lecturas de las que ella fue objeto, pero también las que sellaron de algún modo las valoraciones posteriores de la obra del escritor. Una «presentación anónima» que de Rulfo hiciera la revista *América* en 1950, proporciona a Zepeda el punto de partida para la ubicación de las encrucijadas antes mencionadas:

> Juan Rulfo, cuya calidad empiezan a reconocer tirios y troyanos, no está conforme con ser considerado el que mejor de los cuentistas jóvenes ha penetrado el corazón del campesino de México. Ahora aspira a realizar una novela grande, con una compleja trama psicológica y un verdadero alarde de dominio de la forma a la manera de los maestros norteamericanos contemporáneos. Mientras realiza tal empresa estará imprimiéndose en nuestros talleres un volumen que recoge con algunos nuevos los cuentos suyos

publicados en nuestras páginas desde hace cuatro años. Anónimo, «De nuestro Olimpo criollo: notas y comentarios», *América. Revista Antológica,* 64, dic. de 1950; pág. IV (Zepeda, 2005, 72).

Como se puede apreciar, antes mismo de la aparición de *Pedro Páramo,* quedan establecidos —de manera prácticamente inamovibles— una serie de tópicos que vuelven a encontrarse en buena parte de la crítica relativa a la obra de Rulfo y a *El Llano en llamas* en particular: la valoración de los cuentos a partir de su temática rural y como previos a una suerte de revolución estética por venir, inspirada en los narradores norteamericanos más actuales y novedosos. Esta contraposición artificiosa de los aspectos temáticos de los cuentos a la innovación formal de la novela por venir, no sólo postula cierta evolución progresiva en la obra del autor, acorde, por cierto, con las aspiraciones de no pocos intelectuales, creadores y críticos en cuanto al movimiento general de la literatura mexicana. Junto con dar a entender la superioridad del género novelesco respecto al cuento, deja suponer al propio tiempo que el mencionado «progreso» —o, mejor dicho, la anhelada «puesta al día» de la narrativa nacional, demorada en temas rurales— conlleva la sustitución de tales temas por sofisticaciones sicológicas más universales, amparadas ante todo por alardes de dominio formales. Más aún, sugiere que lejos de responder a necesidades propias, estos «alardes de forma» tienen en narradores de otro mundo —más adelantado y prestigioso, desde luego— los maestros de quienes se ha de aprender... Deslizados como de pasada en aquella suerte de anuncio comercial, los tópicos en cuestión —desmenuzados por Zepeda, no sin humor y deleite a propósito de la recepción primera de *Pedro Páramo*—, no son, sin embargo, privativos de la crítica rulfiana; alimentan de hecho buena parte de la crítica literaria latinoamericana a partir de mediados del siglo pasado, y no por casualidad: reducidos a dicotomías abstractas y excluyentes, estos lugares comunes son en realidad ecos más o menos lejanos de los debates europeos de entreguerras en torno a la «crisis» del género novelesco, debates en medio de los cuales la presencia en París de la llamada *generación perdida* no dejó de cumplir un papel relevante. Traídos a destiempo al ámbito latinoamericano, estos ecos pueden entenderse también como la contribución particular de la crítica literaria y cultural del subcontinente a las entonces nacientes ideologías «desarrollistas», las mismas que en 1961 iban a dar lugar a la llamada Alianza para el Progreso promulgada por John F. Kennedy.

En términos generales, las dicotomías asentadas entonces por aquellas ideologías en ciernes giran en torno a nociones tan vagas y escurridizas como lo «regional» o lo «nacional» frente a lo «universal» o lo «cosmopolita», y suelen organizarse de acuerdo con un eje temporal más deseado que real; de ahí su tendencia a la profusión, la reiteración y el estancamiento discursivos. En el ámbito de la crítica literaria, estas mismas dicotomías suelen contraponer el «realismo», «social» y «localista» heredado del siglo XIX, a la universalidad de los «experimentos formales y vanguardistas» de cuño europeo o norteamericano. No es éste el lugar para examinar con todo detenimiento los modos en que fueron consolidándose estos tópicos, que contribuyeron a relegar a un pasado supuestamente superado movimientos enteros —y sumamente variados, por cierto— de la narrativa del subcontinente. Más conviene subrayar que estas posturas ideológicas, paradójicamente compartidas por derechas e izquierdas, sesgaron profundamente el conocimiento de los procesos literarios de la región. Y no sólo por cuanto contribuyeron, por un tiempo al menos, a echar fuera de su legado cultural y literario buena parte de la literatura de la primera mitad del siglo XX, a la que se dejó entonces de leer, enseñar y reeditar. Al propio tiempo implantaron una concepción esencialmente «técnica» de la forma que, antes que coadyuvar a la formación de lectores

16

orientada hacia la comprensión y apreciación de las obras artísticas, daba a entender que aquella podía aislarse de los materiales que éstas traían a su propio ámbito, prescindir del papel del sujeto en la consecución de la misma, y reducirse a series más o menos sofisticadas de procedimientos lógicos. En este marco general se inscriben las primeras lecturas de la narrativa de Rulfo, la de su novela ante todo, pero también el ya mencionado efecto retroactivo sobre el volumen de cuentos: de aquellas falsas disyuntivas parten también gran parte de las orientaciones posteriores de las lecturas y las valoraciones de las que han sido objeto los cuentos de *El Llano en llamas*.

III

El contexto cultural, cuyas principales coordenadas acabo de perfilar con base en lo que Jorge Zepeda considera como la «fusión» entre un «horizonte de expectativas» acorde con las transformaciones posrevolucionarias de la sociedad mexicana y un «espacio de experiencias» configurado más que nada a partir de herencias decimonónicas, no constituye desde luego el único factor para el establecimiento de los principales lugares comunes en torno a la narrativa de Juan Rulfo. Otras consideraciones, de orden histórico-biográfico en este caso, se fueron sumando también a lo que ya en 1992 el investigador británico Gerald Martin señalaba como el estancamiento de las interpretaciones y las valoraciones de la narrativa del jalisciense. (*Toda la obra,* 1992, 471-545). El origen rural —aunque más valdría decir provinciano— del autor; su orfandad temprana a raíz del asesinato del padre cuando Rulfo apenas tenía cinco años primero, y de la muerte de la madre pocos años después; la ausencia o la discontinuidad de sus estudios formales; los modestísimos empleos en el aparato burocrático estatal, unos, o como representante viajero para la Goodrich/Euzkadi, otros; y, por último, las penurias económicas que acompañaron al autor a lo largo de su vida, suelen sumarse para explicar el «sentido trágico de la vida» que estaría confiriendo su sello particular a la narrativa de Rulfo, empezando por los cuentos de *El Llano en llamas.*

Este acendrado pesimismo se habría visto reforzado a su vez por el giro que habría dado la Revolución de 1910 con el gobierno de Miguel Alemán (1946-1952). Éste es, en efecto, el periodo en que México empieza a dejar de ser un país predominantemente rural y agrario para convertirse en una nación moderna en ciernes, con instituciones estables aparejadas con el despegue de una actividad industrial más o menos diversificada. Con ello, habría quedado atrás el carácter agrario y popular de la Revolución; algunos historiadores hablan incluso de la «confiscación» del proceso revolucionario, o de «Revolución traicionada». Compartida por los sectores más radicales de la sociedad mexicana del momento, esta perspectiva crítica —unida al desasosiego y la desesperanza vitalmente adquiridos por la persona del autor— sería, así pues, la que estaría confiriendo su impronta particular a la gran mayoría de los cuentos de *El Llano en llamas.* Hasta ahora no se han dado a conocer documentos que dieran fe de las opiniones personales asumidas por el escritor ante las recientes transformaciones sociales y políticas de su país. Rulfo era hombre parco y discreto, que ante todo rehuía el papel de figura pública, dispuesta a opinar de lo que fuera con tal de seguir en el proscenio. Las pocas entrevistas que concedió en distintos momentos de su vida —sobre cuestiones literarias, siempre— ilustran a la perfección esta renuncia a convertirse en la «conciencia de su tiempo», a la manera de no pocos intelectuales y escritores hispanoamericanos hasta hoy.

Sin menospreciar el interés que pudieran tener las opiniones personales de Rulfo acerca de las recientes transformaciones de su país para el establecimiento de su biografía, o para una historia de las vicisitudes de la figura del intelectual en el México del siglo XX, conviene recordar que las ideas políticas de los escritores no *explican* ni el sentido ni el valor de sus obras de creación literaria; respecto de éstas, a lo sumo alcanzan a proporcionar *indicios* de ámbitos transitados o de caminos recorridos. Por cuanto en todo genuino proceso de creación la búsqueda de la forma pasa necesariamente por su congruencia con la índole de los materiales trabajados, la unidad de propósitos artísticos que rige la organización específica de dichos materiales también conlleva la subordinación de los aspectos cognitivos y éticos del proceso a su resolución propiamente artística.

Ciertamente, en los cuentos de *El Llano en llamas* no escasean las *alusiones* a realidades sociales nada excepcionales en el México de ayer y de hoy —la pobreza, la violencia y el crimen, entre otras—, o a fracasadas reformas sociopolíticas de la época, bien conocidas de los historiadores: entre ellas, la «reforma agraria» o la «educación socialista» impulsadas por el gobierno del general Cárdenas, aludidas en «Nos han dado la tierra» y «Luvina», respectivamente. Sin embargo, ni estos ni otros cuentos alusivos a sucesos reconocibles de la historia mexicana pueden reducirse a «testimonios» de aquellos «fracasos», pasando por alto el examen de la muy peculiar forma artística que va ubicando al lector respecto de esos temas, en buena medida trillados o consabidos. Más adelante volveré sobre los cuentos mencionados y la relevancia de su forma narrativa. Por lo pronto, considero necesario subrayar que las lecturas que descansan, o bien en determinados aspectos del referente real o supuesto, o bien en ciertos elementos de la biografía del autor, parten todas del supuesto realismo de Rulfo. Sin embargo, más allá de cierta ilusión factual y documental, dejan sin precisar los alcances de dicho «realismo»: se limitan a convertir «la historia» —en un sentido tan laxo como el de «realismo» si es que no también de «realidad»— en la piedra de toque de la «verdad de la ficción». Son lecturas en espejo, que aclaran poco, pero que coartan la posibilidad de análisis más acuciantes de las propias obras.

IV

Ahora bien, junto a aquellas perspectivas de análisis, cuyo principal efecto ha consistido en relegar, temporalmente al menos, los cuentos de Rulfo a un pasado sin nexos vivos con el presente, ha surgido otra que pone énfasis en uno de los rasgos definitorio de dicha narrativa: la sustitución de la configuración «objetiva» de acciones y personajes desde arriba y desde fuera, a cargo de un narrador externo, por el punto de vista «subjetivo» de los personajes. En efecto, no son pocos los cuentos de *El Llano en llamas* que descansan en el monólogo de un personaje abismado en sus recuerdos o sus pensamientos, sin la mediación de un narrador en tercera persona que lo introduzca, lo describa y establezca nexos diferentes entre lo referido por el monólogo y las acciones o los pensamientos de quienes figuran de una u otra manera en este mismo monólogo. El predominio de esta modalidad narrativa en buena parte de los cuentos ha fomentado la vinculación retrospectiva de la narrativa de Rulfo con los narradores norteamericanos de entreguerras, William Faulkner en primer lugar. Aunque en alguna que otra ocasión Rulfo haya negado sus lecturas del sureño antes de la redacción de *Pedro Páramo* —y, por ende, de la mayoría de los cuentos de *El Llano en llamas*—, el hecho es que varias de las obras de Faulkner constan efectivamente en la biblioteca de Rulfo en traducciones y ediciones anteriores a 1950. De tomar este dato en cuenta, acaso «Macario» pudiera considerarse como el cuento que más evidencia reminiscencias faulknerianas, aunque el inventario de la biblioteca del jalisciense revela también incursiones sostenidas en otras literaturas —europeas en particular— y la frecuentación asidua de otros derroteros, incluso tratándose de la narrativa norteamericana: Edgar Allan Poe, Mark Twain, Sherwood Anderson, T. S. Eliot, Julien Green, Nathaniel Hawthorne, Henry James, John Dos Passos, Ernest Hemingway, Sinclair Lewis, John Steinbeck, Richard Wright e, incluso, toda la narrativa de Erskine Caldwell figuran también en esta biblioteca en ediciones anteriores a 1950, al lado de rusos, franceses, irlandeses y otros muchos europeos más. Rulfo era indudablemente mucho más letrado de lo que suele suponer buena parte de sus críticos. Sea de ello lo que fuere, por ese camino es como la crítica llegó a tender un puente entre la narrativa de Rulfo y los experimentos vanguardistas de entreguerras. La dimensión social del realismo rulfiano dejó entonces de tener relevancia, y la reflexión crítica se orientó hacia el desentrañamiento de las peculiaridades de aquella «subjetividad» recién descubierta.

Este relativo cambio de orientación crítica, sin embargo, dista mucho de ser homogéneo. Por cuanto la configuración de los personajes rulfianos resulta más prototípica que propiamente sicológica, y por cuanto los referentes rurales dejan entrever la existencia de no pocas violencias atávicas, el realce de la perspectiva subjetivista adoptada por las narraciones rulfianas condujo a numerosos críticos hacia la detección en ellas de mitologías más o menos explícitas. Tratándose de los cuentos, el énfasis puesto en estas referencias mitológicas responde en buena medida a proyecciones retroactivas de interpretaciones previas de la novela. Inducidas a partir del tema de la búsqueda del padre y de la atemporalidad del mundo de Comala en donde conviven vivos y muertos, parte de estas lecturas han de vincularse con el auge de las teorías relativas al llamado realismo mágico y a «lo real maravilloso americano» que formulara Alejo Carpentier en el prólogo a *El reino de este mundo*.

En su momento, ambas teorías contribuyeron poderosamente a la reformulación de la dicotomía entre realismo y vanguardia, al hacer del irracionalismo —o, mejor dicho, del «pensar mágico-mítico»— el principal rasgo cultural propio de los sectores más desposeídos del subcontinente americano, sean éstos de origen prehispánico o africano. Esta modalidad del pensar pasó entonces a convertirse en elemento definitorio de «lo real» americano, por contraste con un «racionalismo occidental» impuesto por la dominación colonial a juicio de unos, o por una modernidad impulsada desde fuera a juicio de otros, si es que no también por la suma de ambas. El rescate literario de este supuesto pensar mítico sirvió así para que novelistas y críticos se sumaran a la impugnación vanguardista de la «racionalidad burguesa» y sus formas narrativas predilectas, el género novelesco en primer lugar, arbitrariamente identificado con sus modalidades decimonónicas. La «realidad» de este «pensar mítico» llegó incluso a aducirse para denostar el «intelectualismo» desecante de los experimentos vanguardistas europeos. Por estas vías maravillosas y mágicas, la narrativa hispanoamericana habría contribuido entonces a que el subcontinente pudiera (re)encontrarse con sus «orígenes», y habría preparado también el advenimiento del *Boom* novelesco de las décadas de los sesenta y los setenta. Poco importa que éste se haya caracterizado luego por sus experimentos vanguardistas y sus temáticas «universales», ambientadas en metrópolis culturales como París, Buenos Aires o La Habana. Lo principal era que este *Boom* narrativo había logrado que la literatura latinoamericana alcanzara *su segunda mayoría de edad,* siendo la primera la que había conseguido a finales del siglo anterior con la poesía modernista.

Junto a otras de procedencia grecolatina y cristiana que abordaré más adelante , las mitologías prehispánicas que la nueva crítica detectó en *Pedro Páramo* primero, y en algunos de los cuentos de *El Llano en llamas* después, aún sigue vigente, pese a la insistencia del propio Rulfo en el hecho de que, en la región de Jalisco, las formas de colonización particularmente despiadadas acabaron con las poblaciones originarias desde la época colonial: según el jaliciense, los personajes de sus cuentos y su novela no son «indios», puesto que no los hay en el área geográfica y cultural de referencia. Esta ausencia, desde luego, no es óbice para que reminiscencias de mitologías prehispánicas —de procedencia, por cierto, diversa, puesto que las culturas originarias fueron varias y con no pocas pugnas violentas entre sí— pudieran estar aludidas en algunos de los cuentos de Rulfo.

Bien pudiera ser éste el caso particular de «Luvina», en donde el largo y envolvente monólogo del antiguo maestro de escuela del lugar deja aflorar, muy a pesar suyo, extrañas creencias de los habitantes de San Juan Luvina, tales como los sueños que suben en remolino desde los barrancos, el viento que de noche arrastra su cobija por las calles desiertas del pueblo, o el cielo y la tierra que no han de juntarse so pena de augurar alguna desventura. Pero en ningún momento el cuento deja entrever el eventual origen prehispánico de semejantes creencias: el narrador/personaje —el fracasado maestro de San Juan Luvina ahora enfrentado a una suerte de *alter ego* al que busca convencer de antemano de la inutilidad de su misión— tan sólo se las atribuye a «los de Luvina»; y a éstos, los caracteriza no como «indios», sino como plantitas secas aferradas a un suelo yermo y pedregoso, y como entes desprovistos de cualquier sentido de futuro. Para el otrora maestro de San Juan Luvina, aquellas creencias, y el lenguaje que las expresa, son de *ellos* y ponen de manifiesto lo que él no deja de concebir como idiosincrasia inquietante. En términos estrictamente literarios, esta disposición cognitiva y valorativa del narrador/personaje respecto de esos *otros* se pone de manifiesto mediante *la imagen* —naturalizada, sin rostro ni voz propia, pese a las reiteradas alusiones a sus creencias— con que los va configurando desde arriba y desde fuera, a la manera del narrador «histórico» del realismo tradicional. A su vez, el dominio que este narrador/personaje pretende mantener sobre el valor de verdad de su descripción de la «realidad» de San Juan Luvina viene corroborado por la reiteración de la fórmula «dicen los de Luvina... pero yo...», a la que refuerza un no menos insistente «ya lo verá Ud.», dirigido a su interlocutor fantasmal.

Dentro de la composición artística del cuento, el *valor* de esta configuración inicial de *la relación imaginaria* que el narrador/personaje mantenía, y que sigue manteniendo, con los luvinenses cobra todo su significado con *la irrupción, en medio de su relato, del recuerdo de la risa y la voz burlona de los luvinenses* el día que éstos pusieron sus prédicas en entredicho. La irrupción de esta reminiscencia largamente reprimida —citada ahora de forma directa, sin acudir al discurso indirecto libre— constituye de hecho *el acontecimiento narrativo propiamente dicho:* cancela, para el narrador/personaje, toda posibilidad de seguir con su relato, y redefine de pronto todas las jerarquías y los nexos entre los diferentes elementos traídos al espacio de la ficción. Para los alcances entre humorísticos, irónicos y hasta sarcásticos de la reorganización de conjunto de los múltiples aspectos que intervienen en la composición de este cuento, remito al análisis pormenorizado que de él ofrezco en el volumen que dediqué al arte de narrar de Juan Rulfo. Por ahora, lo que me interesa destacar es que, en relación con la composición artística del cuento y las aperturas que ésta propicia hacia los diversos contextos históricos y culturales de su lectura, el origen prehispánico o no de las creencias de los luvinenses no figura como uno de los aspectos relevantes ni de lo narrado por el maestro, ni de la narración y su ruptura repentina. Más aún, los mundos y los lenguajes confrontados aquí mediante la puesta en escena del acto de narrar como tal no se oponen entre sí como lo «racional» frente a lo «mágico-mítico»: si bien el relato del antiguo maestro pareciera iniciarse como un clase de geografía, se convierte muy pronto en el obsesivo monodiálogo que aquél busca controlar, negando obstinadamente todo valor a las creencias de los luvinenses. Cabe advertir, incluso, que cuanto más se empecina en la denegación del valor de las creencias de «los de Luvina», más se va impregnando su relato de las imágenes provenientes de aquellas. Entre estas imágenes, la del viento en particular adquiere una relevancia de primer orden, por los múltiples significados que va cobrando al filo de la narración.

Estas precisiones no carecen de importancia, por cuanto atañen a la cuestión de la configuración del objeto de la representación artística y, por ende, a la poética del cuento. De haber caracterizado a los de Luvina como «indígenas» o como «indios», el cuento de Rulfo se habría inclinado hacia lo que aquí se halla puesto en entredicho de modo extremadamente sutil, gracias a la puesta en escena del acto de narrar en cuanto tal: muy concretamente, las convenciones de la narración histórica, o «realista», con todo y sus implicaciones. Manifiesta a partir de la presencia conjunta del interlocutor fantasmal y de la de quien observa a distancia el comportamiento de los dos hombres sentados frente a frente, *la compenetración distanciada respecto de la narración del maestro* es, en efecto, la que permite resaltar los múltiples *desajustes* entre las diferentes instancias que intervienen en los vínculos que solemos establecer con el pasado al filo de nuestras narraciones: *la historia,* o sea, los datos y sucesos comprobables, acaecidos en el pasado; *el relato,* que los organiza y les confiere sentido y orientación desde el presente de su enunciación; y *la remembranza,* que al traer lo vivido del pasado al presente y dejar que aflore lo olvidado o denegado, suele cimbrar la coherencia de nuestros relatos. En este caso concreto —similar al de varios otros cuentos de *El Llano en llamas*—, lo intempestivo de la reminiscencia toma la forma de la irrupción de la *voz* negada de unos *otros* hasta entonces reducidos a *imagen muda,* en asociación metafórica con el orden natural a favor de la interiorización de una relación de desigualdad histórica y socialmente establecida y, por tanto, considerada como evidente —vale decir, «real» y a-problemática—.

Que esta figuración de las relaciones de desigualdad que priman entre las diferentes *voces* que intervienen en la composición del cuento pueda concitar la memoria de la conquista y la colonia, no cabe duda alguna, aunque dicha memoria tampoco es la única que, *por analogía,* la composición del cuento pudiera contribuir a actualizar. Ninguna de ellas, sin embargo, debería llevar a inmovilizar el sentido del texto, pasando por alto *el movimiento de la narración* y *la reorganización de conjunto de sus elementos a raíz del acontecimiento narrativo* antes señalado. Ambos son, en efecto, los que dan lugar, conjuntamente, a la irrupción de la voz del otro obstinadamente denegada, al derrumbe del relato y a la reversión de los lugares y papeles que, de entrada, el maestro buscaba asignar a uno y otros: paradójicamente, la privación de vida con que éste se empecinaba en caracterizar a «los de Luvina» es la que despide al final su propia imagen de hombre enmudecido y derrumbado en la mesa de la cantina. Esta reversión final es, desde luego, mucho más que una simple *sustitución de imágenes:* obliga al lector, despistado por lo fragmentario y envolvente de la narración, a remontar su propia lectura, a preguntarse él mismo dónde y cómo fue que se extravió, y a meditar acerca de las no pocas dimensiones de esta distracción.

V

Siempre con el ánimo de desprender la narrativa de Rulfo de su anclaje «realista», otra corriente crítica ha puesto el acento, ya no en un supuesto *pensar mítico* de los personajes de Rulfo, sino en la recurrencia de *estructuras míticas* provenientes de las tradiciones judeocristiana y grecolatina. La relación sumamente problemática entre padre e hijo y las alusiones a la cuestión del incesto en *Pedro Páramo* y en varios de los cuentos de *El Llano en llamas* suelen ser el punto de partida para la puesta de relieve de esas estructuras, generalmente consideradas «universales», por contraste con lo «local» de las mitologías prehispánicas.

Varios son, en efecto, los cuentos de *El Llano en llamas* en donde las relaciones entre padre e hijo se caracterizan por tensiones extremas, acompañadas o no de insinuaciones relativas al incesto. Lo problemático de aquel vínculo aparece de modo explícito en «El hombre», «Diles que no me maten», «No oyes ladrar los perros» y «La herencia de Matilde Arcángel», aunque sólo en los dos últimos se hace presente la interposición de la figura de la madre. Desvinculada de la relación entre padre e hijo, la cuestión del incesto a su vez se halla planteada directa o indirectamente en «En la madrugada» y en «Talpa», entre tío y sobrina en el primer caso, y entre cuñados en el segundo. En «Acuérdate», esta misma relación acontece entre primos hermanos adolescentes. Engarzados o no entre sí, esos dos grandes temas —por lo demás generalmente asociados con asuntos criminales, el parricidio entre ellos— ponen en juego relaciones de parentesco que desde luego pudieran describirse como tales. Sin embargo, en ellas intervienen dimensiones históricas y culturales primordiales, relativas conjuntamente a la *prohibición* de determinadas acciones y a la *transmisión* de valores específicos. En la tradición occidental al menos, ambas dimensiones suelen considerarse como leyes universales, destinadas al mantenimiento del lazo social, tanto en el plano «horizontal» de la reproducción de las relaciones de poder existentes, como en el «vertical» de la transmisión de valores de una generación a otra.

Obviamente, la recurrencia de aquellos temas en la narrativa de Rulfo no deja de llamar la atención, pero poca justicia se le haría al jaliscience de reducirse esta insistencia a la actualización de unas cuantas estructuras míticas ancladas en la tradición occidental. Más vale reparar en el no cumplimiento de lo prescrito por ellas en la mayoría de las narraciones rulfianas y preguntarse por el modo en que este planteamiento insistente cuestiona las implicaciones históricas, antropológicas y filosóficas de las estructuras en cuestión. Un solo ejemplo puede servir para corroborar este no cumplimiento y dejar abiertas las interrogantes de Rulfo.

En «Diles que no me maten», la relación entre padre e hijo se aborda a partir de dos historias entrecruzadas y unidas entre sí por el asunto de un homicidio: el que cometiera tiempos atrás el ahora apresado y condenado a muerte en contra de su compadre don Lupe por un asunto de ganado y pastizales. Desde entonces —más de treinta años— el homicida había estado huyendo de la justicia, hasta que un destacamento militar se hiciera presente en donde se encontraba viviendo junto a su hijo, y que el coronel en jefe del destacamento, hijo del occiso, lo mandara apresar y fusilar. La intempestiva confluencia de estas dos historias no da lugar a un reordenamiento temporal de los sucesos hasta el ahora de la enunciación, a cargo de un narrador en tercera persona. Antes bien, la narración se organiza en torno a las últimas horas del condenado, cuyo hijo también se halla presente en el lugar: un diálogo entre ambos en torno a la orden de fusilamiento da comienzo a la narración, en tanto las palabras del hijo dirigidas al padre muerto la dan por concluida, no sin que, líneas antes, el narrador haya dado a entender el tiempo y lugar de su enunciación junto con la perspectiva que le subyace: «Ahora, por fin, se había apaciguado. Estaba allí arrinconado al pie del horcón. Había venido su hijo Justino y su hijo Justino se había ido y había vuelto y ahora otra vez venía».

Con base en la convergencia fortuita en un mismo espacio de las trayectorias vitales de Juvencio Nava y del hijo de Guadalupe Terreros, unidas entre sí por el homicidio cometido en el pasado por el primero en contra del padre del segundo, son, así pues, la continuidad del vínculo entre padre e hijo y la trasmisión de los valores implicados por aquél, las que se hallan confrontadas en este cuento. Sin embargo, como lo señalan el título del mismo y la figuración de la ubicación física e imaginativa del narrador —ahí

28

mismo donde se encuentran Juvencio Nava y su hijo Justino—, esta confrontación se aborda ante todo desde la perspectiva del condenado a muerte y asesino del padre de
quien lo mandó detener y ya dio la orden de su ejecución.
Con todo, dicha perspectiva dista mucho de permanecer
estable: se desplaza imaginariamente de un tiempo y un
espacio a otro y de un protagonista a otro, compenetrándose con cada quien o distanciándose de él de modo bastante
sutil. En tratándose de la comprensión del modo en que el
cuento ubica a su lector *en y ante* la problemática planteada, estos desplazamientos de la atención perceptiva y valorativa del narrador no dejan de revestir particular importancia.

Desde el punto de vista de su composición, el cuento
consta de cinco unidades narrativas distintas, de extensión
desigual y factura bien diferenciada, separadas entre sí por
blancos tipográficos. La primera consiste en el ya mencionado diálogo entre el condenado a muerte y su hijo Justino, a quien el primero ordena interceder por él ante el sargento de guardia, representándole lo absurdo de la condena
de la que es objeto dada su avanzada edad. Ante lo que por
lo pronto pareciera una condena inicua, la cuestión del re-
levo entre generaciones se plantea de modo explícito al final del diálogo al negarse el hijo a obedecer la orden del
padre, arguyendo que de ser identificado como quien es
—el hijo del sentenciado— correría el peligro de ser fusilado también, con lo cual sus propios hijos quedarían en el
desamparo. A la negativa del hijo, el padre responde reite-
rando su orden y aduciendo que «la Providencia» es la que,
de ser fusilado también Justino, se encargaría de velar por
aquéllos. Junto con dejar en claro la índole de la problemática planteada, este diálogo inicial resalta la inconsciencia
del padre de Justino, a la que habrá de hacer eco, en la
cuarta unidad narrativa, *la voz sin rostro* del coronel, hijo
del finado Guadalupe Terreros, proveniente de adentro del
«boquete de la puerta»: «Es algo difícil crecer sabiendo que

la cosa de donde podemos agarrarnos para enraizar ha muerto», dice. Y añade más adelante: «Me contaron que duró más de dos días perdido y que, cuando lo encontraron, tirado en un arroyo, todavía estaba agonizando y pidiendo el encargo de que le cuidaran a su familia». La contraposición de las posturas respectivas de cada uno de esos padres no puede ser más explícita, y pareciera justificar la inflexibilidad del coronel:

> Esto, con el tiempo, parece olvidarse. Uno trata de olvidarlo. Lo que no se olvida es llegar a saber que el que hizo aquello está aún vivo, alimentando su alma podrida con la ilusión de la vida eterna. [...] No puedo perdonarle que siga viviendo. No debía haber nacido nunca.

La sed de justicia, el ánimo de venganza y el poder de las armas se confunden aquí con el dolor para justificar lo inexorable de la sentencia.

Ahora bien, entre el primer diálogo entre padre e hijo y este doloroso parlamento a rostro cubierto que pone de manifiesto la negativa al diálogo de quien ha sido agraviado y detenta el poder de las armas, se intercalan otras dos unidades narrativas: en primer lugar, la que empieza relatando la detención de Juvencio y su traslado al cuartel y recapitula luego las circunstancias que llevaron al enfrentamiento entre Juvencio Nava y el dueño de la Puerta de Piedra; y en segundo lugar, la más extensa y compleja de todas las del cuento, que se caracteriza por la yuxtaposición de dos modalidades enunciativas distintas: principia con la rememoración, en boca de Juvencio Nava, del momento en que éste resolvió acabar con don Lupe, y continúa con su interminable lucha y huida, hasta el ahora de su detención, ante la persecución de una justicia venal que terminó despojándolo de todo. Este primer movimiento se halla narrado en primera persona y tipográficamente entrecomillado, al igual, por cierto, que lo dicho por *la voz sin rostro* que sale del «boquete de la puerta» y que habrá de hacerse oír en la unidad siguiente. En un segundo tiempo, la narración regresa a la tercera persona de la enunciación, compenetrándose con el sobresalto de vida que se apodera de Juvencio al saberse condenado a muerte.

Pese al uso de la tercera persona, en este nuevo movimiento son particularmente notorias las resonancias de la voz del propio Juvencio, cuyos acentos y tonos ya eran perceptibles en la unidad anterior. Sirva de ejemplo este enunciado, cuyo *desdoblamiento* entre la persona referida y la de la enunciación deja suponer que estamos ante algo así como el recuerdo de un alegato desafiante del propio Juvencio:

> Don Lupe Terreros, el dueño de la Puerta de Piedra, por más señas su compadre. Al que él, Juvencio Nava, tuvo que matar por eso; por ser el dueño de la Puerta de Piedra y que, siendo también su compadre, le negó el pasto para sus animales.

Con todo, en el segundo movimiento de esta tercera unidad destaca, más que en ningún otro momento, la compenetración del narrador con *la tensión extrema* entre el ansia de vida y la entrega a la muerte que caracteriza los últimos momentos de la vida del personaje. Extraordinariamente lograda en muy pocos párrafos, la compenetración del narrador con esa tensión ha tomado ahora el lugar del desafío manifestado antes por el personaje, y también la de la máxima distancia subjetiva del narrador, que daba a entender el entrecomillado. Quedan mitigados así algunos extremos de la conducta del condenado a muerte: entre ellos, su inconsciencia al exponer la vida del hijo y la suerte futura de los hijos de éste con tal de salvar la suya propia; o el remplazo de la *orden* dada al hijo por la *súplica* lanzada al aire y a gritos ante lo inexorable de la sentencia del coronel. En cuanto a la última unidad narrativa, en tercera persona

31

también, se refiere muy brevemente primero a la presencia del hijo junto al padre antes y después del fusilamiento, y luego al emprendimiento del camino de regreso del hijo hacia Palo de Venado, con el padre muerto echado al lomo del burro. Cierra finalmente el cuento con las últimas palabras dirigidas por el hijo compasivo a su padre muerto: «—Tu nuera y los nietos te extrañarán —iba diciéndole—. Te mirarán la cara y creerán que no eres tú. Se les afigurará que te ha comido el coyote, cuando te vean con esa cara tan llena de boquetes por tanto tiro de gracia como te dieron». Indudablemente, estas palabras últimas dirigidas por el hijo al padre muerto hacen eco a la primera unidad narrativa: reafirman, reformulándolas e invirtiendo los papeles, la continuidad entre generaciones y los valores que han de primar entre ellas. Por lo demás, acaso la mención final de los tantos tiros de gracia como le dieron al muerto podría verse como paralelismo con la saña con que fue ultimado don Lupe. Sin embargo, esos «tiros de gracia» sintetizan también y ante todo *la privación de la propia vida de la que ha sido objeto Juvencio Nava a raíz de su «desgracia»:* la de haber respondido a la insensibilidad y prepotencia de don Lupe con la misma ira y saña de quien había visto desafiado su poder, y las de haberse topado luego con una «justicia» a todas luces coludida con este mismo poder; las mismas con las que no tuvo reparo en ensañarse con el «desgraciado».

Como otros del mismo volumen, este cuento de *El Llano en llamas* trae a colación la estructura de parentesco que une a padre e hijo, problematizándola en este caso mediante el desdoblamiento de la continuidad generacional y social implícita en ella. Como ya se señaló, dos son aquí las estructuras concretas puestas en paralelo y engarzadas a partir del pasado homicidio en contra de uno de los padres, aunque las circunstancias presentes dan pie para otro desdoblamiento: uno de los hijos —el del sentenciado— se halla configurado en su doble papel de hijo y de padre. Sin embargo, el cuento dista mucho de consistir en la ilustración o la verificación de la estructura general convocada en un ámbito particular, *verbi gratia* la sociedad rural mexicana de la primera mitad del siglo pasado. Además de dislocarla, al menos parcialmente, trae dicha estructura al ámbito de una *ficción* cuya composición reorganiza y vuelve a desplegar sus componentes concretos, colocando a su lector de modo distinto *en y ante* el mundo narrado. En efecto, como es común en las narraciones de Rulfo —y como lo sugiere el propio narrador hacia el final de su relato—, el cuento *nace del resurgimiento en la memoria de una imagen confusa, que la narración se empeña en rememorar y esclarecer:* en este caso, la que proviene conjuntamente del comportamiento extraño de padre e hijo desde su arribo al campamento militar y del grito estremecedor lanzado al aire por quien sabe que va a morir. La imaginación del narrador se despliega a partir de aquel recuerdo confuso, procurando desentrañar lo que pudiera haber estado latiendo detrás de este comportamiento errático y este grito desgarrador. Así es como llega a intuir el tamaño del dolor de verse condenado a muerte sin haber podido vivir la vida propia, unido a los suyos y al sabor de la tierra.

Respecto de la reorganización y el redespliegue de las dimensiones antropológicas, históricas y éticas implicadas en esta ficción, todavía conviene recalcar ciertos rasgos de la disposición perceptiva y valorativa del narrador, por cuanto sus desplazamientos y sus movimientos son los que han de guiar al lector, habida cuenta de la fragmentación de la narración y de la heterogeneidad de lenguajes y formas que ella conjunta. Como se recordará, a la *escenificación* del diálogo inicial sigue el *relato* de las circunstancias que llevaron a Juvencio Nava a enfrentarse a don Lupe. Llevado a cabo por el narrador en tercera persona, este relato se interrumpe luego para dar lugar al *monólogo entrecomillado* del propio Juvencio, quien rememora el homicidio cometido y la persecución de la que ha sido objeto hasta el día de hoy. El narrador retoma entonces el *relato, mucho más marcado ahora por las variaciones de los tonos y acentos de la voz imaginada del personaje,* para compenetrarse intuitivamente con el desgarramiento interior de éste, dividido entre el resurgimiento del ansia de vida más genuina, por un lado, y el desaliento y la entrega resignada a la muerte, por el otro lado. Aparte de otros paralelismos que conjuntan significados diversos volviéndolos a redesplegar luego en nuevas direcciones, llaman la atención los dos parlamentos entrecomillados de Juvencio Nava, primero, y del coronel, hijo de don Lupe, luego. Con estos entrecomillados tipográficos, el autor implicado señala con toda precisión que en esos casos la voz de los personajes se «cita» con total independencia respecto de la del narrador; o si se prefiere, que éste no la hace suya, ni siquiera parcialmente como en el discurso indirecto libre. En tratándose de Juvencio Nava, esta distancia máxima resulta tanto más llamativa cuanto que, a continuación, la compenetración del narrador con el desgarramiento interior del personaje no hubiera podido ser más convincente. Dado que ambos parlamentos tratan de la resolución de dar muerte a quien les causó perjuicios, se puede colegir que el recurso del narrador a la modalidad de la *citación* traduce su mayor distancia valorativa respecto de lo expresado en esos parlamentos y, por consiguiente, también su renuncia a la inducción de cualquier forma de identificación —suya y del lector— con ese enfoque o esa respuesta al agravio padecido.

Esta renuncia, sin embargo, no ha de llevar al lector a equiparar ambas acciones —o ambos personajes— y, por ende, a concluir que con ello el cuento estaría propugnando cierta ambigüedad ética, a fin de cuentas rayana en la indiferencia. Pero tampoco habría de suponer ese lector que, por haberse colocado en la perspectiva del condenado a muerte y de la relación entre él y su hijo, el narrador lo está instando a identificarse plenamente con el primero, viéndolo sin más como la víctima de la injusticia y la desigualdad social. ¡De ser así, no habríamos salido ni del costumbrismo ni del realismo social...! Unido a otros señalados antes de paso, el paralelismo sugerido entre ambos parlamentos —pero también su diferenciación, puesto que el de quien figura como padre se pronuncia a rostro descubierto en tanto el de quien figura como hijo proviene del «boquete de la puerta»— forman parte de un *desplazamiento sustancial de la problemática,* al dejar atrás cualquier tentación de designar al culpable y de pronunciarse sobre la legitimidad de la condena. Aparejado con la figuración de la ubicación y la actividad imaginativa del narrador, este desplazamiento atañe a la reformulación de la relación entre padre e hijo, propiciada por el entrecruzamiento de las dos estructuras parentales traídas al espacio de la ficción. En efecto, las palabras finales —¿de consuelo?, ¿de burla afectuosa?, ¿de humor negro y disimulación del dolor propio?— que dirige Justino a su padre muerto no responden tan sólo al diálogo inicial, invirtiendo el lugar y papel de padre e hijo en el aseguramiento de la continuidad generacional y de la transmisión de los valores colectivos. *También hacen eco y responden a la voz, sin nombre ni rostro, de este otro hijo de padre muerto, que basa el valor de la filiación en la continuidad del poder, sin ninguna apelación posible.* Este contrapunto y el desplazamiento de la problemática que trae consigo no dejan obviamente de conllevar cierto juicio, de realidad y de valor. Sólo que, dada la índole artística de su configuración, este juicio no puede resumirse en una sentencia moral ni traducirse a mera posición ideológica, *fijando* así y de una vez por todas el sentido de lo narrado por el cuento. Antes bien, desde la forma artística que le es propia, conjunta y vuelve a desplegar, ofreciéndolas a la meditación de su lector, las implicaciones antropológicas, históricas y éticas de aquellos «universales» que nunca actúan solos, ni al margen de circunstancias y procesos concretos.

VI

Antes que la relación entre madre e hijo —esa que privilegia cierta mitología grecolatina junto con las prácticas analíticas que se apoyan en ella—, la relación más problemática en la narrativa de Rulfo es la que vincula entre sí a padre e hijo, estando o no la madre del segundo de por medio. Como se acaba de ver, «Diles que no me maten» aborda la relación entre padre e hijo confrontando lugares y papeles histórica, social y culturalmente asignados a unos y otros en torno al *derecho de vida y muerte de unos hombres sobre otros,* habida cuenta de las relaciones de desigualdad social imperantes y de la ausencia de una institución judicial que pudiera preciarse de tal. Al introducir el tema de la presencia de la madre entre ambos, «La herencia de Matilde Arcángel» retoma el tema de la relación entre padre e hijo desde otra perspectiva. Con todo, cabe reparar que imágenes semejantes aparecen al final de sendos cuentos: la del hijo llevando el cuerpo del padre muerto atravesado sobre el lomo del burro, en el primer caso, y trayéndolo en el del caballo paterno, en el segundo caso; imagen, esta segunda, que pareciera estar introduciendo la cuestión del parricidio como respuesta al maltrato paterno.

Publicado por primera vez en 1955 y, por consiguiente, posterior a la primera edición de *El llano en llamas* y contemporáneo de la publicación de *Pedro Páramo,* este segundo cuento no interesa tan sólo por la recurrencia de la imagen final y la divergencia eventual de sus significados. Además de señalar una vez más la relevancia que Rulfo atribuía a la problemática, medular en su novela, de la trasmisión de valores y la continuidad social y cultural implicada en la relación entre padre e hijo, «La herencia de Matilde Arcángel» da pie para ahondar en el abordaje de la problemática en cuestión, debido a la introducción en ella de dimensiones del conflicto que suelen asociarse con el complejo de Edipo y el parricidio. Por lo demás, la factura muy peculiar de este cuento, hasta cierto punto inusual en el jalisciense, permitirá recalcar más adelante aspectos insoslayables de la poética narrativa de Juan Rulfo.

A diferencia de gran parte de los cuentos de *El Llano en llamas* que, como la novela, descansan en la yuxtaposición de voces, lenguajes y formas discursivas distintas, «La herencia de Matilde Arcángel» se halla narrado por entero en primera persona, con la sola excepción de la breve cita, entre comillas, de las palabras de odio del padre hacia el hijo en el momento de la muerte accidental de la madre. Pero, a diferencia también de otros cuentos que consisten en el monólogo de un narrador/personaje ensimismado que pareciera estar bregando a solas con sus recuerdos, el narrador de «La herencia de Matilde Arcángel», mucho más dispuesto al relato para quien quiera oírlo, interpela constantemente al auditorio que tiene enfrente. Incluso, y de nuevo cuenta en contraposición respecto de otros cuentos en los que el lenguaje estilizado de partida remite a instancias enunciativas, tales como el ámbito escolar o la cantina en «Luvina», la declaración judicial en «El hombre» y el ensueño poético en «En la madrugada», en esta ocasión, el lenguaje estilizado de partida es claramente el de la narración popular oral, e incluso el del cuento maravilloso:

> En Corazón de María vivían, no hace mucho tiempo, un padre y un hijo conocidos como los Euremites; si acaso porque los dos se llamaban Euremios. Uno, Euremio Cedillo; otro, Euremio Cedillo también, aunque no costaba ningún trabajo distinguirlos, ya que uno le sacaba al otro una ventaja de veinticinco años bien colmados.

En ese tono y ese registro —deliberadamente alejados de cualquier intención realista y manifiestamente aparejados con diversas alusiones a la mitología cristiana— sigue todo el relato, al que ciertas peculiaridades confieren visos de verosimilitud. Entre éstas, vale citar las ya mencionadas apelaciones a un auditorio colectivo, cuya voz no se oye pero cuya gesticulación se presiente («Ojalá que ninguno de los presentes se ofenda por si es de allá, pero yo me sostengo en mi juicio»); las vueltas del narrador sobre sus propios enunciados, sea que se anticipe a objeciones eventuales de alguno de los presentes («Está bien que uno no esté para merecer. Ustedes saben, uno es arriero. Por puro gusto. Por platicar con uno mismo mientras se anda en los caminos»), sea que retome el hilo de la narración, que de pronto pareciera habérsele escapado («Y regresando a donde estábamos [...] Y era de eso de lo que yo les estaba platicando desde el principio»).

Todos estos ademanes son propios de este género de narraciones, y cumplen ante todo con mantener viva la atención de auditores y lectores. Tratándose de estos últimos, esos mismos ademanes subrayan, por si hiciera falta, la índole particular de la narración: su dimensión de narración *in praesentia*, desde luego, pero también *su inserción manifiesta dentro de la tradición popular oral*, con lo que presupone de participación activa del receptor. Menos común es, en esta misma tradición, que el narrador se halle personalmente implicado en los sucesos narrados: por lo general se dice testigo accidental de algo asombroso cuyo enigma se propone compartir con los presentes; otras veces —no las menos— afirma contar ahora lo que otros le contaron en otro tiempo y en otro lugar. A estas convenciones responde la figura del arriero que Rulfo trae ahora al espacio de su cuento, aunque como es su costumbre vaya a modificar luego los rasgos generalmente atribuidos al prototipo convocado. Si bien en este caso no cancela ninguno de los atributos de la figura tradicional del viajero y cuentero —ese que anda por los caminos y platica consigo mismo por puro gusto antes de volver a componer, para un nuevo auditorio circunstancial, esas historias extraordinarias que andan de boca en boca—, le añade otro, menos común en ese género de narraciones: el de participante en el enigma que se propone compartir. Obviamente, la modificación no puede ser indiferente.

Confundidos por la identidad de sus nombres —como era común, al menos en México, de padre a hijo primogénito—, con su apodo los «Eremites» no evocan tan sólo el aislamiento y la rareza de comportamientos y creencias que suelen atribuirse a tales seres: el seudónimo prefigura de algún modo las tensiones excesivas que caracterizan a menudo vidas marcadas por la estrechez de sus vínculos con el mundo exterior. En este caso, el suceso en torno al cual se anudan esas tensiones consiste en la muerte accidental de la madre el día del bautizo del niño; muerte accidental que, según el narrador, privó al padre de la presencia y el goce de la mujer, o al menos de la posibilidad de tener más hijos. Como en su caída del caballo en que iba montada con su hijo en brazos, Matilde Arcángel protegió la vida del niño, el padre le atribuye a éste la causa de la muerte de la mujer. Desde entonces, alimenta en contra de él un odio irrefrenable, que no hace sino acentuar la diferencia de estatura entre ambos Euremios: mientras el padre es —o era, ya que a raíz de la muerte de la mujer se dio al alcohol— una especie de gigante atractivo y seductor, el hijo permanece enclenque y retraído, alimentado por la caridad de los lugareños y dedicado a tocar la flauta en la soledad de las noches. El odio es aquí manifiestamente el del padre hacia el hijo y no a la inversa, y toma incluso la forma extrema de privación deliberada de cualquier herencia para el hijo: todas sus tierras y todos sus bienes los convierte el padre en aguardiente de mala ley. Si se recuerda que en griego «Euremio» significa «yermo» o «desierto», se podrá colegir que la figura de Pedro Páramo no anda muy lejos.

Tal es, a muy grandes rasgos al menos, la historia que refiere el arriero ante su auditorio. Sin embargo, él mismo aparece ligado de muy diversa manera a cada uno de los personajes involucrados en este drama familiar. Fue él el primer novio de Matilde Arcángel, él se la presentó a Euremio Cedillo pidiéndole que apadrinase la boda de ambos, hasta el día en que se enteró de que, mientras andaba por los caminos, ella se había casado con el futuro padrino; con tal de seguir cerca de su amor, no le quedó entonces a Tranquilino Herrera más que apadrinar el hijo de ellos... Así es como explica su presencia en el bautizo del niño el día de la muerte de Matilde. Este narrador no se presenta, así pues, tan sólo como el recreador de historias sumergidas en la memoria de todos, ni tampoco como el testigo distante de dramas ajenos. Es cuentero, desde luego, pero también narrador/testigo a la par que personaje dentro de una narración que, no por *lindar* con lo «maravilloso» —en el sentido literario y medieval del término—, deja de presentarse como próxima en el tiempo y el espacio. Con la conjunción muy peculiar de estas diferentes instancias vuelve el autor de *El Llano en llamas* a la dilucidación y el cuestionamiento de ciertos tópicos —bastante trillados, por cierto, y por ello naturalizados e inconscientes— de un imaginario colectivo cuyas fronteras se antojan bastante difíciles de precisar, tanto espacial como temporalmente.

En «La herencia de Matilde Arcángel», la figuración particularmente compleja de los vínculos que el narrador mantiene con la narración lo convierte en una de las figuras más relevantes de la misma; a tal punto que el desplazamiento de la atención auditiva o lectora que conlleva dicha figuración —de lo narrado hacia la narración en cuanto tal— no puede pasarse por alto si de la manera en que el cuento sitúa a su lector *en* y *ante* el mundo narrado se trata. En efecto, este narrador/testigo/personaje interfiere prácticamente todas las relaciones entre los participantes de la estructura parental traída al espacio de la ficción. Esta peculiaridad lo dota de una mezcla paradójica de proximidad íntima y exterioridad marginal que, en su calidad de narrador, le permite desplazarse subrepticiamente de un lado al otro de las fronteras que separan el adentro y el afuera de los personajes traídos a su memoria. Así, puede colarse imaginariamente en el lugar y papel de su compadre Euremio cuando del amor del hombre por la mujer se trata, enmascarando su decepción amorosa con su papel de narrador/testigo; y puede también ocupar el papel de padre sustituto y velar, aunque sea de lejos, por el hijo que no alcanzó a ser suyo. Propiciadas por el entrecruzamiento de dos historias paralelas unidas entre sí por sucesos pasados, cuyos efectos resurgen intempestivamente en el presente para propiciar la reconfiguración de los lazos hasta entonces establecidos entre presente y pasado, estas sustituciones parciales son frecuentes en las narraciones rulfianas. Suelen formar parte del género cuento —popular o no—, y como tales conllevar modos de significar que permiten deslindarse de la causalidad lineal generalmente atribuida —con razón o sin ella— al realismo decimonónico y su sistema de categorías. En tratándose de «La herencia de Matilde Arcángel» dan pie para la insinuación de cierto paralelismo pero también para una marcada diferenciación entre los lazos que unían sendos hombres a la ahora difunta, sin que el retrato insidioso —y bastante prototípico, por cierto— que hace el narrador de Euremio el grande pueda atribuirse a la envidia, al despecho o a la saña de quien se ha visto suplantado en sus aspiraciones amorosas. Pero permite también que *el asunto de la filiación pueda reformularse por una vía colateral: no por la del derecho de sangre, sino por la de las afinidades electivas, éticamente asumidas.*

En efecto, el comportamiento y lo dicho por Euremio el grande ante la muerte de su esposa contrasta poderosamente con los gestos del narrador/personaje ante la tragedia: el primero incrimina violentamente al hijo, en tanto el segundo se conduele y le cierra los ojos a la difunta en lugar del marido. Más aún, al compenetrarse el narrador con el dolor de su compadre, es obvio que quien habla es el enamorado de Matilde y no su *dueño:* hay indudable continuidad entre las evocaciones del encanto que ella desprendía de

41

jovencita y el amor que, al decir del narrador, el marido sentía por ella. Ello, desde luego, mientras es el primero que habla, porque el contraste con las citadas consideraciones del marido y padre en el momento del drama no podría resultar más evidente: mientras que el arriero ama, recuerda, imagina y se conduele, el otro vuelca en contra del hijo inocente la pérdida de su dominio sobre la vida de la mujer.

Parte del desplazamiento y la reformulación de la filiación atañe también al vínculo entre el narrador y su ahijado. El solitario y nocturno tañer de la flauta que el chico opone a la tiranía del padre ha de vincularse, por asociación metafórica y metonímica, con la expresión de beatitud que, pese al «charco de lodo» en que ella había caído —charco que por lo demás tiene un indudable valor metafórico—, el narrador presta a Matilde por haber logrado salvar la vida del hijo que traía entre brazos. Este segundo don de vida por parte de la madre es a no dudarlo el que proporciona su aliento al tañer de la flauta, en quien se halla sumido a pesar suyo en su propio «charco». Ahora bien, ciertamente la imagen final del hijo tañendo la flauta mientras trae el cuerpo del padre muerto atravesado en el lomo del caballo del mismo no deja de prestarse a varias interpretaciones, entre ellas la de un supuesto parricidio. Éste constituiría, entonces, una respuesta consecuente al filicidio virtual del padre, y se vincularía con un larvado complejo de Edipo, por cuanto la «herencia» recogida por el hijo consiste precisamente en el soplo vital que lo sigue uniendo a la madre. Sin embargo, de la imagen final nada permite deducir que el hijo es quien mató al padre: aun cuando éste se unió a las fuerzas del orden con el propósito, según fue diciendo, de perseguir «a uno de aquellos bandidos con quien tenía pendientes» —o sea, al hijo fugado con ellos—, de ello no se desprende una respuesta simétrica por parte del hijo, pese a la identidad de nombres con la que juega el narrador desde el principio, precisamente para diferenciarlos luego el uno del otro. Bien pudiera haber muerto el padre en la refriega... Y en cuanto al hecho de que el hijo apareciera de vuelta, tañendo la flauta con más vigor que nunca y montado en el caballo del padre ahora muerto, no hace de él ni un asesino ni un parricida. Por una parte, esta imagen final la refiere el narrador/testigo/ personaje como emergiendo poco a poco de la sombra y el silencio; y por otra parte, al evocarla, menciona expresamente los lazos familiares que lo siguen uniendo a uno y otro Euremio junto con el que los vinculaba a ellos entre sí:

> Y a poco rato vi venir a *mi ahijado* Euremio montado en el caballo de *mi compadre* Euremio Cedillo. Venía en ancas, con la mano izquierda dándole duro a la flauta, mientras que con la derecha sostenía, atravesado sobre la silla, el cuerpo de *su padre* muerto.

La insistencia del narrador/testigo/personaje en esos vínculos en el momento de devolver el relato a sus inicios no apunta obviamente hacia el ahondamiento de pasiones y enconos, y menos pareciera compaginarse con el parricidio como respuesta «legítima» al maltrato paterno: de resolverse el conflicto por esta vía, lo menos que se puede decir es que, con el adjetivo «inconsciente» o no de por medio, el relato del arriero no habría pasado de cierto naturalismo de nota roja. En cambio, la insólita conjunción de símbolos maternos y paternos en esta imagen final, que dice a las claras la *metamorfosis* de quien surge de pronto como el verdadero protagonista de la historia relatada, transforma y redefine por completo los términos del conflicto con que —minucias y digresiones de por medio— Tranquilino Herrera estuvo entreteniendo a su auditorio.

La factura, el ritmo y la entonación de este cuento lo distinguen de buena parte de los que integran *El Llano en llamas*. Estas diferencias, acaso debidas a la impronta mucho más marcada y abierta en este caso de la tradición del cuento popular oral, no lo convierten, sin embargo, en una excepción: a menudo bastante más velada, aunque no por ello menos definitiva, esta misma tradición se encuentra detrás de la muy deliberada poética rulfiana. Sobre ello volveré más tarde. Por ahora, tan sólo considero necesario subrayar que «La herencia de Matilde Arcángel» ha de considerarse como una entre otras calas —y una entre otras intervenciones— del jalisciense en una problemática antropológica, histórica y filosófica de largo plazo, sin duda acuciante: la que atañe a cierta herencia cultural de origen colonial, marcada por una violencia naturalizada y multiforme, jamás verdaderamente deshecha ni cuestionada hasta sus cimientos, pese a más de dos siglos de vida «independiente». Herencia que cimbra, coarta y pervierte no sólo las posibilidades de florecimiento de los vínculos más primigenios, sino también las de sedimentación y despliegue de los aspectos más genuinos y creativos de una historia y una cultura que, pese a todo, nunca han dejado de bregar por afianzarse. Antes que el parricidio en cuanto tal, la ausencia, la perversión y la muerte del «padre» —entendido éste en tanto portador y trasmisor de la ley cultural por excelencia— forma parte del meollo de las interrogantes de Rulfo. Ante ellas, suele quedar en el hijo, en el testigo y en el narrador —cuando no en los tres reunidos—, el encargo de encontrar la vía por la cual redefinir y desatar creativa y simbólicamente el intricado nudo que los aprieta. No otra cosa sintetizan —con humor melancólico la de quien se aleja, y con afirmación tensa y jubilosa la de quien sale del silencio nocturno al encuentro del narrador— las imágenes de aquellos hijos asumiendo la carga de sus respectivos padres, muertos como Pedro Páramo por su propio peso.

Cierta crítica, tributaria de la idea romántica de la creación literaria, ha querido ver en las narraciones de Rulfo la trasposición insistente del acendrado pesimismo que habría heredado de circunstancias personales adversas. Éstas, sin embargo, no son las que dan cuenta del valor de su obra, pero sí las que sesgan las lecturas que de ella se hacen al prescindir de la forma artística concreta en que Rulfo invita a sus lectores a sus propios mundos, curiosamente tan banales y comunes como inquietantes. La invitación no es a reconocer lo que ya se sabe o se cree saber, ni tampoco a identificarse con la víctima en contra del victimario. Menos aún se trata de abismarse con él en una supuesta percepción enigmática y desesperanzada de la vida, que volviera vana y superflua cualquier indagación asociada al devenir del hombre y sus condiciones de vida concretas. Las narraciones de Rulfo son ante todo una invitación a seguirlo en los vericuetos de su imaginación y sus recuerdos de la mano de sus narradores, mientras va fraguando, no sin humor ni malicia, la reformulación de conjunto de la problemática de fondo involucrada en unos sucesos al parecer intrascendentes.

Hasta aquí esta revisión sumaria de los supuestos que orientan las principales corrientes críticas relativas a la narrativa de Juan Rulfo en su conjunto, y a los cuentos de *El Llano en llamas* en particular. Desde luego, ni estos supuestos, ni las afirmaciones de carácter general que se desprenden de ellos, son privativos de la narrativa del jalisciense; de donde la dificultad en cotejarlos con los textos, demasiadas veces convertidos en pretextos para la ilustración de tesis, literarias y no literarias, previamente establecidas. La dificultad se acrecienta al percatarse el lector atento y precavido de que no hay uno solo de estos tópicos que la poética de Rulfo no haya puesto en entredicho desde las narraciones mismas. De ahí la necesidad de volver a ellas con cierto detenimiento para fundamentar, aunque sea con unos pocos ejemplos, las distancias que se adelantó en establecer Rulfo respecto de las poéticas que se le siguen atribuyendo. Al filo de los análisis propuestos, centrados ante todo en aspectos compositivos y escogidos en función de los deslindes que permitían poner de relieve, se adelantaron varios de los rasgos definitorios de la poética rulfiana. En la segunda parte de esta exposición, se ofrece un desglose y una sistematización de los aspectos más relevantes de esta poética, destinados a orientar a los lectores en su compenetración con las ficciones que integran la presente edición de *El Llano en llamas.*

Segunda parte: Principales coordenadas de la poética narrativa de «El Llano en llamas»

I

A la primera lectura, quien se acerca a la obra narrativa de Rulfo puede tener la impresión, si no de que los temas y los motivos se repiten, al menos de que andan circulando de un cuento a otro, e incluso que traspasan las fronteras del volumen de cuentos para reencontrarse en la novela. Pero, a la vez, es bastante probable que a este mismo lector le sorprenda y desconcierte la diversidad de factura, ritmo y entonación que caracterizan los cuentos de *El Llano en llamas,* al punto de que su misma adscripción genérica pareciera plantear dudas, al menos si de cuento, relato o *nouvelle* se trata. Pero estas incertidumbres en cuanto a la nomenclatura más apropiada para definir las narraciones del jalisciense no atañen tan sólo a *El Llano en llamas:* conciernen también a *Pedro Páramo* y *El gallo de oro.* Como se acaba de ver a propósito de los «realismos» con que parte de la crítica buscó encasillar al jalisciense, no se trata de que Rulfo desconociera las convenciones genéricas: la extensión a la par histórica y geográfica de su biblioteca, y la selección en extremo sistemática de los volúmenes que la integran, dicen lo contrario. Las obras de Rulfo buscan más bien abrirse paso entre múltiples convenciones narrativas, valiéndose de las posibilidades que deparan los géneros adscritos a ellas; posibilidades que no provienen tanto de la estructura que estuviera definiendo a estos géneros de una vez por todas cuanto de la memoria de los deslindes que, a lo largo de su evolución, aquéllos fueron estableciendo con otras formas y otros lenguajes, literarios y no literarios.

Huellas de esta memoria y estos deslindes en los cuentos de *El Llano en llamas* son las que aparecen con la ya mencionada *estilización* de lenguajes diversos al dar comienzo a las narraciones: puede tratarse del lenguaje didáctico del maestro de escuela al introducir el tema de la «realidad» de San Juan Luvina; de la puesta en escena del insólito diálogo entre padre e hijo en «¡Diles que no me maten!»; o del cuento maravilloso de la tradición oral medieval en «La herencia de Matilde Arcángel». Pero pueden ser también el lenguaje poético de quien contempla el amanecer sobre San Gabriel en «En la madrugada»; el «detectivesco» del enigmático narrador de la primera parte de «El hombre»; el de la fingida inocencia del narrador y protagonista de «La Cuesta de las Comadres»; o el «carcelario» y desafiante de «El Llano en llamas». Otros más hay que irá descubriendo el lector atento, junto con los diversos matices de su estilización, los de la parodia inclusive —abierta en «El día del derrumbe» o encubierta en «El Llano en llamas»—. Si bien, en cada caso, el lenguaje inicialmente estilizado cumple con dar a entender, conjuntamente, la índole del tema considerado, la instancia desde la cual se lo está abordando y la entonación particular de la narración, ello no implica que el lenguaje en cuestión deba entenderse como el molde dentro del cual el cuento se hubiera colado por entero. Más bien sucede lo contrario, desde que este mismo lenguaje entra en contacto con otros dentro del propio relato: los tres ejemplos someramente analizados en la primera parte de esta introducción permiten corroborar lo planteado ahora en términos más generales.

Esta *heterogeneidad de lenguajes* —de un cuento a otro y en el interior de un mismo cuento— explica, al menos en parte, el desconcierto de la mayoría de los lectores formados en la concepción *mimética* de la literatura. No por remontarse a las últimas décadas del siglo antepasado, los cuestionamientos más o menos sistemáticos de dicha concepción han llegado a ser parte de la enseñanza y la formación literaria de la mayoría de los lectores, al menos en nuestro medio: no son pocos aquellos que confunden «la realidad» con su «representación», e incluso los que, en nombre de los «estudios culturales», no hacen distinción alguna entre una obra artística y un discurso de cualquier otra índole. En estas confusiones descansa a menudo el mal llamado «realismo» de Rulfo, cuyos defensores tampoco suelen acudir a los debates de entreguerras en torno a las implicaciones de la noción en cuestión; debates que, por cierto, Rulfo conocía a fondo, como lo demuestran tanto la composición de su biblioteca personal como su muy deliberada poética narrativa.

II

Trátese del costumbrismo, del realismo social o del naturalismo por los que transitó buena parte de la narrativa mexicana y latinoamericana del siglo XIX y parte del XX, los deslindes de Rulfo respecto del «realismo» traen aparejadas modificaciones sustanciales en los modos de organizar la narración y de propiciar sus aperturas hacia los contextos de su escritura y sus lecturas. Incluso, se puede considerar que, en el límite, el objeto de las narraciones rulfianas consiste en una meditación acerca de las múltiples implicaciones del *acto de narrar* en cuanto tal.

La primera de estas modificaciones atañe a *la configuración de los personajes.* Por lo general, éstos no suelen presentarse como *sujetos de acción,* a la manera del realismo tradicional: son personajes que recuerdan alguna *situación* en la que se vieron involucrados en el pasado, de un modo a la sazón más bien confuso. Circunstancias presentes, no siempre explícitas, colocan de pronto a estos narradores/ personajes en una situación límite que propicia el resurgimiento de aquel pasado y desencadena un *proceso rememo-rativo* del que ellos mismos parecieran no saber hacia dónde los va a conducir.

Este *proceso incierto* no se presenta de forma idéntica en todos los cuentos: puede consistir en el *soliloquio* de algún personaje ensimismado que pareciera estar bregando solo con sus recuerdos, como es el caso de la *narración para sí* del hermano de Tanilo Santos en «Talpa»; o bien el del *relato* del protagonista de «La Cuesta de las Comadres», cuya narración, a la par desafiante y esquiva, deja suponer la presencia de un interlocutor, aunque éste no llegue a nombrarse o identificarse nunca. En casos como éstos, los *monólogos* se encuentran *internamente dialogizados,* no sólo por cuanto su tono y su ritmo dan a entender la instancia particular desde la cual se enuncian, sino también por cuanto suelen bregar con *la imagen* de quienes se vinculan de una u otra manera a esta misma instancia. En cuanto la imagen —siempre móvil y «parlante», aunque le sea negada la posibilidad de hablar alto y en nombre propio— deja de ser reminiscencia difusa para adquirir corporeidad y sonoridad propia, los monólogos pasan a convertirse en *monodiálogos*. Esta última modalidad es la que presenta la narración del antiguo maestro de San Juan Luvina: no sólo su destinatario queda expresamente figurado como *alter ego* suyo, sino que *la voz otra* con la que no deja de bregar termina por cobrar plena autonomía respecto de la suya propia, como lo atestigua la irrupción del diálogo vivo en medio de lo que venía siendo un relato tan sólo internamente dialogizado.

Esta modalidad es asimismo la que se halla implicada en el aparente monólogo del narrador/personaje en la segunda parte de «El hombre». Si bien en ésta la voz del «licenciado» que busca involucrar al borreguero en el crimen de los Urquidi no se oye como tal, no por ello resulta menos evidente que el declarante se pasa esquivando las acusaciones de su interlocutor. Su actitud y las orientaciones de su voz son responsivas, hasta que, fingiendo simpleza, logra revertir la acusación en contra de quien buscaba endilgarle, si no la culpa del homicidio al menos la de su encubrimiento: «Yo no voy a averiguar eso. Sólo vengo a decir lo que pasó, sin quitar ni poner nada. Soy borreguero y no sé de otras cosas». (Nótese de paso que, en este último cuento, el parricidio proyectado tampoco se lleva a cabo, aunque sea por una circunstancia fortuita. Sin embargo, su impulso nace de un filicidio, el del hermano de José Alcancía, y desemboca en otro filicidio, el del mismo José Alcancía). Otra modalidad de ese dialogismo interno —que tan rara vez logra desembocar en la confrontación abierta de las voces y los puntos de vista en contienda— puede observarse en la primera parte del mismo cuento. En ésta, la afanosa reconstitución imaginaria —por parte de quien aparecerá en la segunda parte del cuento como el borreguero que declara ante el «licenciado»— de lo que pudiera estar detrás de su hallazgo de un hombre asesinado a mansalva ahí «donde el río da de vueltas», se traduce en el paralelismo, la confusión momentánea, la superposición y la aparente reversibilidad de las voces del «perseguidor» y el «perseguido», cuyo único punto de contacto consiste en el común deseo de matar. Una vez naturalizadas la desigualdad y la violencia sociales, parecería no quedar, en efecto, sino concebir todos los vínculos —los que priman entre padre e hijo inclusive— como relaciones de fuerza ineludibles, coartar cualquier posibilidad de diálogo, y lograr a como dé lugar el aniquilamiento del «otro», tanto física como simbólicamente.

III

Ahora bien, trátese de soliloquio, de monólogo internamente dialogizado o de monólogo rememorativo expresamente confrontado a la voz ajena, estas modalidades del narrar recordando como a tientas aparecen a menudo enmarcadas por la presencia de otra voz, aparentemente *impersonal* por enunciada en tercera persona del singular. El papel primordial de esta otra presencia consiste en observar a cierta distancia el comportamiento del personaje/narrador y en escuchar su narración, contextualizándolos. Este papel es el que desempeña en «Luvina» el narrador segundo —el cantinero en realidad—, quien junto con registrar los movimientos compulsivos del antiguo maestro de escuela, contrasta su narrar desasosegado con la luminosidad del entorno, el sonido del río, el rumor del aire, los niños jugando y el transcurrir de las horas, y termina registrando el desmoronamiento final del enmudecido maestro sobre la mesa de la cantina.

No en todos los casos el lugar y papel de este narrador/testigo son tan explícitos. En «No oyes ladrar los perros» lo encontramos prestando suma atención al lacónico diálogo entre padre e hijo, y siguiendo paso a paso los movimientos de la silueta monstruosa que se desplaza trabajosamente por el lecho pedregoso y seco del río, hasta oír —¿o acaso imaginar o recordar desde otros tiempos u otros lugares?— el sorpresivo y rencoroso monólogo del padre que increpa violentamente al hijo herido que acaba de morir en sus mismos hombros. Aun cuando esta repentina y entrecortada intervención del padre no se presenta *formalmente* como un monólogo, sino como parte del frustrado diálogo entre padre e hijo, sí lo es de hecho: empieza a soltarse justo luego de que Ignacio pronunciara por primera y última vez la palabra «padre» antes de exhalar el último suspiro, y consiste en una sarta de reproches entrecortados que se remontan hasta la primera infancia del hijo y los cuidados que le prodigaba entonces la madre. Narrador/testigo es también el narrador impersonal de «En la madrugada», al que seguimos imaginariamente en sus indagaciones acerca de las circunstancias que llevaron al viejo Esteban a la cárcel, sin que éste supiera, acerca de la pelea que lo enfrentó a don Justo, quién de los dos estaba queriendo matar al otro: «Quizá los dos estábamos ciegos y no nos dimos cuenta de que nos matábamos el uno al otro», sentencia el anciano peón ante quien pareciera tratar de ensamblar las piezas de aquel rompecabezas.

Las figuraciones del lugar y papel de estos narradores en tercera persona requieren de algunas precisiones adicionales, por cuanto su manifestación estrictamente lingüística pudiera inducir su asimilación al *narrador impersonal y supuestamente omnisciente* de la narración histórica y realista, el cual da a entender —por así decirlo— que «el mundo se cuenta solo». Sin embargo, pese al uso de la tercera persona gramatical, en nada se parece el narrador/testigo de los cuentos de *El Llano en llamas* a la *función abstracta* que cierta narratología asigna a dicha modalidad enunciativa. En efecto, en los cuentos de Rulfo como en su novela, este narrador/testigo no aparece narrando desde arriba y desde fuera las acciones pasadas de unos «personajes típicos en situaciones típicas», vale decir enmarcados dentro de relaciones sociales y sistemas de categorías previamente establecidos. De las acciones cometidas en otro tiempo por los personajes, estos narradores/testigos no saben nada, o en todo caso bastante menos que los propios personajes: de hecho, esas acciones no se «reconstituyen» nunca, y mucho menos con base en una lógica de causa a efecto, lineal o no. Son los personajes/narradores los que suelen referirse a ellas, al rememorarlas y procurar esclarecerlas, para sí mismos, para el interlocutor fantasmal que tienen en mente, o para el auditorio dispuesto en torno a ellos. *En la narrativa de Rulfo, los narradores en tercera persona no son «omniscientes», ni consisten en una pura «función»: son testigos del acto narrativo en proceso, que unos personajes/narradores llevan a cabo ante ellos, en circunstancias siempre definidas y concretas.* Y, en esta posición de testigo, su papel es doble: por un lado, confieren corporeidad a aquellas voces ensimismadas al observar a distancia y registrar puntualmente los ademanes de quien se encuentra rememorando; y, por el otro, cumplen con contextualizar aquel acto narrativo, trayendo a colación los elementos que propician las aperturas del mismo hacia un antes, un después y un ahora de múltiples dimensiones, aunque todo menos predecibles.

IV

Como he tratado de mostrar, las modalidades que revisten las remembranzas de los personajes/narradores son sumamente variadas, tan distintas entre sí como suelen ser las figuraciones del narrador/testigo que las presencia. Con todo, se pueden observar algunas constantes respecto de los vínculos que estas dos figuras mantienen entre sí, e incluso observar como en algunos casos ellas llegan si no exactamente a confundirse, al menos a conjugarse.

Por consistir, no en una función abstracta, sino en una presencia activa y concreta situada en el mismo espacio-tiempo del narrador/personaje, el narrador/testigo no representa un punto de vista fijo respecto del proceso narrativo al cual asiste, sin saber él tampoco en qué o en dónde va a desembocar dicho proceso. Colocado ante una suerte de *enigma por desentrañar,* su propia actividad de testigo y narrador lo lleva, así pues, a desplazar constantemente su atención perceptiva del «afuera» hacia el «adentro» del personaje/narrador, y viceversa. Este *entrar y salir imaginativa e intuitivamente* de la mente de a quien contempla en el acto mismo de recordar narrando se acompaña de un doble movimiento: por un lado, en el registro puntual de la gestualidad del personaje/narrador y de los aspectos más relevantes del espacio en que se verifica su narración, confiriéndole así a la voz del personaje una corporeidad concreta; y, por el otro lado, en desplazamientos subrepticios de su atención perceptiva y valorativa que, gracias a la apelación al discurso indirecto libre, pasa sin previo aviso del registro puntual y distanciado del entorno a la compenetración con los movimientos internos de la narración del personaje. De esta suerte, *el narrador/testigo no aparece nunca como quien dispone del personaje/narrador: imaginariamente situado en su mismo ámbito y en su mismo plano, lo sigue, lo acompaña, o se distancia de él sin imponerle jamás nada que provenga de sus propias concepciones.*

Sin embargo, como ya se pudo observar a propósito de «¡Diles que no me maten!» o de «No oyes ladrar los perros», los modos que tiene este narrador/testigo de relacionarse con los movimientos de la voz ajena no carecen de relevancia. La citación entrecomillada de todo o parte de algún monólogo, o la presentación de éste bajo la forma de partes fragmentarias de un diálogo trunco entre personajes, no son equivalentes a la modalidad del discurso indirecto libre. La diferencia no es puramente formal: *señala a su modo orientaciones y valoraciones implícitas de la voz del narrador/testigo respecto de los enunciados y las entonaciones de la voz del personaje/narrador.*

Ahora bien, ni la distinción entre el personaje/narrador y el narrador/testigo, ni sus relaciones mutuas son siempre tan nítidas como las que se acaban de mencionar. Ya «La herencia de Matilde Arcángel» ha permitido vislumbrar algunos efectos posibles de la conjugación de las figuras del personaje, el narrador y el testigo. Unida a la redistribución de los lugares y papeles generalmente atribuidos a cada una de estas figuras, una conjunción similar —aunque en un registro bastante distinto— obra también en «Nos han dado la tierra». En este primer cuento publicado por Rulfo en 1945, el manejo en extremo sutil de los vínculos entre las distintas figuras explícita o implícitamente involucradas en todo proceso narrativo, muestra que ya para entonces el jalisciense tenía bastante claras las principales orientaciones de sus búsquedas poéticas.

En efecto, la narración de «Nos han dado la tierra» pareciera empezar de modo impersonal: «Después de tantas horas de caminar [...] *se* oye el ladrar de los perros. *Uno* ha creído a veces...». Sin embargo, luego de una ambientación de este caminar en la cual el anonadamiento y la frustración se asocia con un hondo anhelo de convivencia humana, aquella aparente indefinición primera se convierte pronto en un plural de primera persona: «Hemos venido caminando desde el amanecer». De esta suerte, la voz narrativa, hasta entonces impersonal, se concreta de pronto como la voz de alguno de los caminantes, pudiendo entenderse, al menos en un primer tiempo, como la de quien está hablando en nombre de «ese nudo que somos nosotros». Por lo demás, unos pocos párrafos más adelante, este plural de primera persona cumple con señalar que esta *voz recobrada* emerge de una suerte de anonadamiento, y que la instancia enunciativa implícita en la que se inscribe es la de las conversaciones pueblerinas:

> No decimos lo que pensamos. Hace ya tiempo que se nos acabaron las ganas de hablar. Se nos acabaron con el calor. Uno platicaría muy a gusto en otra parte, pero aquí cuesta trabajo. Uno platica aquí y las palabras se calientan en la boca con el calor de afuera, y se le resecan a uno en la lengua hasta que acaban con el resuello.

La *instancia oral* y la *palabra recobrada* caracterizan, así pues, desde el inicio de la narración, el horizonte de este caminar contando —o de este contar caminando—, cuyo *proceso* va a estar marcado por un reiterado esfuerzo del narrador/personaje por detectar algún signo de vida en el llano árido y seco que todos van pisando: «No, el llano no es cosa que sirva. No hay conejos ni pájaros. No hay nada. A no ser unos cuantos huizaches trespeleques y una que otra manchita de zacate con las hojas enroscadas; a no ser eso, no hay nada». Y unido a este oscilar entre el «no hay nada» y el «pero sí, hay algo», se suma el fluctuar, no menos constante, entre la anticipación de tiempos y realidades por venir y el recuerdo de situaciones pasadas que mezclan instancias y tiempos diversos. Como otra de las fuentes del anonadamiento del que buscan salir esos caminantes, resurge entonces el recuerdo del reciente y frustrado diálogo con el representante de las autoridades agrarias en el momento de repartirles la tierra.

Como en otros cuentos mencionados en esta exposición, la evocación de este «diálogo» presenta algunas particularidades dignas de tener en cuenta. En efecto, quien está rememorando ahora la entrevista en cuestión cumple conjuntamente con tres papeles superpuestos: con el de *narrador,* desde luego, pero también con el de *personaje* por haber sido en aquel momento parte integrante del grupo que se entrevistaba con el delegado, y por último con el de *testigo,* por cuanto al recodarla contempla de alguna manera la escena a la distancia: puede «objetivarla», *citando* alternativamente las preguntas de los campesinos y las respuestas del delegado agrario. Pero cabe reparar también en que, al compenetrarse con el sentir de estos hombres defraudados y burlados, este mismo narrador —que por lo pronto ha vuelto a hablar en plural— acude al *discurso indirecto libre.* En la evocación del suceso relatado coexisten, así pues, por lo menos dos modos distintos de ubicarse mentalmente respecto de lo acontecido y lo narrado. Desde luego, este pasar de un modo de referir a otro se vale de procedimientos narrativos conocidos; sin embargo, la posibilidad de desplazarse subrepticiamente de uno a otro no es ajena a la superposición implícita de las figuras antes mencionadas, cuya desagregación posterior es la que habrá de dar paso al acontecimiento narrativo propiamente dicho. Por lo pronto, todo parece indicar que las objeciones que formularan estos hombres en su momento ante un delegado prepotente y burlón que los instó a «ponerlas por escrito», se volvieron «palabras hacia adentro», imposibles ya de pronunciar en voz alta. Con todo, bajo este doble registro no dejan de formar parte de aquel buscar salir del anonadamiento y recobrar la voz propia.

Ahora bien, esta entrevista reciente tampoco constituye el único recuerdo que surge en la mente del narrador: otro hay, no menos relevante, que atañe a la época en que esos y otros hombres de la región andaban armados. Sólo que ahora el modo de referir esta dimensión específica del proceso revolucionario —esa misma que iba a desembocar en la reforma agraria cardenista— consiste en desplazamientos subrepticios de la primera persona de singular a la primera de plural, unas veces, y a un *se* impersonal, otras veces. Ligada al recuerdo de cierta sensación de dominio vital derivado del andar armado y a caballo, esta versatilidad da cuenta ahora, ya no de la desorientación del narrador como al inicio del cuento, sino de una mayor movilidad de su atención perceptiva y valorativa respecto de su entorno. En otros términos, dentro de la peculiar conjunción de personaje/narrador y de narrador/testigo que caracteriza este cuento, el testigo adquiere de pronto mayor distancia y logra con ello reparar en quienes son en realidad esos que forman «ese nudo que somos nosotros». Este «nosotros» deja entonces de definirse por su enfrentamiento con ese «ellos» que les han «dado la tierra», y puede desagregarse permitiendo ver y oír al de al lado: «Yo no me había fijado bien a bien en Esteban. Ahora que habla me fijo en él».

Estos desplazamientos de la atención de la voz narrativa han de vincularse con cierta formulación extraña del narrador en el momento en que él y sus acompañantes empezaban a mirar a su alrededor y a recobrar el sentido del tiempo y la orientación. Apuntaba entonces el de la voz:

Hemos venido caminando desde el amanecer. Ahorita son algo así como las cuatro de la tarde. Alguien se asoma al cielo, estira los ojos hacia donde está colgado el sol y dice:

—Son como las cuatro de la tarde.

Ese alguien es Melitón. Junto con él vamos Faustino, Esteban y yo. Somos cuatro. Yo los cuento: dos adelante, otros dos atrás. Miro más atrás y no veo a nadie. Entonces me digo: «Somos cuatro».

Lo extraño de este enunciado consiste obviamente en el deslizarse de la atención desde el «somos» de la primera persona del plural hacia la primera del singular para designar como «los» a esos «cuatro» entre los cuales va también el propio narrador. Ciertamente, podría tratarse de un desliz o de una equivocación; sin embargo, otra notación relativa a los movimientos de la atención perceptiva del narrador da a entender que esta misma atención va oscilando entre lo interno y lo externo («Entonces me digo: "Somos cuatro"»). Con estos deslizamientos iniciales queda señalada de entrada la inestabilidad de la voz del narrador/personaje, misma que no atañe tan sólo a su percepción del entorno, sino también a su relación con los demás caminantes.

Desde luego, las oscilaciones y los deslizamientos en cuestión no son ajenos al hecho de que este narrador es también personaje; vale decir, directamente involucrado en las situaciones evocadas, presentes y pasadas. Sin embargo, como en «La herencia de Matilde Arcángel» esta configuración particular del narrador/personaje es la que abre la posibilidad de su desdoblamiento en otra figura más: la de testigo a pesar suyo de un hecho a la par banal e insólito, que habrá de interferir su propio relato y dar lugar —en el plano de la composición del cuento— al acontecimiento narrativo propiamente dicho.

V

Como se recordará, en «La herencia de Matilde Arcángel», el *acontecimiento narrativo* consiste en la aparición sorpresiva ante Tranquilino Herrera —narrador y personaje del cuento— del hijo de Matilde Arcángel saliendo del silencio y la oscuridad de la noche, montado a pelo en el caballo del padre muerto al que lleva atravesado en la silla, y tocando la flauta con más fuerza que nunca. En «Nos han dado la tierra», el suceso sorpresivo que el narrador y personaje habrá de presenciar estriba en la aparición de la gallina bajo el brazo de Esteban. La imagen compleja ligada a esta aparición se despliega a partir de una inesperada intervención de Esteban, hasta entonces silencioso, en medio de las consideraciones y las burlas de los demás relativas a la inutilidad de la tierra que les han dado. Comenta el narrador:

> No me había fijado bien a bien en Esteban. Ahora que habla, me fijo en él. Lleva puesto un gabán que le llega al ombligo, y debajo del gabán saca la cabeza algo así como una gallina. Se le ven los ojos dormidos y el pico abierto como si bostezara.

Sigue un brevísimo diálogo en que el personaje/narrador acusa, entre veras y bromas, al dueño de la gallina de haberla «pepenado» en algún lugar y en que ése le contesta: «No, la traigo para cuidarla. Mi casa se quedó sola y sin nadie que le diera de comer; por eso me la traje. Siempre que salgo lejos cargo con ella». Lo que acontece en este punto de la narración es, así pues, el súbito reparo en que la vida —la íntima y profunda— que los caminantes estaban buscando en «esta llanura rajada de grietas y de arroyos secos», o recordando e imaginando en medio de su frustración, estaba ahí, junto a ellos y entre ellos, sin que hubieran reparado en ella. No se trata obviamente de que este reparo anule las demás dimensiones de lo experimentado por estos campesinos burlados y defraudados, pero tampoco de que tan sólo les estuviera añadiendo otra más. De hecho, este súbito y sorpresivo advertir la existencia del otro y de lo otro trae aparejada una completa reorganización de la narración.

Desde luego, no falta en la imagen de Esteban y su gallina el humor muy peculiar de Rulfo, como lo había también, aunque con un matiz distinto, en la imagen final de «La herencia de Matilde Arcángel». Pero en este caso también el despliegue de la imagen conlleva algo más. Como recordará el lector, al principio del cuento y al empezar el narrador a salir del anonadamiento, éste titubeaba respecto de la ubicación física de sus acompañantes. Ahora que ha reparado en Esteban y que todos se aprestan a bajar por el derrumbadero, apunta:

> Yo ya no oigo lo que sigue diciendo Esteban. Nos hemos puesto en fila para bajar la barranca y *él va mero adelante*. Se ve que ha agarrado a la gallina por las patas y la zangolotea a cada rato, para no golpearle la cabeza contra las piedras.

Aparte de la persistencia del humor, lo relevante de la observación atañe a la ubicación precisa de Esteban en el grupo y, por ende, a la del narrador, situado ahora *detrás* de él como antes estuvo *junto a él*, sin haber reparado en su presencia. Esta precisión —al parecer anodina como muchas de las de los personajes de Rulfo, que, sin embargo, cobran significados en varios planos a la vez— consiste, de hecho, en una reformulación de conjunto de los vínculos que el narrador y personaje —y ahora también testigo— mantenía con su entorno natural y social. Junto con redefinir las jerarquías entre los diversos elementos asociados con el anonadamiento y la pérdida del habla —la caminata bajo el sol, la aridez del llano y la frustrada entrevista con el delegado agrario—, esta reformulación conlleva, en efecto, una precisión respecto de la ubicación y la relación del narrador con los demás personajes, hasta entonces no carentes de ambigüedades debido a las inestabilidades de su atención perceptiva y valorativa.

El paso hacia «mero adelante» de quien acaba de deshacer la última dimensión de la ofuscación colectiva —en el preciso momento en que todos empiezan a recobrar el gusto por la tierra y el gozo de la vida al bajar por el derrumbadero, mientras «la tierra que nos han dado está allá arriba»— no es casual. Subraya, por si hiciera falta, que el narrador no habla en nombre de todos, ni está ni física ni mentalmente por encima de los demás; pero recalca también que «este nudo que somos nosotros» no es tan compacto como para anular cualquier individualidad y cualquier discrepancia. Así, queda descartada toda tentativa de consideración de los protagonistas de este cuento, *de tema indudablemente social,* como «tipos sociales en situaciones típicas» a la usanza del realismo hasta entonces vigente. Y queda vedada también toda posibilidad de pasar el acontecimiento narrativo por alto, reduciendo la significación del cuento a sus referencias implícitas a sucesos históricos conocidos y a la consiguiente frustración de los campesinos defraudados. Con este cuento, como con todos los que componen *El Llano en llamas,* Rulfo no está documentando hechos conocidos, ni se limita a abordar éstos desde la perspectiva «subjetiva» de quienes los han padecido. Desde la violencia naturalizada y las arbitrariedades no menos acostumbradas del poder, y más allá de ellas, Rulfo va siempre en busca de la vida y perfilando de una u otra manera posibilidades de redefinición y humanización de los lazos entre los seres humanos y de éstos con su entorno.

VI

Con el propósito de orientar al lector ante la paradoja de una obra aparentemente sencilla y, sin embargo, profundamente desconcertante, he procurado poner de relieve los aspectos más relevantes de la poética de los cuentos de *El Llano en llamas.* He intentado destacar su unidad formal más allá de asuntos temáticos recurrentes: en esta unidad formal descansa la gran diversidad de lenguajes, registros y tonos con los que Rulfo aborda la problemática de una violencia multiforme —desembozada unas veces, insidiosa otras—, hasta tal punto naturalizada que ha dejado de reconocerse como tal. Sin embargo, el jalisciense no la «refleja» ni la «denuncia», pero tampoco la pone en escena: la persigue hasta sus repliegues más recónditos, compenetrándose con el sentir de quienes la ejercen o la padecen, las más de las veces sin alcanzar a reconocerla. O más precisamente: antes que la violencia misma, lo que los cuentos de *El Llano en llamas* ponen en escena suele ser ese oscuro y confuso bregar con su impronta en el sentir de quienes se vieron alguna vez envueltos en ella, sin advertir entonces su verdadero rostro.

Las circunstancias que desencadenan ese traer la vivencia pasada al presente de la narración son sumamente variadas, aunque por lo general estriban en una situación límite, que (re)actualiza efectos inesperados de acciones pasadas. En todos los casos, sin embargo, el proceso rememorativo que impulsa este resurgir de lo pasado requiere de la presencia de algún otro que propicie el movimiento de retorno del narrador y protagonista sobre sus propios pasos. Corporeizada o no, esta presencia es la que identifiqué en su momento como la instancia que define la índole de la problemática que se va a abordar junto con las orientaciones y el tono de ese abordaje. Cualquier consideración de la voz narrativa —la del personaje/narrador en este caso— al margen de esta instancia hace de la voz una mera abstracción, sin resonancias ni capacidad para concitar el interés y la reflexión del lector. Aplana el texto e inmoviliza cuanto enunciado encuentra a su paso, sin reparar en las implicaciones de la poética narrativa rulfiana: *al trasladar los asuntos relativos a la narración del ámbito de la representación al de la enunciación, esta poética contempla la narración en tanto proceso inacabado y abierto, vinculándola siempre con sus circunstancias concretas, las posibilidades e imposibilidades del dialogismo social inclusive.*

Distinta de lo que a menudo se ha considerado como un manejo deliberado de la ambigüedad por parte del autor, aquella ausencia de conclusión no se desprende tan sólo de la figuración de una narración incierta y en proceso;

también proviene de la concepción esencialmente dialógica que obra en la composición de los cuentos de Rulfo, incluso cuando éstos descansan en un solo monólogo. Sin embargo, las modalidades de este dialogismo son sumamente variadas, y su grado de complejidad depende de los alcances del reparo en la presencia ajena, trátese de una *imagen* preconcebida o de la asunción de una *voz* autónoma y plena. Antes que como prurito de experimentación formal, estas complejidades han de entenderse como búsquedas artísticas; las mismas que guardan estrecha relación con los límites de un dialogismo social y cultural coartado por las desigualdades y la violencia imperantes. Más o menos explícita en la mayoría de los cuentos, esta coacción conduce entonces a la formulación de la siguiente interrogación: ¿hasta dónde las modalidades más complejas del dialogismo que rige la composición de los cuentos de *El Llano en llamas* autorizan su asimilación a la noción de polifonía elaborada por Mijaíl M. Bajtín con base en la obra de Dostoievski? Y, por extensión, ¿cuáles serían entonces los aportes específicos de Rulfo a una problemática que el crítico y teórico ruso situaba en la intersección de dos ámbitos de análisis distintos: el de los intercambios verbales socialmente vivos, por un lado, y el de la composición artística, por el otro lado?

Mientras que el dialogismo atañe a cualquier enunciado, literario o no, considerado desde el punto de vista de su ocurrencia concreta —incluida la imagen del interlocutor real o supuesto inscrita en su organización y su entonación—, la polifonía consiste en un lenguaje de segundo grado que, como tal, conlleva la consideración de los aspectos relativos a la configuración de las voces enunciativas y al establecimiento de sus relaciones mutuas en el plano de la composición de la obra concreta de que se trate. Dentro de una narración ficticia, un enunciado —delimitado por el cambio de sujeto formal de enunciación— no equivale a una «voz», de la misma manera que la sola coincidencia de sujetos de enunciación formalmente distintos no basta para hablar de pluralidad de «voces», y menos aún de «polifonía». Para Bajtín, la polifonía en Dostoievski radica, primero, en la asociación de la noción de voz con unos personajes configurados como «ideólogos» antes que como sujetos de acción; y, segundo, en el lugar y papel del narrador en tercera persona respecto de estos personajes/voces/ideólogos: situado en el mismo nivel que éstos, no se presenta como quien los estuviera configurando desde arriba y desde fuera, sino como una voz entre otras, cuyo papel consiste ante todo en la «orquestación» del debate de ideas entre todas ellas. *En otros términos, la polifonía tal y como la concibe Bajtín lleva el dialogismo inherente al intercambio social verbal vivo al plano de la composición propiamente artística.* Para esta forma compositiva particular, el teórico y crítico ruso remite, no por casualidad, a la memoria de los géneros bajos y no canonizados que entran en contacto unos con otros en el ámbito de la plaza pública, contrastándola con la matriz de la épica, género canónico por excelencia.

Esta matriz épica respondería a su vez a la necesidad de afirmación de una concepción unitaria del mundo, y conllevaría, por ende, otra configuración de los personajes y una concepción asimismo distinta de la función narrativa: en los géneros que participan de ella, una voz narrativa, generalmente impersonal, va configurando personajes concebidos ante todo como sujetos de acción, cuyas peripecias y puestas a prueba concurren en la reafirmación de valores compartidos por la comunidad social y cultural de que se trate. Esta forma de composición —en donde el mundo pareciera a menudo estarse contando solo y los personajes responder a preconcepciones proyectadas sobre ellos desde arriba y desde fuera— es la que Bajtín califica de *monológica,* distinguiéndola así de la polifonía compositiva de las novelas de Dostoievski, basada en la memoria de los géneros bajos y no canonizados.

La distinción, sin embargo, no ha de entenderse como una oposición dicotómica: antes bien, remite a la existencia de tendencias históricas de fondo, que no por divergentes dejan de entrar en contacto unas con otras, ni de dar lugar a toda clase de formas mixtas, en particular cuando de los géneros narrativos se trata, la novela en primer lugar. Y ello, precisamente, por cuanto el monologismo compositivo de determinadas formas artísticas no se opone al dialogismo, ni está reñido con él; tan sólo rehúsa llevarlo al plano compositivo.

Un ejemplo de cómo las grandes tendencias históricas identificadas por Bajtín pueden llegar a tocarse para dar lugar a formas creativas particularmente relevantes se encuentra, precisamente, en *El Llano en llamas* con el cuento que proporciona su nombre al volumen. En ese cuento —situado en la mitad del volumen y el más largo de todos, incluso después de los muchos recortes del texto original llevados a cabo por el propio Rulfo, al punto de que pudiera verse como una suerte de *nouvelle*—, una sola voz relata una serie de hazañas bélicas desde el punto de vista de uno de los contendientes. El punto de arranque de esta narración, en tiempo pasado, consiste en un ataque sorpresivo de las fuerzas gubernamentales en contra de los revolucionarios, entre los cuales figura el narrador. Con la evocación inicial de la escena de la confrontación, en donde «los otros» surgen como grito y rumor de voces —es decir, como *imagen* auditiva— se hallan puestas por delante, aparentemente al menos, las principales convenciones de la narración épica: la voz narrativa que habla en nombre de la colectividad amenazada, la configuración de los personajes como sujetos de acción, y la peripecia en principio destinada al refrendo de los valores de los revolucionarios. Sin embargo, y aunque no es éste el momento de entrar en más detalles, toda la narración va a consistir en el socavamiento insidioso de aquella perspectiva «heroica», hasta aparecer como la postura desafiante de un preso —¿o excarcelado?—, que no sólo sobrevivió a las desbandadas de los suyos, sino que se encontró de pronto, en la puerta de la cárcel, con un hijo desconocido, procreado en medio de su inconsciencia. Con esta «inconsciencia» no me refiero, desde luego, a la procreación en sentido estricto, sino a la indiferencia y el desparpajo con los que este narrador refiere a todo lo largo de su relato los actos más crueles y violentos y a la asociación de este relato con el descubrimiento de su misma crueldad en la mirada del hijo desconocido; descubrimiento que lo hace a él «agachar la cabeza» mientras la madre —¿confiada o ilusa?— comenta: «Pero él no es ningún bandido ni ningún asesino». Este inesperado desenlace o, mejor dicho, esta sorpresiva reorientación de los elementos de la narración por sobre la vuelta a la referencia inicial al corrido popular, no puede sino llevar al lector a reflexionar acerca de su propio malestar al procurar compenetrarse con el registro y la entonación de la voz narrativa. En efecto, a medida que avanza la lectura no deja de percibirse cierto desasimiento en esta narración que se anunciaba como adscrita al registro épico: no sólo la supuesta perspectiva colectiva va tornándose cada vez más la de un individuo a merced de las circunstancias, y sin otro valor que el de la obediencia ciega al caudillo de turno. También la voz de esta suerte de anti-héroe suena como destemplada, por su extraña mezcla de impasibilidad y desafío altisonante poco acorde con la sucesión de reveses y largos relegamientos en zonas despobladas y áridas.

Desde luego, este cuento de Rulfo hace eco a *Los de abajo,* la novela que Mariano Azuela publicara en 1916, en plena fase armada del proceso revolucionario. Como se recordará, en la novela de Azuela, la visión crítica de la Revolución de 1910, y más concretamente de los campesinos involucrados en ella, recaía en buena medida en un personaje arribista y «letrado», ajeno a ese sector social al que la novela, sin embargo, retrataba en términos a la par épicos y trágicos. Si bien en este caso la perspectiva crítica respecto de los campesinos no provenía del narrador, sino de uno de los personajes y emanaba, por ende, del mismo mundo narrado, no dejaba de proyectarse desde fuera sobre estos protagonistas de la Revolución mexicana. Al retomar el tema décadas más tarde —el cuento se publica por primera vez en 1950—, Rulfo no modifica sustancialmente la *imagen* del sector social retratado por Mariano Azuela, ahora en buena medida defraudado por las reformas cardenistas: *transforma esta imagen en una voz autónoma*. No desde luego en una voz a la que él estuviera «prestando» la suya propia como pretenden hacerlo hasta hoy no pocos «testimonios», sino en *una voz colocada en la inesperada y difícil necesidad de acogerse* —¿para sí?, ¿para otros presos o excarcelados como él?, ¿para el hijo hasta entonces desconocido?, o ¿para la mujer que acaba de señalarlo como «bandido y asesino»?— *a su propia verdad íntima*. De hecho, aquellos desajustes entre el registro y las entonaciones de la voz narrativa no se vuelven comprensibles sino a partir de la mención final de la instancia enunciativa, que sin hacer mención expresa del interlocutor supuesto, «dialogiza» internamente este largo monólogo y contribuye así al socavamiento de sus dudosas pretensiones épicas.

Ahora bien, los cuentos de Rulfo —asiduo lector de Dostoievski en sus años de formación, por cierto— no destacan tan sólo por su peculiar organización de los procesos narrativos. También ponen de relieve la gran complejidad de la misma noción de voz. A este respecto, una primera diferencia se impone respecto de la definición bajtiniana: si bien los personajes de Rulfo se hallan efectivamente configurados como personajes/narradores —esto es, como «voces» antes que como sujetos de acción—, no por ello se presentan como «ideólogos»: *no debaten ideas, bregan a tientas con imágenes de sí mismos y de otros*. Esta diferencia de fondo atañe precisamente a la cuestión del dialogismo, por cuanto conlleva orientaciones distintas de la atención cognitiva y valorativa del sujeto de la narración. De modo sin duda excepcional en relación con el conjunto de los cuentos de *El Llano en llamas,* la distinción se halla claramente formulada por el antiguo maestro de San Juan Luvina, al comentar su «fracaso»:

> En esa época tenía yo mis fuerzas. Estaba cargado de ideas... Usted sabe que a todos nosotros nos infunden ideas. Y uno va con esa plasta encima para plasmarla en todas partes. Pero en Luvina no cuajó eso. Hice el experimento y se deshizo...

Sin embargo, y de modo sin duda paradójico, al hablar de la «realidad» en la que no «cuajó» esa «plasta que uno lleva encima», el maestro no pone *ideas* por delante: va tejiendo *percepciones* de toda índole y configurando una *imagen* de Luvina que incluye *la voz negada de los luvinenses.* Y no menos curiosamente, al irrumpir de pronto esa voz en sus recuerdos, es ella la que, a su modo, aparece impugnando «ideas» acerca del gobierno y el valor cultural de la migración, y contrastando así *la imagen* que el maestro ofrecía de los luvinenses como seres fuera del tiempo y demorados en extrañas concepciones míticas. Sin contar con que, apenas la voz del maestro se desprende de su registro didáctico, las imágenes que concurren en su representación de la realidad de Luvina y los luvinenses se aproximan cada vez más a las que atribuye a la mentalidad de éstos. Como ya tuve ocasión de señalarlo, la imagen del viento con los múltiples significados que va cobrando es buen ejemplo de ello.

Lo que se juega en la remembranza de este diálogo trunco entre el maestro y los luvinenses no es una oposición entre mentalidades supuestamente más avanzadas unas que otras; son cuestiones ligadas a *la coexistencia social y cultural de lenguajes diversos,* que entrañan maneras distintas de dar forma a las relaciones que establecemos con el mundo natural y social. Sin embargo, una cosa es que de esta diversidad de lenguajes se pretenda desprender algunos, convirtiéndolos en parte constitutiva de la *imagen* —y la *esen-*

cia— de unos «otros» considerados de partida como inferiores; y otra muy distinta que, como sucede de hecho en el cuento, estos diferentes lenguajes entren en contacto unos con otros y vayan propiciando así posibilidades distintas de percibir e imaginar nuestros vínculos con el mundo natural y social. Pero aun cuando el dialogismo social y cultural empieza efectivamente por esos contactos, de su heterogeneidad conflictiva no se desprende obligadamente la existencia de «voces» en sentido pleno. Más allá de que los lenguajes que las caracterizan sean o no conceptuales, la asunción de tales voces supone, en efecto, que ellas vayan confrontando sus respectivos puntos de vista en torno a cierta problemática: a los esfuerzos por circunscribirla y a los diversos aspectos que acarrean estos intentos de definición. Con base en lo problemático de este común objeto de pensamiento es cómo se van constituyendo las voces en contienda y cómo éstas pueden llegar a modificarse mutuamente. *En otros términos, las voces son inseparables del objeto en torno al cual se definen mutuamente; desvanecido éste, no quedan sino imágenes en espejo, y luchas de poder no por mortíferas menos ilusorias.*

Volviendo entonces a las peculiaridades de las voces en *El Llano en llamas,* queda claro que no son equiparables a las voces/conciencias de Dostoievski, cuyos personajes se conciben ante todo como «ideólogos»: en términos generales, las de los personajes de Rulfo son voces de seres que recuerdan e imaginan y que se mueven más por percepciones que por ideas. Por lo mismo, son voces relativamente inestables, tanto más cuanto que las situaciones rememoradas o imaginadas suelen caracterizarse por toda clase de violencias superpuestas, a menudo difíciles de identificar y desentrañar. Son a menudo voces ensimismadas, que sólo las circunstancias presentes obligan a verbalizar y dar forma a la impronta recóndita de la violencia sufrida o ejercida en otro tiempo. De ahí que, en la configuración de estas voces, la objetivación del proceso de enunciación sea tanto o más relevante que lo que se viene a narrar. De este proceso, y de la instancia que subyace tras de él y perfila a su interlocutor real o supuesto, depende, en efecto, la posibilidad de que el personaje/narrador llegue a la formulación, para sí o para otro, de la propia verdad íntima. Esta «verdad», y el conocimiento que ella entraña, no provienen, por tanto, de la confrontación de voces en contienda, surge de un proceso interno y solitario, aunque no por ello carente de «diálogo». Éste, sin embargo, suele permanecer en un plano intuitivo, o a medio camino entre la intuición y la idea.

En cuanto al valor cognitivo y ético de la verdad, tampoco ha de buscarse en grandes formulaciones conceptuales que —como bien nos lo recuerda jocosamente «El día del derrumbe»— no dejan de correr el riesgo de desembocar en retóricas altisonantes y grotescas. Emana de los mismos movimientos de la narración —de sus quiebros, sus desplazamientos subrepticios y sus movimientos de retorno—, y en más de un caso se corrobora a partir de los registros de un narrador segundo que, en su calidad de testigo, sigue con atención los ademanes del personaje/narrador y contextualiza el acto narrativo en proceso. En páginas anteriores, ya tuve ocasión de señalar las profundas diferencias, que pese a su identidad formal ligada al uso de la tercera persona de la enunciación, separan este narrador/testigo del llamado narrador «histórico» y supuestamente «omnisciente» de la narración monológica. Los términos de esta distinción, sin embargo, no permiten equipararlo con el de la narración polifónica. Aun cuando se sitúa a sí mismo —real o imaginariamente— en el mismo ámbito en que se verifica la narración del personaje, no entra a debatir con él, ni con ningún otro personaje: mira, observa y escucha; imagina, o acaso también recuerda; se compenetra con los movimientos de la narración y toma distancia respecto de ella, aunque en ningún momento emite juicio de valor general alguno. Procede más bien por asociaciones múltiples —principalmente metafóricas y metonímicas—, cuyo significado y valor permanecen abiertos, aunque sabiamente dispuestos para encauzar la capacidad reflexiva del lector. *Aun cuando la forma compositiva de los cuentos no suele dar lugar a la traslación de la diversidad de lenguajes y tiempos puestos en contacto por el narrador/testigo al plano de voces/conciencias autónomas y en contienda, sigue manteniendo el carácter esencialmente problemático de la significación del mundo narrado, sin renunciar por ello a la indagación de «la verdad de las cosas».*

Con todo, no está por demás insistir en la distinción entre los cuentos que descansan en un solo monólogo internamente dialogizado por la instancia de enunciación implícita a la cual responde, por un lado; y aquellos en que el monólogo del personaje/narrador se encuentra explícitamente contextualizado, por el otro lado. En los primeros casos, la figura del narrador/testigo no toma cuerpo: permanece implícita en la instancia de enunciación sugerida por el registro y el tono de la narración del personaje/narrador, y devuelve al lector/oyente la interlocución supuesta por aquella instancia. «Macario» o «La Cuesta de las Comadres» pueden considerarse entre los más representativos de esta modalidad narrativa. Más compleja es aquella en donde el monólogo del personaje/narrador aparece más explícitamente contextualizado, por cuanto suele involucrar a un narrador en tercera persona, testigo del proceso rememorativo de quien observa a distancia. «Luvina» es a su vez el cuento que más claramente responde a esta segunda modalidad. En él, figuran de modo explícito las diferentes instancias de interlocución con sus respectivos tiempos y registros: la instancia de la narración *presente,* con el interlocutor fantasmal y suerte de *alter ego* sentado frente al maestro en la mesa de la cantina, duplicada hasta cierto punto por la presencia del cantinero, que observa y contextualiza la escena sin intervenir en ella; y la instancia *pasada,* que vincula al maestro con los luvinenses, en el doble plano de la autoridad supuesta y la desigualdad de hecho, y que habrá de dar

71

lugar a la inesperada confrontación entre ellos. Confrontación obstinadamente denegada por el *relato* del maestro, pero que al irrumpir en él bajo la forma de la *remembranza* intempestiva socava la coherencia de ese mismo relato. Aun así, lo llamativo en *esta puesta en escena del acto de narrar como tal* reside en el aislamiento de todos estos seres unos respecto de otros: en la distancia, el silencio, la voz para adentro, mientras la vida transcurre alrededor, luminosa, y hasta ruidosa y juguetona; *como si,* pese a la común presencia en un espacio compartido, *algo* trabara la posibilidad de que *ello* pudiera dar lugar a un intercambio de experiencias franco y abierto en torno a una problemática compartida.

Desde luego, esta trabazón no es ajena al hecho de que la escena narrada aparece finalmente como emanación de la ensoñación del cantinero; esto es como una *ficción,* dentro de la cual concurren indistintamente la imaginación y la remembranza de situaciones parecidas, cuyo *enigma* hasta ahora sepultado en la propia memoria vuelve de pronto a la superficie. Sin embargo, ni lo ensoñado por el narrador/ testigo, ni el enigma que ello encierra son ajenos a lo relatado y rememorado por el personaje, como tampoco pudieran serlo a las formas de coacción, abiertas o no, que intervienen en las limitaciones del dialogismo social y cultural. Las modalidades específicas de formalización artística de este narrar recordando e imaginando —o de este imaginar y recordar narrando— difícilmente podrían prescindir del sustrato socio-histórico y cultural del cual se nutren. De tal suerte que, en llegando a este punto, no está por demás subrayar *la profunda ética de la forma que caracteriza a la narrativa de Rulfo.*

VII

Ahora bien, el señalamiento implícito de que la escena presenciada por el narrador en tercera persona —en la cual cierto personaje va rememorando situaciones pasadas—

emana de la ensoñación de aquel narrador, no es excepcional en los cuentos de *El Llano en llamas*. En cada caso, sin embargo, la insinuación opera de modo distinto, y es en buena medida la consideración de los textos desde el punto de vista de su poética la que permite establecer este género de conexiones entre cuentos de factura sumamente variada.

Desde luego, la actividad mental desplegada por el personaje/narrador difiere de la del narrador/testigo: mientras que el primero rememora con dificultad y a tientas, el segundo observa a distancia, buscando encauzar su imaginación por la vía de la intuición. Sin embargo, aun cuando formalmente sendas figuras se distinguen por la persona verbal a la cual acuden, los procesos narrativos vuelven a menudo bastante más complejo el establecimiento de la diferencia. Junta a la distinción nítida entre ambas figuras, tal y como se presenta en «Luvina» —al menos hasta su convergencia gracias al señalamiento postrero de la ensoñación como modalidad enunciativa propia del narrador/testigo—, también suelen ocurrir superposiciones de narrador, personaje y testigo en un mismo «sujeto»: en tales casos, la atención de éste habrá de moverse sutilmente del «adentro» hacia el «afuera» y viceversa —como en «Nos han dado la tierra» o en «La herencia de Matilde Arcángel»—, aunque en ningún momento estos desplazamientos subrepticios de la voz enunciativa llegan a sugerir la dimensión eminentemente ficticia de la narración.

Con todo, dicha dimensión —y, por ende, la insinuación de que la narración en su conjunto pudiera darse al lector como dimanación de la ensoñación en marcha del narrador en tercera persona— ha de vincularse también con otras dimensiones compositivas de los textos. En efecto, en aquellos casos en que el personaje/narrador se vislumbra como propio de la ensoñación del narrador/testigo, el acto narrativo como tal suele aparecer vinculado con alguna imagen visual o auditiva incitante, de algún modo anclada en la memoria de quien se propone desentrañarla, imaginando las vivencias que pudieran hallarse detrás de ella. Éste es, desde luego, el caso paradigmático de «Luvina» con la imagen, en extremo banal sin duda, de un hombre vencido, borracho y hablando solo, tumbado en la mesa de una cantina. Pero es también lo que sugiere —de modo bastante explícito, debido a la acumulación de gerundios en ella— la descripción inicial de aquella sombra monstruosa desplazándose trabajosamente por el cauce seco del río bajo la luz cambiante de la luna en «No oyes ladrar los perros». Y es asimismo lo que, en «El hombre», se desprende del remontar imaginativo y enrevesado de la persecución entre «el perseguidor» y «el perseguido» a partir del descubrimiento de un hombre muerto, acribillado a mansalva, ahí «donde el río da de vueltas», según el título inicial del cuento descartado luego por Rulfo. Ahí, la imagen del hombre y la del río —diversamente metaforizadas ambas y en relación una con otra— se conjugan con la del rastrear huellas con que principia el cuento, sin que el lector pudiera entender todavía quién está rastreando las huellas de quién en ese terreno escarpado y enmarañado. Estas tres imágenes juntas, o mejor dicho, estos tres conjuntos metafóricos entrelazados cumplen con proporcionar la imagen correspondiente del proceso, a la par imaginativo y rememorativo, que confiere su tono y su ritmo a la narración.

En otro momento de esta introducción y a propósito de «¡Diles que no me maten!» he señalado también, de pasada, el papel que desempeñaban el grito del condenado a muerte y el ir y venir de su hijo en el desencadenamiento del proceso narrativo llevado a cabo por el narrador/testigo. Extrapolando —no de manera arbitraria, sino tomando en cuenta la profunda coherencia de la poética de los cuentos—, este señalamiento tardío, aunque previo al desenlace del cuento, bien pudiera entenderse como la insinuación de la dimensión ficticia de lo que se acaba de contar, de escuchar y de leer. En otros casos, esta clave imaginativa aparece desde el principio, como en «En la madrugada»: al contemplar y rememorar el levantarse de la niebla al amanecer sobre un pueblo todavía adormecido, la descripción narrativa del inicio, con sus metáforas y sus discretos deslizamientos de tiempo verbal, brinda la clave de las orientaciones de la atención del narrador; sin otra figuración que la de la contemplación rememorativa a la que se halla entregado, éste se presenta así como un ente concreto, que procura armar el rompecabezas con que se le fueron presentando en otro tiempo la muerte de don Justo y el encarcelamiento del viejo Esteban. Por lo demás, en éste, como en otros casos, la fragmentación del relato, la alternancia de las voces enunciativas, los desplazamientos de la atención cognitiva y valorativa del narrador y las diferentes temporalidades imbricadas en el proceso narrativo corroboran, sin artilugios ni necesidad de experimentos vanguardistas, la índole rememorativa e imaginativa del proceso narrativo de conjunto.

Al sugerir cierta equivalencia entre la ficción y la conjunción de imaginación y remembranza con que suelen presentarse estas narraciones, estoy destacando el hecho de que, en la concepción de aquélla prima la idea de una actividad mental/verbal abierta y en proceso y, por ende, en buena medida incierta. Esta incertidumbre, sin embargo, no conlleva renuncia alguna a la búsqueda de la verdad, o mejor dicho, de cierta verdad: una y otra no representan sino sendas caras de un mismo proceso, de igual forma en que narrador/testigo y personaje/narrador se encuentran unidos, aunque de modo distinto, por un mismo enigma y una misma búsqueda. Más aún, mientras que el personaje/narrador necesita alguna forma de confrontación para dar con su propio presente e iniciar la vuelta sobre sus propios pasos, el narrador/testigo requiere la presencia de este otro, arrinconado o perseguido por sus propios fantasmas, para actualizar y considerar con atención renovada cierta imagen borrosa, empozada en su memoria. Similares aunque distintos, ambos procesos cognitivos coinciden, así pues, en torno a cierto espacio imaginario común, marcado por un mismo enigma: el de la perpetuación de una violencia multiforme y estéril, que además de pervertir los vínculos más esenciales, coarta cualquier posibilidad de trasmisión de experiencias y valores encaminados hacia la edificación de una cultura que se precie de tal. Este enigma es el que Rulfo interroga y devuelve a su lector, no por «razones personales» o por un supuesto «sentimiento trágico de la vida» —tenía, y da muestra de demasiado humor para ello—, sino desde lo más genuino y profundo de su humanismo.

Esta edición

Esta nueva edición de *El Llano en llamas* en la colección Letras Hispánicas reproduce el texto establecido por la Fundación Juan Rulfo a partir de un cuidadoso cotejo de las últimas versiones de los textos que Juan Rulfo revisó al correr de los años con los mecanuscritos conservados en su archivo personal. Es el mismo texto de las ediciones de Carlos Blanco Aguinaga a partir de la 16.ª edición, correspondiente al año 2002.

En la presente edición hemos sustituido la introducción del editor anterior por una de orientación diferente, a la que hemos incorporado en apéndice un texto del propio Rulfo, en el cual habla de su proceso de creación.

También hemos reemplazado el sistema de notas a pie de página por uno que deja de introducir definiciones de términos que el lector puede encontrar sin mayor dificultad en el *Diccionario de la Real Academia Española* (DRAE). Muchos vocablos considerados arcaicos en España son de uso común en México, e incluso en otros países de habla hispana. Sólo hemos especificado los «mejicanismos», valiéndonos para ello del *Diccionario de Mejicanismos* de Francisco J. Santamaría (DMS). En no pocas ocasiones, el cotejo de los términos en ambos diccionarios nos ha permitido destacar la creatividad verbal de Juan Rulfo. Por lo demás, hemos introducido algunas notas relativas a modificaciones de la versión original efectuadas en distintos momentos por el propio Rulfo, con el propósito de resaltar aspectos sustantivos de su poética. Sin embargo, estas notas no dan cuenta de todos los ajustes que hiciera el autor de una edición a otra: para un estudio detallado de estas variantes, muchas ellas de detalle, remitimos a la prolija investigación de Sergio López Mena para la edición crítica de Archivos a cargo de Claude Fell. La transcripción aquí de todas estas variantes nos ha parecido inapropiada en razón del formato de esta edición: habría sobrecargado de tal manera las páginas que hubiera vuelto los textos ilegibles.

La bibliografía ha sido actualizada, aunque mantiene su carácter selectivo.

Por último, dejo constancia de mi agradecimiento a la familia de Juan Rulfo por la invitación a realizar esta nueva edición de *El Llano en llamas*. Asimismo, agradezco a Víctor Jiménez, arquitecto y director de la Fundación Juan Rulfo, la cuidadosa y atenta lectura de la Introducción y las precisiones respecto de algunos datos.

Bibliografía

La bibliografía relativa a la vida y obra de Juan Rulfo se renueva día a día y es prácticamente inagotable. Por lo mismo, cualquier pretensión de exhaustividad está fuera de lugar. A continuación, ofrecemos una selección tentativa de obras de referencia indispensables, destinadas ante todo a orientar las búsquedas del lector.

Obras de Juan Rulfo

Obra literaria

El Llano en llamas (1.ª ed., México, Fondo de Cultura Económica-FCE, 1953), ed. de Carlos Blanco Aguinaga, Madrid, Cátedra, 1985.

Pedro Páramo (1.ª ed. México, 1955); 1.ª ed. en Cátedra (ed. de José Carlos González Boixo), Madrid, 1983; texto definitivo establecido por la Fundación Juan Rulfo: México, Plaza y Janés, 2001; Madrid, Debate, 2002; México, RM, 2005 y Madrid, Cátedra, 2002 (16.ª ed. de la colección Letras Hispánicas).

Juan Rulfo. Obra completa, prólogo y cronología de Jorge Ruffinelli, Caracas, Biblioteca Ayacucho, 1977.

El gallo de oro y otros textos para cine, México, Era, 1980 (1.ª ed.).

Inframundo. El México de Juan Rulfo (1.ª ed., México, Instituto Nacional de Bellas Artes-INBA/Secretaría de Educación Pública-SEP, 1980), con el título *Juan Rulfo Homenaje Nacional,*

Hanover, Ediciones del Norte, 1983 (2.ª ed.), contiene 96 fotografías.

Dónde quedó nuestra historia. Hipótesis sobre Historia Regional, Colima, Escuela de Arquitectura, Col. Rayuela, 2, 1984, 2.ª ed. ampliada, 1986.

Toda la obra (coord. de Claude Fell), Colección Archivos, Madrid, CSIC, 1992 y 1996 (revisada).

Los cuadernos de Juan Rulfo, ed. de Yvette Jiménez de Báez, México, Era, 1994.

Aire de las colinas. Cartas a Clara, Madrid, Debate, 2000.

Retales (compilación de Juan Rulfo de diecisiete textos de otros autores, publicados en la revista *El Cuento* entre 1964 y 1966) Víctor Jiménez, Alberto Vital y Sonia Peña (eds.), México, Terracota, 2008.

El gallo de oro (ed. fijada por la Fundación Juan Rulfo, textos introductorios de José Carlos González Boixo y Douglas J. Weatherford. También se edita *La fórmula secreta* a cargo de Dylan Brenan), Barcelona, RM Verlag, 2010 y México, RM, 2010.

Textos sobre José Guadalupe de Anda, Rafael F. Muñoz y Mariano Azuela, Aguascalientes, Fundación Juan Rulfo/Universidad Autónoma de Aguascalientes, 2011.

Cartas a Clara, México, RM/Fundación Juan Rulfo, 2012.

Pedro Páramo en 1954, con estudios de Jorge Zepeda, Alberto Vital y Víctor Jiménez, México, UNAM/Fundación Juan Rulfo/RM, 2014.

Obra fotográfica

México: Juan Rulfo, fotógrafo, Barcelona, Lunwerg, 2001, Catálogo de la exposición, 187 fotografías.

Letras e imágenes, ed. de Víctor Jiménez, México, RM, 2002, 116 fotografías.

Juan Rulfo, fotógrafo, México, Consejo Nacional para la Cultura y las Artes (Conaculta), 2005, 31 fotografías.

Juan Rulfo: Oaxaca, México, RM/Fundación Juan Rulfo, 2009, 50 fotografías.

100 fotografías de Juan Rulfo, México, RM y Barcelona, RM Verlag, 2010.

En los ferrocarriles, México, UNAM/RM/Fundación Juan Rulfo, 2014.

Bibliografía relativa a la obra de Juan Rulfo en general

Bibliografías de referencia

Cesco, Andrea, «Un inventario tentativo de la bibliohemerografía de y sobre Juan Rulfo», en *Fragmentos* (II, C) (2004), págs. 93-132.

González Boixo, José Carlos, «Bibliografía de Juan Rulfo», *Cuadernos Hispanoamericanos,* 421-423 (julio-septiembre de 1985), págs. 469-490.

— «Bibliografía de Juan Rulfo: nuevas aportaciones», *Revista Iberoamericana,* 137 (octubre-diciembre de 1986), págs. 1051-1062.

— *Pedro Páramo,* Madrid, Cátedra, 2013, «Bibliografía actualizada», págs. 55-69.

Juzyn, Olga, «Serie bibliográfica INTI», en *(Los) mundos de Juan Rulfo,* número monográfico de INTI, *Revista de Literatura Hispánica,* 13-14 (1983), págs. 128-151.

Kent Lioret, E., «Continuación de una bibliografía de y sobre Juan Rulfo», *Revista Iberoamericana,* XL, 89 (octubre-diciembre de 1974), págs. 693-705.

Ocampo de Gómez, Aurora Maura, *Literatura mexicana contemporánea. Bibliografía crítica,* México, UNAM, 1965.

— «Una contribución a la bibliografía de y sobre Juan Rulfo», en *Toda la obra* (1992) (I), págs. 891-943.

— «Rulfo, Juan», *Diccionario de escritores mexicanos* (t. VII), México, UNAM, 2004, págs. 468-503.

Ramírez, Arthur, «Hacia una bibliografía de y sobre Juan Rulfo», *Revista Iberoamericana,* XL, 86 (enero-marzo de 1974), págs. 135-171.

Zepeda, Jorge, «Cronología de la crítica a *Pedro Páramo:* 1955-1963», en *La recepción inicial de Pedro Páramo,* México, Fundación Juan Rulfo/RM/Conaculta/INBA/Universidad de Guadalajara/UNAM/Secretaría de Cultura de Jalisco, 2005, y «Bibliografía», págs. 358-378.

Libros
(sobre la obra de Rulfo en su conjunto,
o sobre ésta en relación con otros autores)

ARENAS SAAVEDRA, Anita, *Juan Rulfo, el eterno: camino para una interpretación,* Maracaibo, Universidad de Zulia y Astro Data, 1997.

BASTOS, Hermenegildo, *Reliquias de la casa nueva: el eje Graciliano-Rulfo,* México, UNAM, 2005.

BRAVO, José Antonio, *Lo real maravilloso en la narrativa latinoamericana actual. Cien años de soledad. El reino de este mundo. Pedro Páramo,* Lima, Editoriales Unidas, 1978.

BRUSHWOOD, John S., *Mexico in its Novel,* Austin, University of Texas Press, 1966.

CAMPOS, Julieta, *La imagen en el espejo,* México, UNAM, 1965.

CHIAMPI, Irlemar, *El realismo maravilloso. Forma e ideología en la novela hispanoamericana,* Caracas, Monte Ávila, 1983.

EZQUERRO, Milagros, *Juan Rulfo,* París, L'Harmattan, 1986.

FARES, Gustavo, *Ensayos sobre la obra de Juan Rulfo,* Nueva York, Peter Lang, 1998.

FERRER CHIVITE, Manuel, *El laberinto mexicano de/en Juan Rulfo,* México, Novaro, 1972.

FORGUES, Roland, *Rulfo, la palabra redentora,* Barcelona, Puvill, 1987.

FREEMAN, George Ronald, *Paradise and Fall in Rulfo's Pedro Páramo,* Cuernavaca, CIDOC, 1970.

GONZÁLEZ BOIXO, José Carlos, *Claves narrativas de Juan Rulfo,* León, Colegio Universitario, 1980.

GUTIERREZ MARRONE, Nila, *El estilo de Juan Rulfo: estudio lingüístico,* Nueva York, Bilingual Press, 1978.

IRBY, James East, *La influencia de Faulkner en cuatro narradores hispanoamericanos,* Tesis mimeografiada, México, UNAM, 1956.

JIMÉNEZ DE BÁEZ, Yvette, *Juan Rulfo, del páramo a la esperanza: Una lectura crítica de su obra,* México, Fondo de Cultura Económica-FCE, 1990.

JURADO VALENCIA, Fabio, *Oralidad y escritura en Juan Rulfo,* Bogotá, Común Presencia Editores, Col. Los Conjurados, 2015.

LANGFORD, Walter, *The Mexican Novel Comes of Age,* Notre Dame, University of Notre Dame Press, 1971.

LEAL, Luis, *Juan Rulfo,* Boston, Twayne, 1983.

LIENHARD, Martin, *La voz y su huella. Escritura y conflicto étnico-social en América Latina (1492-1988),* La Habana, Casa de las Américas, 1990; edición revisa y aumentada, México, Juan Pablos/UNICACH, 2003.

LÓPEZ MENA, Sergio, *Los caminos de la creación en Juan Rulfo,* México, UNAM, 1993.

— *Diccionario de la obra de Juan Rulfo,* México, UNAM, 2007.

MINC, Rose S., *Lo fantástico y lo real en la narrativa de Juan Rulfo y Guadalupe Dueñas,* Nueva York, Senda Nueva de Ediciones, 1977.

MOREIRA, Paulo, *Localismo Modernista nas Americas. Os contos de Faulkner, Guimarães Rosa o Rulfo,* Belo Horizonte, UFMG Editora, 2012.

ORTEGA, María Luisa, *Mito y poesía en la obra de Juan Rulfo,* Mérida (Venezuela), Universidad de los Andes, 2004.

PACHECO, Carlos, *La comarca oral. La ficcionalización de la oralidad cultural en la narrativa latinoamericana contemporánea,* Caracas, La Casa de Bello, 1992.

PALAISI-ROBERT, Marie Agnès, *Juan Rulfo, l'incertain,* París, L'Harmattan, 2003.

PASSAFARI, Clara, *Los cambios en la concepción y estructura de la narrativa mexicana desde 1947,* Rosario, Universidad Nacional del Litoral, 1968.

PERALTA, Violeta y BEFUMO BOSCHI, Liliana, *Rulfo. La soledad creadora,* Buenos Aires, Ed. Fernando García Cambeiro, 1975.

PERUS, Françoise, *Juan Rulfo, el arte de narrar,* México, UNAM/Universidad Nacional de Colombia/RM/Fundación Juan Rulfo, 2012.

PORTAL, Marta, *Rulfo: dinámica de la violencia,* Madrid, Instituto de Cooperación Iberoamericana/*Cultura Hispánica,* 1984.

RAMA, Ángel, *Transculturación narrativa en América Latina,* México, Siglo XXI, 1982.

RIVERO, Eduardo, *Juan Rulfo, el escritor fotógrafo,* Mérida (Venezuela), Universidad de los Andes, 1999.

RODRÍGUEZ ALCALÁ, Hugo, *El arte de Juan Rulfo,* México, Instituto Nacional de Bellas Artes/INBA, 1965.

— *Narrativa Hispanoamericana. Güiraldes, Carpentier, Roa Bastos, Rulfo,* Madrid, Gredos, 1973.

ROWE, William y SCHELLING, Vivian, *Memory and Modernity. Popular Culture in Latin America,* Londres/Nueva York, Verso, 1991; existe también traducción al español de D. Levesque, *Memoria y Modernidad: cultura popular en América Latina,* México, Grijalvo/Conaculta, 1993.

RUFFINELLI, Jorge, *El lugar de Rulfo y otros ensayos,* Xalapa, Universidad Veracruzana, 1980.

SCHMIDT-WELLE, Friedhelm, *Stimmen ferner Welten. Realismus und Heterogenität in der Prosa Juan Rulfos und Manuel Scorzas,* Bielefeld, Aisthesis Verlag, 1996.

SOMMERS, Joseph, *Yáñez, Rulfo, Fuentes. La novela mexicana moderna,* Caracas, Monte Ávila, 1970.

THAKKAR, Amit, *(Re)Collecting the Past. History and Collective Memory in Latin American Narrative,* Berna, Peter Lang, 2010.

— *The fiction of Juan Rulfo: irony, revolution and postcolonialism,* Woodbridge (Suffolk, RU), Rochester (NY), Tamesis, 2012.

VALENCIA SOLANILLA, César, *Rumor de voces: la identidad cultural en Juan Rulfo,* Bogotá, Educar, 1993.

VERDUGO, Iber H., *Un estudio de la narrativa de Juan Rulfo,* México, UNAM, 1982.

VITAL, Alberto, *El arriero en el Danubio. Recepción de Rulfo en el ámbito de lengua alemana,* México, UNAM, 1994.

VOGT, Wolfgang, *Juan Rulfo y el sur de Jalisco, aspectos de su vida y obra,* Zapopán, El Colegio de Jalisco/INAH, 1992 (2.ª ed., Ágata, 1994).

Compilaciones

ARIAS, Ángel (ed.), *Entre la cruz y la espada: los Cristeros de Revueltas, Yáñez y Rulfo,* Madrid, Iberoamericana/Vervuert, 2005.

BENÍTEZ ROJO, Antonio (comp.), *Recopilación de textos sobre Juan Rulfo,* La Habana, Casa de las Américas, Col. Valoración Múltiple, 1969.

CAMPBELL, F. (ed.), *La ficción de la memoria. Juan Rulfo ante la crítica,* México, Era/UNAM, 2003.

CROVETTO, Luigi y FRANCO, Ernesto (comps.), *Omaggio a Juan Rulfo,* en *Studi di Literatura Ispanoamericana,* núm. 20 (1988).

GIACOMAN, H. (ed.), *Homenaje a Juan Rulfo,* Madrid, Anaya/Las Américas, 1975.

EJDESGARRD JEPPESEN, Anne-Marie (comp.), *Tras los murmullos. Lecturas mexicanas y escandinavas de Pedro Páramo,* Lima, Editoriales Unidas, 1978.

EZQUERRO, Milagros y RAMOS-IZQUIERDO, Eduardo (eds.), *Ecos críticos de Rulfo. Actas de las Jornadas del Cincuentenario de Pedro Páramo,* París/Limoges/Toulouse, México-París, RILMAZ-ADEHL, 2006.

FELL, Claude (coord.), *Juan Rulfo. Toda la obra,* Madrid, CSIC, 1992/México, Conaculta, 1996.

JIMÉNEZ, Víctor (coord.), *Pedro Paramo: 60 años,* México, RM/Fundación Juan Rulfo, 2015.

—— MOGUEL, Julio y ZEPEDA, Jorge (eds.), *Juan Rulfo: otras miradas,* México, Juan Pablos/Fundación Juan Rulfo/Secretaría de Educación de Michoacán/Secretaría de Turismo de Michoacán/Ayuntamiento de Morelia, 2010 (1.ª ed.), 2.ª ed., corregida y aumentada, 2011.

—— VITAL, Alberto y ZEPEDA, Jorge (coords.), *Tríptico para Juan Rulfo: poesía, fotografía, crítica,* México, Fundación Juan Rulfo/RM, 2006.

JIMÉNEZ DE BÁEZ, Yvette y GUTIÉRREZ DE VELASCO, Luzelena (eds.), *Pedro Páramo: diálogos en contrapunto (1955-2005),* México, El Colegio de México, 2008.

LILLO, Gastón y LEANDRO URBINA, José (coords.), *Juan Rulfo entre la tradición y la modernidad,* número especial *Revista Canadiense de Estudios Hispánicos,* vol. 22, núm. 2 (1998).

LÓPEZ MENA, Sergio (ed.), *Revisión crítica de la obra de Juan Rulfo,* México, Praxis, 1998.

LOVELUCK, Juan (comp.), *La novela hispanoamericana,* Santiago de Chile, Editorial Universitaria, 1969.

MARTÍNEZ CARRIZALES, Leonardo (comp.), *Juan Rulfo. Los caminos de la fama pública,* México, FCE, 1998.

MEDINA, Dante (ed.), *Homenaje a Juan Rulfo,* Guadalajara, Universidad de Guadalajara, 1989.

México Indígena. Número Extraordinario: Juan Rulfo, México, Instituto Nacional Indigenista, 1986.

OLLÉ-LAPRUNE, Philippe, *Por Rulfo (Les Rencontres de Fontevraud),* París, MEET Éditeur, 2013.

POPOVIC KARIC, Pol y CHAVEZ, Fidel (coords.), *Juan Rulfo: perspectivas críticas. Ensayos inéditos,* México, Siglo XXI Eds., 2007.

Rulfo en llamas, México, Universidad de Guadalajara/Revista *Proceso,* 1988.

SOMMERS, Joseph, *La narrativa de Juan Rulfo. Interpretaciones críticas* (antología, introducción y notas de J. Sommers), México, SEP/Setentas, 1974.

VALADÉS, Edmundo (comp.), *Juan Rulfo: un mosaico crítico,* México, UNAM/Universidad de Guadalajara/INBA, 1988.

ZEPEDA, Jorge (coord.), *Nuevos indicios sobre Juan Rulfo. Genealogía, estudios, testimonios,* México, Fundación Juan Rulfo/Juan Pablos Editor, 2010.

Artículos
(no se mencionan los artículos contenidos
en las compilaciones del apartado anterior)

ARANDA, J., «La intensidad poética en la narrativa de Juan Rulfo», *Cuadernos de Filología,* 7, Universidad de Concepción, Chile, págs. 7-20.

BENEDETTI, Mario, «Juan Rulfo y su purgatorio a ras de suelo», *Letras del continente mestizo,* Montevideo, Arca, 1967, págs. 125-134.

BLANCO AGUINAGA, Carlos, «Realidad y estilo de Juan Rulfo», *Revista Mexicana de Literatura,* I, 1 (septiembre-octubre de 1955), págs. 59-86.

BLOCK DE BEHAR, Luisa, «La recurrencia anafórica de Juan Rulfo», *Texto Crítico,* 5 (septiembre-diciembre de 1976), Xalapa, Universidad Veracruzana, págs. 53-63.

CANFIELD, Martha, «El hijo negado y el viaje mítico fallido: Juan Preciado», en *Configuración del arquetipo,* Florencia, Opus Libri, 1989.

CODDOU, Marcelo, «Fundamentos para la valoración de la obra de Juan Rulfo», *Nueva Narrativa Hispanoamericana,* I, 2 (septiembre de 1971), págs. 139-158.

COROMINAS, Joan, «Juan José Arreola y Juan Rulfo: visión trági-
ca», *Thesaurus,* tomo XXXV, 1 (1980), págs. 110-121.

FUENTES, Carlos, «Mugido, muerte, y misterio: el mito de Rulfo», *Revista Iberoamericana,* XLVII, 116-117 (julio-diciembre
de 1981), págs. 11-21.

KATALIN, Kulin, «Recursos de la creación mítica en las obras
de Faulkner, Rulfo, Onetti y García Márquez», *Annales
Sectio Philologica Moderna,* Budapest, tomo VI, 1 (1977),
págs. 20-36.

LEVINE, Suzanne Jill, *«Pedro Páramo, Cien años de soledad.* Un
paralelo», *Universidad de México,* XXV, 6 (febrero de 1971),
págs. 17-23.

LLARENA, Alicia, «El balance crítico: la polémica entre el realismo
mágico y lo real maravilloso americano, 1955-1993», *Anales
de Literatura Hispanoamericana,* 261 (1997), págs. 107-118.

— «El narrador del realismo mágico: *Pedro Páramo* o los indicios
de la naturalidad», en *Realismo Mágico y Lo Real Maravilloso:
una cuestión de verosimilitud,* Gaitherburg, Hispamérica, 1997,
págs. 103-124.

LURASCHI, Ilse Adriana, «Narradores en la obra de Juan Rulfo:
estudio de sus funciones y efectos», *Cuadernos Hispanoamericanos,* núm. 308 (febrero de 1976), págs. 5-29.

MEINHARDT, Warren L., «Un nuevo asedio a la obra de Juan Rulfo», *Revista Iberoamericana,* 59, 164 (1993), págs. 741-751.

PALAISI, Marie Agnès, «Le monologue intérieur dans l'œuvre de
Juan Rulfo : une tromperie cathartique », *Cahiers de Narrato-
logie,* 2, 10 (2001), págs. 331-340.

URQUIZA GONZÁLEZ, José Ignacio, «Simbolismo e historia en
Juan Rulfo», *Revista Iberoamericana,* 59, 159 (1992).

Entrevistas

ACEVEDO ESCOBEDO, Antonio, *Los narradores ante el público. Primera serie,* México, Ficticia, 1966.

BENÍTEZ, Fernando, «Conversaciones con Juan Rulfo», *Homenaje Nacional,* México, SEP, 1980, págs. 11-18.

GONZÁLEZ, Juan E., «Entrevista con Juan Rulfo», *Revista de Oc-
cidente,* 9 (1981), págs. 105-114.

HARSS, Luis, «Juan Rulfo, o la pena sin nombre», en *Los nuestros,* Buenos Aires, Sudamericana, 1966, págs. 301-337. También en *Recopilación,* págs. 9-39 y en *Para cuando me ausente...,* págs. 73-104.

— y DOHMANN, Barbara, «Juan Rulfo on the Souls of the Departed», en *Into the Mainstream: Conversations with Latin American Writers,* Nueva York, Harper and Row, 1967, págs. 75-104.

PONIATOWSKA, Elena, «¡Ay vida, no me mereces! Juan Rulfo, tú pon cara de disimulo», en *Homenaje Nacional,* págs. 49-60, y *Tiempo libre,* suplemento de *Uno más Uno* (28 de septiembre-4 de octubre de 1980 y 5-11 de octubre de 1980).

SADA, Daniel, «Juan Rulfo: la escritura y la preservación del enigma», Entrevista con Víctor Jiménez sobre Juan Rulfo, en *Tríptico para Juan Rulfo,* México, UNAM/RM/Fundación Juan Rulfo, 2006, págs. 303-325.

SIMPSON, Máximo, Entrevista a Juan Rulfo, *Los Murmullos,* Boletín de la Fundación Juan Rulfo, núm. 1, 1999.

SOLER SERRANO, Joaquín, «Entrevista con Juan Rulfo», Programa *A fondo,* RTVE, 2.ª cadena, 17 de abril de 1977 (45 minutos de duración), reproducida en revista *Tele-radio,* núm. 24, págs. 185-192.

SOMMERS, J., «Los muertos no tienen tiempo ni espacio. Diálogo con Juan Rulfo», *Siempre,* núm. 1051 (15 de agosto de 1973), págs. VI-VII. También en *La narrativa de Juan Rulfo,* págs. 17-22 y en *Hispamérica,* II, 4-5 (1973), págs. 103-108.

BIBLIOGRAFÍA RELATIVA A «EL LLANO EN LLAMAS»

Libros

BUSHAN CHOUBEY, Chandra, *Juan Rulfo: el Llano sigue en llamas y las ánimas en pena,* México, Porrúa/Instituto Tecnológico de Monterrey, 2001.

DEVENY, John Joseph, *Narrative Technique in the Short Stories of Juan Rulfo,* Gainesville, University of Florida (Tesis), 1973.

GORDON, Donald, *Los cuentos de Juan Rulfo,* Madrid, Playor, 1976.

KAHN, Farid Ahmed, *Cinco cuentistas mexicanos,* México, UNAM, 1963.

Leal, Luis, *Breve historia del cuento mexicano,* México, UAT, 1990.

Lozano Castillo, María Inés y Piñeros de Vasquez, Teresa, *Estructura formal y sociología en «Diles que no me maten»,* Bogotá, Instituto Caro y Cuervo, Seminario Andrés Bello, 1984.

Martínez, Gustavo, *El Llano en llamas o la fatalidad hecha tierra: Juan Rulfo,* Montevideo, Rebeca Linke Eds., 2010.

Palacios Acero, Eduardo, *La imagen poética en la obra narrativa de Juan Rulfo,* Bogotá, Quingráficas Armenia, 1984.

Pealver, Terry J., *El texto en llamas. El arte narrativo de Juan Rulfo,* Nueva York, Peter Lang, 1988.

Pérez P., César, *Análisis de El Llano en llamas, de Juan Rulfo,* Bogotá, Voluntad, 1991.

Pupo-Walker, Enrique, *El cuento hispanoamericano,* Madrid, Castalia, 1973.

— y Alazraki, Jaime, *El cuento hispanoamericano ante la crítica,* Madrid, Castalia, 1973.

Rodríguez Alcalá, Hugo, *El arte de Juan Rulfo: historias de vivos y difuntos,* México, INBA, Departamento de Literatura, 1965.

Ros, Amo, *Zur Theorie Literarischen Erzahlens: Mit einer Interpretation der «cuentos» von Juan Rulfo,* Frankfurt, Atheneum Verlag, 1972.

Rowe, William, *Rulfo, El Llano en llamas,* Londres, Grant and Cutler, 1987.

Valencia Solanilla, César, *Rumor de voces: la identidad cultural en Juan Rulfo,* Bogotá, Educar, 1993.

Veas Mercado, Luis Fernando, *Los modos narrativos en los cuentos en primera persona de Juan Rulfo,* México, UNAM, 1984.

Vital, Alberto, Guzmán, M.ª Esther y Cuéllar, Stella (coords.), *60 años de El Llano en llamas,* México, UNAM/Cátedra Extraordinaria Juan Rulfo, 2015.

Zenteno Bórquez, Genaro Eduardo, *Luvina: geografía de la desesperanza, encuentro con la desilusión,* México, Universidad de Colima, 2000.

Artículos en compilaciones

Aronne de Amestoy, Lida, «Juan Rulfo: "Luvina"», en *América en la encrucijada de mito y razón,* Buenos Aires, Ed. Fernando García Cambeiro, 1976.

Cantu, Roberto, «Arte y sistema de Juan Rulfo en "El hombre"», en *Requiem for the «Boom»-Premature? A symposium,* Rose Mine y Marylin R. Frankenthaler (eds.), Montclair State College, 1980, págs. 31-50.

Coddou, Marcelo, «Fundamentos para la valoración de la obra de Juan Rulfo. Proposiciones para la interpretación del cuento "El hombre"», en *Homenaje a Juan Rulfo.* Y en *Toda la obra,* págs. 877-892.

Couffon, Claude, «El arte de Juan Rulfo», en *Recopilación de textos sobre Juan Rulfo,* La Habana, Casa de las Américas, 1960, págs. 145-149.

Coulson, Graciela, «Observaciones sobre la visión del mundo en los cuentos de Juan Rulfo», *Nueva Narrativa Hispanoamericana,* I, 2 (septiembre de 1971), págs. 159-166.

Durán, Manuel, «Los cuentos de Juan Rulfo o la realidad trascendida», en *El cuento hispanoamericano ante la crítica,* ed. de Enrique Pupo-Walker, Madrid, Castalia, 1973.

Gordon, Donald K., «El arte narrativo en tres cuentos de Rulfo», *Homenaje a Juan Rulfo,* págs. 347-360.

Halloway, James E., Jr., «El cuento "El hombre" de Juan Rulfo y la naturaleza del hombre», *Actas del XIII Congreso de la Asociación Internacional de Hispanistas* (t. III), Florencia, 1998, págs. 165-171.

Jiménez, Luis A., «Funcionalidad de los animales en "El Llano en llamas"», en *Cinco aproximaciones a la narrativa hispanoamericana,* Gladys Zaldívar (ed.), Madrid, Playor, 1977.

Jiménez de Báez, Yvette, «Destrucción de los mitos: ¿posibilidad de la historia? "El Llano en llamas" de Juan Rulfo», *Actas del IX Congreso de la Asociación Internacional de Hispanistas,* Berlín, 1986, págs. 577-590.

Lichtblau, Myron I., «El papel del narrador en "La herencia de Matilde Arcángel"», en *(Los) mundos de Juan Rulfo,* págs. 92-102.

Martínez, Pilar, «Técnica del "testigo-oyente" en los monólogos de Rulfo», en *Homenaje a Pablo Neruda y Miguel Angel Asturias,* Francisco Sánchez-Castañer y Luis Saínz de Medrano (eds.), Madrid, Universidad Complutense/Consejo Superior de Investigaciones Científicas, 1973.

MINC, Rose S., «La contradicción como ley: notas sobre "Es que somos muy pobres"», en *(Los) mundos de Juan Rulfo,* págs. 83-91.

PEÑATE RIVERO, Julio, «Juan Rulfo: el Llano (sigue) en llamas», en *Perspectivas de compresión y de explicación de la narrativa latinoamericana,* Bellinzona (Suiza), Edizione Casagrande, 1982, págs. 275-286.

VARELA JACOME, Benito, «Comentario de "La noche que lo dejaron solo" de Juan Rulfo», en *El cuento hispanoamericano contemporáneo,* Tarragona, Tarraco, Col. Arbolí, 1976, págs. 177-184.

Artículos en revistas

ARANGO L., Manuel Antonio, «Aspectos sociales en tres cuentos de *El Llano en llamas* de Juan Rulfo: "Macario", "Nos han dado la tierra" y "Es que somos pobres"», *Cuadernos Hispanoamericanos,* 375 (septiembre de 1981), págs. 627-634.

— «Aspectos religiosos en tres cuentos de *El Llano en llamas* de Juan Rulfo», Montpellier III, IRIS, Université Paul Valéry, 1998, págs 7-12.

ARGUEDAS, José María, «Reflexiones peruanas sobre un narrador mexicano», *Texto Crítico,* núm. 11 (1976), págs. 213-217.

BASTOS, Hermenegildo José, «Dos criminosos e seus relatos. Negatividade e aporia em Juan Rulfo», *Cerrados: Revista do Programa de Pós-Graduação em Literatura,* Universidade de Brasília, año 12, 15 (2003), págs. 125-143.

BORGESON, Paul W., Jr., «The Turbulent Flow Stream of Conciousness Techniques in the Short Stories of Juan Rulfo», *Revista de Estudios Hispánicos,* 13 (1979), págs. 227-252.

BROWER, Gary, «"Diles que no me maten". Aproximación a su estructura y significado», *Nueva Narrativa Hispanoamericana,* I, 2 (1973), págs. 231-235.

BURTON, Julianne, «A Drop of Rain in the Desert: Something and Nothingness in Juan Rulfo's "Nos han dado la tierra"», *Latin American Literary Review,* 2-3 (1973), págs. 55-62.

CALVIÑO IGLESIAS, Julio, «*El Llano en llamas* como metalengua», *Cuadernos del Norte,* año IV, 21 (septiembre-octubre de 1983), págs. 18-27.

CANNON, Carlota B, «"Luvina" o el ideal que pudo ser», *Papeles de son Armadans,* tomo LXXX, CCXL (1976), págs. 203-216.

CASTILLO, Fausto, «Cuando el teatro es teatro» (reseña de la adaptación de «Anacleto Morones» por Miguel Sabido), *México en la Cultura,* México (20 de marzo de 1960), pág. 8.

CLINTON, Stephen T., «Form and Meaning in Juan Rulfo's "Talpa"», *Romance Notes,* 16 (1975), págs 520-525.

COLÓN, Cecilia, «El narrador inconfesable en "Talpa", de Juan Rulfo», en *Temas y variaciones de Literatura,* 31, México, UAM (Universidad Autónoma Metropolitana), págs. 271-287.

CONDE ORTEGA, José Francisco, *«El Llano en llamas,* esa ausencia de amor», *Fragmentos,* Florianópolis (julio-diciembre de 2004), págs. 29-38.

CONTERAS ESPINOSA, Rosa Amparo, «Desamparo, desesperanza y desolación en la construcción de la afectividad en tres cuentos de Juan Rulfo», *Contribuciones desde Coatepec,* 23 (2012), págs. 15-30.

CORREA RODRÍGUEZ, Pedro, «Raíces prehispánicas en *El Llano en llamas* de Juan Rulfo», *Cauce,* Universidad de Granada, 14-15 (1992), págs. 331-381.

COULSON, Graciela B., «Observaciones sobre la visión del mundo en los cuentos de Juan Rulfo. A propósito de "Talpa" y "No oyes ladrar los perros"», *Homenaje a Juan Rulfo,* 1974, y *Nueva Narrativa Hispanoamericana,* I (1971), págs. 159-166.

DE DIEGO, Fernando, «La reificación de la mujer en *El Llano en llamas,* de Juan Rulfo», *Juan Rulfo entre la tradición y la modernidad/Revista Canadiense de Estudios Hispánicos,* vol. 22, 2 (1998), págs. 285-293.

DOBLES, Leonardo Sancho, «"Luvina", o las maromas del hombre aquel que hablaba», *Revista de Filología y Lingüística de la Universidad de Costa Rica,* vol. 32, 9 (2006), págs. 87-104.

DURÁN, Manuel, «Juan Rulfo, cuentista. La verdad casi sospechosa», *Nueva Narrativa Hispanoamericana,* I (1971), págs. 1967-1974. También en *Homenaje a Juan Rulfo,* 1974.

ECHAVARREN, Roberto, «Contexto y puesta en escena en "Luvina" de Juan Rulfo», *Dispositio,* vol. V-VI, 15-16 (1980-1981), págs. 155-177. También en *Narradores Latinoamericanos 1920-1979, XIX Congreso del INLI,* tomo II, Caracas, Edicio-

nes del Centro de Estudios Latinoamericanos Rómulo Galle-
gos, 1980, págs. 219-230.

FERNÁNDEZ, Sergio, «*El Llano en llamas* de Juan Rulfo», *Filosofía
y Letras,* 53-54 (1954), págs. 259-269.

FORGUES, Roland, «La técnica del suspense dramático en un
cuento de Juan Rulfo: "No oyes ladrar los perros"», *Letras de
Deusto,* vol. 6, 11 (enero-junio de 1976), págs. 175-185.

GALVÁN, Cándido, «A propósito de "El hombre", cuento de Rulfo», *Et Caetera,* 4 (1969), págs. 99-104.

GARCÍA-NIETO, María Luisa y GONZÁLEZ-COBOS, Carmen, «*El
Llano en llamas,* o el largo camino hacia la desesperanza»,
Castilla, 6-7 (1984) págs. 51-71.

GNUTZMANN, Rita, «Perspectivas narrativas en *El Llano en llamas*», *Anales de Literatura Hispánica,* I (1972), págs. 321-326.

GOLDGEL CARBALLO, Víctor, «Ambigüedad y justicia en *El Llano
en llamas* de Juan Rulfo», *Arbor/Ciencia, Pensamiento y Cultura,* CLXXXIII, 724 (marzo-abril de 2007), págs. 307-318.

GONINA, Inés, «"Macario" de Juan Rulfo, una visión insólita del
mundo a través del lenguaje», *Razón y Fábula/Revista de la
Universidad de los Andes,* 29 (1972), págs. 38-58.

GORDON, Donald K., «Juan Rulfo, cuentista», *Cuadernos Americanos,* CLV, 6 (noviembre-diciembre de 1967), 198-205.

HILL, Diane E., «Integración, desintegración e intensificación en
los cuentos de Juan Rulfo», *Revista Iberoamericana,* 34 (1968),
págs. 331-338. También en *Homenaje a Juan Rulfo,* 1974.

IRIZARRI, Estelle, «El motive recurrente del agua en *El Llano en llamas*», *Inti/Revista de Literatura Hispánica,* 3 (1976), págs. 20-26.

JIMÉNEZ EMAN, Gabriel, «La tierra transfigurada de Juan Rulfo.
Una interpretación de *El Llano en llamas*», *Letralia,* año XVIII,
298 (7 de abril de 2014).

KOOREMAN, Thomas E., «Estructura y realidad en *El Llano en
llamas*», *Revista Iberoamericana,* 38 (1972), págs. 301-305.

LEAL, Luis, «El cuento de ambiente: "Luvina", de Juan Rulfo»,
Nivel, 38 (25 de febrero de 1962), pág. 4. También en *Homenaje a Juan Rulfo,* págs. 91-98.

LÓPEZ, Ana María, «Presencia de la naturaleza, protesta sociopo-
lítica, muerte y resurrección en *El Llano en llamas* de Juan
Rulfo», *Anales de Literatura Hispanoamericana,* vol. III, 4
(1975), págs 173-190.

Lyon, Ted, «Ontological in the Short Stories of Juan Rulfo», *Journal of Spanish Studies: Twentieth Century, I* (1973), págs 161-168. También en español, «Motivos ontológicos en los cuentos de Juan Rulfo», *Anales de Literatura Hispanoamericana,* núm. 4 (1975), págs. 305-314.

Llamas, María del Refugio, «Juan Rulfo, "Luvina"», *El libro y el pueblo,* 69 (1970), págs. 25-30.

Llarena González, Alicia, «La actitud narrativa y la imagen creándose a sí misma. "Luvina" de Juan Rulfo», *Revista de Filología de la Universidad de La Laguna,* núm. 10 (1991), págs. 241-250.

M.A.M, «Nota sobre Juan Rulfo como introducción a "Macario"», *América,* 48 (1946), pág. 67.

Martínez Domínguez, Pedro, «Un cuento de Juan Rulfo: "¡Diles que no me maten!"», en *III Simposio de Lengua y Literatura para profesores de Bachillerato,* Oviedo, 1982, págs. 103-112.

Martínez Millán, Juan, «El laberinto espacio-temporal en dos relatos de *El Llano en llamas,* de Juan Rulfo», *Romance Quarterly,* vol. 58 (1 de junio de 2010), págs. 54-63.

Matta V., Paulina, «Tratamiento del tiempo en "¡Diles que no me maten!" de Juan Rulfo», *El guacamayo y la serpiente,* 11 (diciembre de 1977), págs. 119-136.

Megged, Nahum, «Fondo indígena, antisímbolo y problemática moderna en "Luvina" de Juan Rulfo», *Nueva Revista de Filología Hispánica,* 27 (1978), págs. 103-112.

Mocega-Gonzalez, Esther P., «La revolución y el hombre en el cuento "El Llano en llamas"», *Cuadernos Americanos,* 225 (1979), págs. 214-229.

Molloy, Sylvia, «Desentendimiento y socarronería en "Anacleto Morones", de Juan Rulfo», *Escritura,* año VI, 11 (enero-junio de 1981), págs. 163-171.

Mora, Gabriela, «El ciclo cuentístico. *El Llano en llamas,* caso representativo», *Revista de Crítica Literaria Latinoamericana,* año XVII, 34 (1991), págs. 121-134.

Moreno de Alba, José G., «Notas al léxico de Juan Rulfo», en *Homenaje a Jorge A. Suárez, Lingüística indoamericana e hispánica,* Beatriz Garza Cuarón y Paulette Lévy (eds.), México, Colmex, 1990, págs. 389-406.

Munn, Barry W., «Juan Rulfo's "Anacleto Morones"», *Reflexión 2: Primera revista de Cultura Hispánica de Canadá,* 2 (1973), págs. 51-56.

Olivier, Florence, «La mémoire ou l'oubli du crime: trous du dire dans *El Llano en llamas*», *América-Cahiers du Criccal*, 43, 2013, págs. 143-153.

Orrego Arizmendi, Juan Carlos, «Lo indígena en la obra de Juan Rulfo. Vicisitudes de una mente antropológica», *Coherencia*, vol. 5, núm. 9 (2008), págs. 95-110.

Perus, Françoise, «En busca de la poética narrativa de Juan Rulfo (Oralidad y escritura en un cuento de *El Llano en llamas*», *Poligrafías. Revista de Literatura Comparada*, núm. 2 (1997), págs. 59-83.

— «Camino de la vida: "Nos han dado la tierra" de Juan Rulfo», *Revista Iberoamericana*, LXIX, 204 (julio-septiembre de 2003), págs. 577-595.

Popovic Karic, Pol, «La ingenuidad en *El Llano en llamas*», *Revista de Filología y Lingüística de la Universidad de Costa Rica*, vol. 35, 1 (2009), págs. 53-64.

Piñero Díaz, Buenaventura, «Juan Rulfo: "Nos han dado la tierra" y el problema de las vanguardias», *Letras* (julio-septiembre de 1976), págs. 159-178.

Rama, Ángel, «Una primera lectura de "No oyes ladrar los perros" de Juan Rulfo», *Revista de la Universidad de México*, 12, (agosto de 1975), págs. 1-8.

Reis, Roberto, «O Planalto que Chama, uma abordagem dos contos de Juan Rulfo», *Revista de Cultura Vozes*, 12 (1978), págs. 485-494.

Robbins, Stéphanie M., «Yuxtaposición como técnica en el cuento de Juan Rulfo "Macario"», *Ínsula*, 286 (1970), pág. 10.

Rodríguez Alcalá, Hugo, «Análisis estilístico de *El Llano en llamas* de Juan Rulfo», *Cuadernos Americanos*, 24 (1965), págs. 211-234. También en *El arte de Juan Rulfo*, México, INBA, 1965.

— «Estudio estilístico de "En la madrugada" de Juan Rulfo», *Hispanic Review*, 34 (1966), págs. 228-241.

— «En torno al cuento de Juan Rulfo "No oyes ladrar los perros"», *Papeles de Son Armadans*, 41 (1966), págs. 135-150. También en *Homenaje a Juan Rulfo*.

— «Un cuento entre dos luces. "En la madrugada", de Juan Rulfo», *Actas del II Congreso Internacional de Hispanistas*, Nimega, Instituto Español de la Universidad de Nimega, 1967.

Rodríguez-Herrera, María Helia, «Perspectivas narrativas y disposición temporal en "El hombre" de Juan Rulfo», *Revista de Filología y Lingüística de la Universidad de Costa Rica,* 1 y 2 (marzo-septiembre de 1981), págs. 5-12.

Rosser, Harry L., «Oposiciones estructurales en "El hombre" de Juan Rulfo», *Revista de Estudios Hispánicos,* 16 (1982), págs. 411-420.

Sainz, Gustavo, Sobre *El Llano en llamas,* «Los 25 mejores cuentos mexicanos, selección y notas», *México en la Cultura* (8 de julio de 1982), págs. 1-9.

Sánchez McGregor, Joaquín, «Un ejemplo de la nueva crítica literaria hispanoamericana. Análisis de un texto de Rulfo», en *El barroco de América, XVII Congreso del IILI,* Madrid, Cultura Hispánica del Centro Iberoamericano de Cooperación, 1978, tomo III, págs. 1432-1444.

Scarano, Tommaso, «Lettura di "Luvina" di Juan Rulfo», *Studi Ispanici* (1980), págs. 163-182.

Serno-Maytorena, M. A., «El hombre y el paisaje del campo jalisciense en "La Cuesta de las Comadres", cuento de Juan Rulfo», *Cuadernos Americanos,* 177 (1971), págs. 208-216.

— «Elementos plásticos y cromáticos en "Macario" de Juan Rulfo», *Boletín del Instituto de Literatura,* 2 (1972), págs. 43-55.

— «Notas en torno a la estructura de "El hombre", cuento de Juan Rulfo», *Cátedra,* 23 (enero-junio de 1972), págs. 143-155.

Shapiro, J. P., «Une histoire contée par un idiot. W. Faulkner et Juan Rulfo», *Revue de Littérature Comparée,* 53 (1979), págs. 338-347.

Solotorevsky, Myrna, «Una aproximación estructural a "El hombre" de Juan Rulfo», *Cuadernos Hispanoamericanos,* 383, (mayo de 1982), págs. 338-347.

Torre, Gerardo de la, «Juan Rulfo, *El Llano en llamas*», *Vida Universitaria* (México), 20 de diciembre de 1970.

Valadés, Edmundo, «El cuento mexicano reciente», *Armas y Letras,* vol. III, núm. 4 (1960), págs. 19-39.

Varela Jacome, Benito, «Juan Rulfo», en *El cuento hispanoamericano contemporáneo,* Tarragona, Tarraco, Col. Arbolí, 1976, págs. 113-117.

Veas Mercado, Luis Fernando, «"Macario"», *Nueva Narrativa Hispanoamericana,* 4 (1974), págs. 275-282.

— «Fundamentos lingüísticos y psicológicos del monólogo interior en "Macario" de Juan Rulfo. El monólogo visto como una visión del mundo», *Revista Canadiense de Estudios Hispánicos,* 1 (1977), págs. 272-281.

Von Munk Benton, Gabriele, «El ambiente rural de *El Llano en llamas*», en *Literatura Iberoamericana (Memoria del X Congreso del Instituto Internacional de Literatura Iberoamericana),* México, 1965, págs. 123-127.

Bibliografía mínima relativa a la historia de México y de Jalisco en particular

Calvo, Thomas, *La Nueva Galicia en los siglos XVI y XVII,* México, CEMCA, 1989.

Cosío Villegas, Daniel, «La crisis en Mexico», *Cuadernos Americanos,* XXXII (marzo-abril de 1947), págs. 29-51.

— (dir.), *Nueva Historia General de México,* México, Colmex, 1976.

Marín Tamayo, Fausto, *Nuño de Guzmán,* México, Siglo XXI/Difocur/Sinaloa, 1992.

Muria, José María, *Breve Historia de Jalisco,* México, FCE, 2005.

Apéndice
Juan Rulfo: El desafío de la creación

Este texto excepcional, al parecer basado en una conferencia —o en una «plática», como Rulfo prefería llamar a sus intervenciones públicas en asuntos como éste— apareció publicado por primera vez en la Revista de la Universidad de México, *vol. XXV, octubre-noviembre de 1980. Volvió a aparecer luego en 1986, en la revista* Mundo Indígena. *Lo reproducimos con base en la versión incluida en* Juan Rulfo, Toda la obra, Archivos, *1992, págs. 383-385. Lo incluimos aquí, para los lectores de los cuentos de* El Llano en llamas, *por considerar que, más allá de la proverbial modestia de Rulfo, ofrece una exposición sumamente clara y precisa de su método de creación.*

Desgraciadamente, yo no tuve quien me contara cuentos; en nuestro pueblo la gente es cerrada, si, completamente, uno es un extranjero ahí.

Están ellos platicando; se sientan en sus equipales en las tardes a contarse historias y esas cosas; pero en cuanto uno llega, se quedan callados o empiezan a hablar del tiempo: «hoy parece que por ahí vienen las nubes...». En fin, yo no tuve esa fortuna de oír a los mayores contar historias: por ello me vi obligado a inventarlas y creo yo que, precisamente, uno de los principios de la creación literaria es la invención, la imaginación. Somos mentirosos; todo escritor que crea es un mentiroso, la literatura es mentira; pero de esa mentira sale una recreación de la realidad: recrear la realidad es, pues, uno de los principios fundamentales de la creación.

Considero que hay tres pasos: el primero de ellos es crear el personaje, el segundo crear el ambiente donde ese personaje se va a mover y el tercero es cómo va a hablar ese personaje, cómo se va a expresar. Esos tres puntos de apoyo son todo lo que se requiere para contar una historia; ahora, yo le tengo temor a la hoja en blanco, y sobre todo al lápiz, porque yo escribo a mano; pero quiero decir, más o menos, cuáles son mis procedimientos en una forma muy personal. Cuando yo empiezo a escribir no creo en la inspiración, jamás he creído en la inspiración, el asunto de escribir es un asunto de trabajo; ponerse a escribir a ver qué sale y llenar páginas y páginas, para que de pronto aparezca una palabra que nos dé la clave de lo que hay que hacer, de lo que va a ser aquello. A veces resulta que escribo cinco, seis o diez páginas y no aparece el personaje que yo quería que apareciera, aquel personaje vivo que tiene que moverse por sí mismo. De pronto, aparece y surge, uno lo va siguiendo, uno va tras de él. En la medida en que el personaje adquiere vida, uno puede, entonces, ver hacia dónde va; siguiéndolo lo lleva a uno por caminos que uno desconoce, pero que, estando vivo, lo conducen a uno a una realidad, o a una irrealidad, si se quiere. Al mismo tiempo, se logra crear lo que se puede decir, lo que, al final, parece que sucedió, o pudo haber sucedido, o pudo suceder pero nunca ha sucedido. Entonces, creo yo, que en esta cuestión de la creación es fundamental pensar en qué sabe uno, qué mentiras va a decir; pensar que si uno entra en la verdad, en la realidad de las cosas conocidas, en lo que uno ha visto o ha oído, está haciendo historia, reportaje.

A mí me han criticado mucho mis paisanos que cuento mentiras, que no hago historia, o que todo lo que platico o escribo, dicen, nunca ha sucedido y es así. Para mí lo primordial es la imaginación; dentro de esos tres puntos de apoyo de que hablábamos antes, está la imaginación circulando; la imaginación es infinita, no tiene límites, y hay que romper donde se cierra el círculo; hay una puerta, puede haber una puerta de escape y por esa puerta hay que desembocar, hay que irse. Así aparece otra cosa que se llama intuición: la intuición lo lleva a uno a pensar algo que no ha sucedido, pero que está sucediendo en la escritura. Concretando, se trabaja con imaginación, intuición y una aparente verdad. Cuando esto se consigue, entonces se logra la historia que uno quiere dar a conocer: el trabajo es solitario, no se puede concebir el trabajo colectivo en la literatura, y esa soledad lo lleva a uno a convertirse en una especie de médium de cosas que uno mismo desconoce, pero que sin saber que solamente el inconsciente o la intuición lo llevan a uno a crear y seguir creando. Creo que eso es, en principio, la base de todo cuento, de toda historia que se quiere contar.

Ahora, hay otro elemento, otra cosa muy importante también que es el querer contar algo sobre ciertos temas; sabemos perfectamente que no existen más que tres temas básicos: el amor, la vida y la muerte. No hay más, no hay más temas, así es que para captar su desarrollo normal, hay que saber cómo tratarlos, qué formas darles, no repetir lo que han didcho otros. Entonces, el tratamiento que se le da a un cuento nos lleva, aunque el tema se haya tratado infinitamente, a decir las cosas de otro modo; estamos contando lo mismo que han contado desde Virgilio hasta no sé quiénes más, los chinos o quien sea. Mas hay que buscar el fundamento, la forma de tratar el tema, y creo que dentro de la creación literaria, la forma —la llamada forma literaria— es la que rige, la que provoca que una historia tenga interés y llame la atención a los demás. Conforme se publica un cuento o un libro, ese libro está muerto; el autor no vuelve a pensar en él. Antes, en cambio, si no está completamente terminado, aquello le da vueltas en la cabeza constantemente: el tema sigue rondando hasta que uno se

da cuenta, por experiencia propia, de que no está conclui-
do, que hay algo que se ha quedado dentro; entonces hay
que volver a iniciar la historia, hay que ver dónde está la
falla, hay que ver cuál es el personaje que no se movió por
sí mismo. En mi caso personal tengo la característica de
eliminarme de la historia, nunca cuento un cuento en que
haya experiencias personales o que haya algo autobiográfi-
co o que lo haya visto u oído, siempre tengo que imaginar-
lo o recrearlo, si acaso hay algún punto de apoyo. Ése es el
misterio, la creación literaria es misteriosa, pero el misterio
lo da la intuición; la intuición misma es misteriosa, y uno
llega a la conclusión de que si el personaje no funciona, y el
autor tiene que ayudarle a sobrevivir, entonces falla inme-
diatamente. Estoy hablando de cosas elementales, ustedes
deben perdonarme, pero mis experiencias han sido éstas,
nunca he relatado nada que haya sucedido; mis bases son la
intuición y, dentro de eso, ha surgido lo que es ajeno al autor.
El problema, como les decía antes, es encontrar el tema, el
personaje y qué va a hacer ese personaje, cómo va a adquirir
vida. En cuanto el personaje es forzado por el autor, inme-
diatamente se mete en un callejón sin salida. Una de las
cosas más difíciles que me ha costado hacer, precisamente,
es la eliminación del autor, eliminarme a mí mismo. Yo
dejo que aquellos personajes funcionen por sí y no con mi
inclusión, porque, entonces entro en la divagación del ensayo, en la elucubración; llega uno a meter sus propias
ideas, se siente filósofo, en fin, y uno trata de hacer creer
hasta en la ideología que tiene uno, su manera de pensar
sobre la vida, o sobre el mundo, sobre los seres humanos,
cuál es el principio que movía a las acciones del hombre.
Cuando sucede eso, se vuelve uno ensayista. Conocemos
muchas novelas-ensayo, mucha obra literaria que es novela-
ensayo; pero, por regla general, el género que se presta menos a eso es el cuento. Para mí el cuento es un género real-
mente más importante que la novela, porque hay que con-
centrarse en unas cuantas páginas para decir muchas cosas,

hay que sintetizar, hay que frenarse; en eso el cuentista se parece un poco al poeta, al buen poeta. El poeta tiene que ir frenando el caballo y no desbocarse; si se desboca y escribe por escribir, le salen las palabras unas tras otras y, entonces, simplemente fracasa. Lo esencial es precisamente contenerse, no desbocarse, no vaciarse, el cuento tiene esa particularidad; yo precisamente prefiero el cuento, sobre todo, a la novela, porque la novela se presta mucho a esas divagaciones.

La novela, dicen, es un género que abarca todo, es un saco donde cabe todo, caben cuentos, teatro y acción, ensayos filosóficos y no filosóficos, una serie de temas con los cuales se va a llenar aquel saco; en cambio, en el cuento tiene uno que reducirse, sintetizarse y, en unas cuantas palabras, decir o contar una historia. Es muy difícil, es muy difícil que en tres, cuatro o diez páginas se pueda contar una historia que otros cuentan en doscientas páginas; ésa es, más o menos, la idea que yo tengo sobre la creación, sobre el principio de la creación literaria; claro que no es una exposición brillante la que les estoy haciendo, sino que les estoy hablando en forma muy elemental, porque, en realidad, yo soy muy elemental, porque yo les tengo mucho miedo a los intelectuales, por eso trato de evitarlos; cuando veo a un intelectual, le saco la vuelta, y considero que el escritor debe ser el menos intelectual de todos los pensadores, porque sus ideas y sus pensamientos son cosas muy personales que no tienen por qué influir en los demás; no debe tratar de influir en los demás ni hacer lo que él quiere que hagan los demás; cuando se llega a esa conclusión, cuando se llega a ese sitio, o llamémosle final, entonces siente uno que algo se ha logrado.

Como todos ustedes saben, no hay ningún escritor que escriba todo lo que piensa, es muy difícil trasladar el pensamiento a la escritura, creo que nadie lo hace, nadie lo ha hecho, sino que, simplemente, [hay] muchísimas cosas que al ser desarrolladas se pierden.

El Llano en llamas

A Clara

Nos han dado la tierra[1]

Después de tantas horas de caminar sin encontrar ni una sombra de árbol, ni una semilla de árbol, ni una raíz de nada, se oye el ladrar de los perros[2].

Uno ha creído a veces, en medio de este camino sin orillas, que nada habría después; que no se podría encontrar nada al otro lado, al final de esta llanura rajada de grietas y de arroyos secos. Pero sí, hay algo. Hay un pueblo. Se oye que ladran los perros y se siente en el aire el olor del humo, y se saborea ese olor de la gente como si fuera una esperanza.

---

[1] El reparto agrario, al que muy probablemente alude este cuento, tuvo lugar durante el gobierno del general Lázaro Cárdenas (1934-1940).

[2] En las versiones de *Pan y América,* no sólo esta primera frase es menos fluida, sino que en ella es mayor la precisión temporal. Dice: «Después de caminar diez horas, sin hallar...». Esta misma precisión se retoma en el tercer párrafo bajo la forma de «Ya va para diez horas que venimos caminando», en lugar de «Hemos venido caminando desde el amanecer». Sólo al final del cuento vuelve la precisión temporal: «Después de venir durante once horas pisando la dureza del Llano, nos sentimos muy a gusto...». Estas variantes pueden encontrarse en las notas correspondientes de Sergio López Mena en la edición Archivos. Esta redistribución de las coordenadas temporales de la caminata no es asunto secundario: asociada con la pérdida de las coordenadas espaciales y del sentido de quienes vienen caminando juntos, desplaza los énfasis del proceso narrativo del anonadamiento producido por el sol primero y por lo absurdo de la reforma agraria luego hacia el paulatino recobrar de las dimensiones concretas del gusto por la vida.

Pero el pueblo está todavía muy allá. Es el viento el que lo acerca.

Hemos venido caminando desde el amanecer. Ahorita son algo así como las cuatro de la tarde. Alguien se asoma al cielo, estira los ojos hacia donde está colgado el sol y dice:

—Son como las cuatro de la tarde.

Ese alguien es Melitón. Junto con él, vamos Faustino, Esteban y yo. Somos cuatro. Yo los cuento: dos adelante, otros dos atrás. Miro más atrás y no veo a nadie. Entonces me digo: «Somos cuatro». Hace rato, como a eso de las once, éramos veintitantos; pero puñito a puñito se han ido desperdigando hasta quedar nada más este nudo que somos nosotros.

Faustino dice:

—Puede que llueva.

Todos levantamos la cara y miramos una nube negra y pesada que pasa por encima de nuestras cabezas. Y pensamos: «Puede que sí».

No decimos lo que pensamos. Hace ya tiempo que se nos acabaron las ganas de hablar. Se nos acabaron con el calor. Uno platicaría muy a gusto en otra parte, pero aquí cuesta trabajo. Uno platica aquí y las palabras se calientan en la boca con el calor de afuera, y se le resecan a uno en la lengua hasta que acaban con el resuello.

Aquí así son las cosas. Por eso a nadie le da por platicar.

Cae una gota de agua, grande, gorda, haciendo un agujero en la tierra y dejando una plasta como la de un salivazo. Cae sola. Nosotros esperamos a que sigan cayendo más. No llueve. Ahora si se mira el cielo se ve a la nube aguacera corriéndose muy lejos, a toda prisa. El viento que viene del pueblo se le arrima empujándola contra las sombras azules de los cerros. Y a la gota caída por equivocación se la come la tierra y la desaparece en su sed[3].

---

[3] En las mismas versiones primeras, este párrafo presenta una redacción algo distinta. Dice: «Cae una gota de agua, grande, gorda, haciendo un agujero en la tierra y dejando una plasta como la de un salivazo. Cae

¿Quién diablos haría este llano tan grande? ¿Para qué sirve, eh?

Hemos vuelto a caminar. Nos habíamos detenido para ver llover. No llovió. Ahora volvemos a caminar. Y a mí se me ocurre que hemos caminado más de lo que llevamos andado. Se me ocurre eso. De haber llovido quizá se me ocurrieran otras cosas. Con todo, yo sé que desde que yo era muchacho, no vi llover nunca sobre el llano, lo que se llama llover.

No, el llano no es cosa que sirva. No hay ni conejos ni pájaros. No hay nada. A no ser unos cuantos huizaches trespeleques[4] y una que otra manchita de zacate con las hojas enroscadas; a no ser eso, no hay nada.

Y por aquí vamos nosotros. Los cuatro a pie. Antes andábamos a caballo y traíamos terciada una carabina. Ahora no traemos ni siquiera la carabina.

Yo siempre he pensado que en eso de quitarnos la carabina hicieron bien. Por acá resulta peligroso andar armado. Lo matan a uno sin avisarle, viéndolo a toda hora con «la 30» amarrada a las correas. Pero los caballos son otro asunto. De venir a caballo ya hubiéramos probado el agua verde del río, y paseado nuestros estómagos por las calles del pueblo para que se les bajara la comida. Ya lo hubiéramos hecho de tener

---

sola. Nosotros esperamos a que sigan cayendo más y las buscamos con los ojos. Pero no hay ninguna más. No llueve. Iba a llover; pero ahora si se mira el cielo se ve la nube aguacera corriéndose muy lejos, a toda prisa. El viento que viene del pueblo se le arrima empujándola contras las grandes oscuridades de los cerros. «¡Tienes que que dejar el llano!» *(Pan)*, ¡Tienes que dejar el llano!» *(América)*, le dice ese viento sabroso a humo *(Pan)*, «a buen humo» *(América)* (Archivos, 1992, 8) En estos ajustes, se observa la menor insistencia en el sentir de los caminantes y, por ende, el mayor énfasis en el valor simbólico de la gota de agua, que por lo demás guarda relación con los desplazamientos —simbólicos también— de la vista de abajo hacia arriba y viceversa.

[4] *Trespeleques*: en el interior del país, persona vulgar o de baja condición (DMS). Aquí es despectivo y significa más bien raquítico.

todos aquellos caballos que teníamos. Pero también nos quitaron los caballos junto con la carabina.

Vuelvo hacia todos lados y miro el llano. Tanta y tamaña tierra para nada. Se le resbalan a uno los ojos al no encontrar cosa que los detenga. Sólo unas cuantas lagartijas salen a asomar la cabeza por encima de sus agujeros, y luego que sienten la tatema del sol corren a esconderse en la sombrita de una piedra. Pero nosotros, cuando tengamos que trabajar aquí, ¿qué haremos para enfriarnos del sol, eh? Porque a nosotros nos dieron esta costra de tepetate[5] para que la sembráramos.

Nos dijeron:

—Del pueblo para acá es de ustedes.

Nosotros preguntamos:

—¿El Llano?

—Sí, el llano. Todo el Llano Grande.

Nosotros paramos la jeta para decir que el Llano no lo queríamos. Que queríamos lo que estaba junto al río. Del río para allá, por las vegas, donde están esos árboles llamados casuarinas y las paraneras[6] y la tierra buena. No este duro pellejo de vaca que se llama el Llano.

Pero no nos dejaron decir nuestras cosas. El delegado no venía a conversar con nosotros. Nos puso los papeles en la mano y nos dijo:

—No se vayan a asustar por tener tanto terreno para ustedes solos.

—Es que el Llano, señor delegado...

—Son miles y miles de yuntas.

---

[5] *Tepetate:* de acuerdo con el DMS, tepetate designa una costra en general. Aquí, se trata de costras de tierra seca.

[6] *Paranera:* el término no consta como tal en el DMS. Éste reporta la voz «parana» que, en la región de Michoacán suele designar al fresno. También consta en él el término «paraná» que en la región de Tabasco designa tierras sembradas de forraje para el ganado de engorda. El término provendría de América del Sur.

—Pero no hay agua. Ni siquiera para hacer un buche hay agua.

—¿Y el temporal? Nadie les dijo que se les iba a dotar con tierras de riego. En cuanto allí llueva, se levantará el maíz como si lo estiraran.

—Pero, señor delegado, la tierra está deslavada, dura. No creemos que el arado se entierre en esa como cantera que es la tierra del Llano. Habría que hacer agujeros con el azadón para sembrar la semilla y ni aun así es positivo que nazca nada; ni maíz ni nada nacerá.

—Eso manifiéstenlo por escrito. Y ahora váyanse. Es al latifundio al que tienen que atacar, no al Gobierno que les da la tierra.

—Espérenos usted, señor delegado. Nosotros no hemos dicho nada contra el Centro. Todo es contra el Llano... No se puede contra lo que no se puede. Eso es lo que hemos dicho... Espérenos usted para explicarle. Mire, vamos a comenzar por donde íbamos...

Pero él no nos quiso oír.

Así nos han dado esta tierra. Y en este comal acalorado quieren que sembremos semillas de algo, para ver si algo retoña y se levanta. Pero nada se levantará de aquí. Ni zopilotes. Uno los ve allá cada y cuando, muy arriba, volando a la carrera; tratando de salir lo más pronto posible de este blanco terregal endurecido, donde nada se mueve y por donde uno camina como reculando.

Melitón dice:

—Ésta es la tierra que nos han dado.

Faustino dice:

—¿Qué?

Yo no digo nada. Yo pienso: «Melitón no tiene la cabeza en su lugar. Ha de ser el calor el que lo hace hablar así. El calor que le ha traspasado el sombrero y le ha calentado la cabeza. Y si no, ¿por qué dice lo que dice? ¿Cuál tierra nos han dado, Melitón? Aquí no hay ni la tantita que necesitaría el viento para jugar a los remolinos».

Melitón vuelve a decir:

—Servirá de algo. Servirá aunque sea para correr yeguas.

—¿Cuáles yeguas? —le pregunta Esteban.

Yo no me había fijado bien a bien en Esteban. Ahora que habla, me fijo en él. Lleva puesto un gabán que le llega al ombligo, y debajo del gabán saca la cabeza algo así como una gallina.

Sí, es una gallina colorada la que lleva Esteban debajo del gabán. Se le ven los ojos dormidos y el pico abierto como si bostezara. Yo le pregunto:

—Oye, Teban, ¿dónde pepenaste esa gallina?

—Es la mía —dice él.

—No la traías antes. ¿Dónde la mercaste, eh?

—No la merqué, es la gallina de mi corral.

—Entonces te la trajiste de bastimento, ¿no?

—No, la traigo para cuidarla. Mi casa se quedó sola y sin nadie para que le diera de comer; por eso me la traje. Siempre que salgo lejos cargo con ella.

—Allí escondida se te va a ahogar. Mejor sácala al aire.

Él se la acomoda debajo del brazo y le sopla el aire caliente de su boca. Luego dice:

—Estamos llegando al derrumbadero.

Yo ya no oigo lo que sigue diciendo Esteban. Nos hemos puesto en fila para bajar la barranca y él va mero adelante. Se ve que ha agarrado a la gallina por las patas y la zangolotea a cada rato, para no golpearle la cabeza contra las piedras.

Conforme bajamos, la tierra se hace buena. Sube polvo desde nosotros como si fuera un atajo de mulas lo que bajara por allí; pero nos gusta llenarnos de polvo. Nos gusta. Después de venir durante once horas pisando la dureza del llano, nos sentimos muy a gusto envueltos en aquella cosa que brinca sobre nosotros y sabe a tierra.

Por encima del río, sobre las copas verdes de las casuarinas, vuelan parvadas de chachalacas verdes. Eso también es lo que nos gusta.

Ahora los ladridos de los perros se oyen aquí, junto a nosotros, y es que el viento que viene del pueblo retacha en la barranca y la llena de todos sus ruidos.

Esteban ha vuelto a abrazar su gallina cuando nos acercamos a las primeras casas. Le desata las patas para desentumecerla, y luego él y su gallina desaparecen detrás de unos tepemezquites[7].

—¡Por aquí arriendo[8] yo! —nos dice Esteban.

Nosotros seguimos adelante, más adentro del pueblo.

La tierra que nos han dado está allá arriba.

---

[7] *Tepemezquite:* árbol mexicano de la familia del mezquite (DMS).

[8] *Arrendar:* se emplea aquí en el sentido de tomar hacia un rumbo o una dirección (DMS).

La Cuesta de las Comadres

Los difuntos Torricos siempre fueron buenos amigos míos. Tal vez en Zapotlán no los quisieran pero, lo que es de mí, siempre fueron buenos amigos, hasta tantito antes de morirse. Ahora eso de que no los quisieran en Zapotlán no tenía ninguna importancia, porque tampoco a mí me querían allí, y tengo entendido que a nadie de los que vivíamos en la Cuesta de las Comadres nos pudieron ver con buenos ojos los de Zapotlán. Esto era desde viejos tiempos.

Por otra parte, en la Cuesta de las Comadres los Torricos no la llevaban bien con todo mundo. Seguido había desavenencias. Y si no es mucho decir, ellos eran allí los dueños de la tierra y de las casas que estaban encima de la tierra, con todo y que, cuando el reparto, la mayor parte de la Cuesta de las Comadres nos había tocado por igual a los sesenta que allí vivíamos, y a ellos, a los Torricos, nada más un pedazo de monte, con una mezcalera[9] nada más, pero donde estaban desperdigadas casi todas las casas. A pesar de

---

[9] *Mezcalero:* consta en el DRAE como adjetivo, para indicar lo relativo a la elaboración del mezcal, aguardiente que se produce a partir de la fermentación y destilación del jugo de la flor del agave. Se refiere ante todo a individuos involucrados en ese proceso. El DMS no lo registra como sustantivo con la acepción que parece tener aquí: la de un terreno sembrado de agaves.

eso, la Cuesta de las Comadres era de los Torricos. El coamil[10] que yo trabajaba era también de ellos: de Odilón y Remigio Torrico, y la docena y media de lomas verdes que se veían allá abajo eran juntamente de ellos. No había por qué averiguar nada. Todo el mundo sabía que así era.

Sin embargo, de aquellos días a esta parte, la Cuesta de las Comadres se había ido deshabitando. De tiempo en tiempo, alguien se iba; atravesaba el guardaganado donde está el palo alto, y desaparecía entre los encinos y no volvía a aparecer ya nunca. Se iban, eso era todo.

Y yo también hubiera ido de buena gana a asomarme a ver qué había tan atrás del monte que no dejaba volver a nadie; pero me gustaba el terrenito de la Cuesta, y además era buen amigo de los Torricos.

El coamil donde yo sembraba todos los años un tantito de maíz para tener elotes, y otro tantito de frijol, quedaba por el lado de arriba, allí donde la ladera baja hasta esa barranca que le dicen Cabeza del Toro.

El lugar no era feo; pero la tierra se hacía pegajosa desde que comenzaba a llover, y luego había un desparramadero[11] de piedras duras y filosas como troncones que parecían crecer con el tiempo. Sin embargo, el maíz se pegaba bien y los elotes que allí se daban eran muy dulces. Los Torricos, que para todo lo que se comían necesitaban la sal de tequesquite[12], para mis elotes no; nunca buscaron ni hablaron de echarle tequesquite a mis elotes, que eran de los que se daban en Cabeza del Toro.

---

[10] *Coamil:* en el DMS, el término, de origen náhuatl, tiene varias acepciones: designa en primer lugar una huerta con arboleda; luego un terreno que se desmonta para hacer en él la sembradura; y por último, un terreno de poca extensión que se trabaja con azadón, a diferencia de los que se labran con arado.

[11] *Desparramar:* existe tanto en el DRAE como en el DMS, junto con *desparramo. Desparramadero* es un derivado, posiblemente popular.

[12] *Tequesquite:* en el DRAE aparece como palabra de origen náhuatl, que designa salitre de tierras lacustres. En el DMS se especifica que esta

Y con todo y eso, y con todo y que las lomas verdes de allá abajo eran mejores, la gente se fue acabando. No se iban para el lado de Zapotlán, sino por este otro rumbo, por donde llega a cada rato ese viento lleno del olor de los encinos y del ruido del monte. Se iban callados la boca, sin decir nada ni pelearse con nadie. Es seguro que les sobraban ganas de pelearse con los Torricos para desquitarse de todo el mal que les habían hecho; pero no tuvieron ánimos.

Seguro eso pasó.

La cosa es que todavía después de que murieron los Torricos nadie volvió más por aquí. Yo estuve esperando. Pero nadie regresó. Primero les cuidé sus casas; remendé los techos y les puse ramas a los agujeros de sus paredes; pero viendo que tardaban en regresar, las dejé por la paz. Los únicos que no dejaron nunca de venir fueron los aguaceros de mediados de año, y esos ventarrones que soplan en febrero y que le vuelan a uno la cobija a cada rato. De vez en cuando, también, venían los cuervos volando muy bajito y graznando fuerte como si creyeran estar en algún lugar deshabitado.

Así siguieron las cosas todavía después de que se murieron los Torricos.

Antes, desde aquí, sentado donde ahora estoy, se veía claramente Zapotlán. En cualquier hora del día y de la noche podía verse la manchita blanca de Zapotlán allá lejos. Pero ahora las jarillas han crecido muy tupido y, por más que el aire las mueve de un lado para otro, no dejan ver nada de nada.

Me acuerdo de antes, cuando los Torricos venían a sentarse aquí también y se estaban acuclillados horas y horas hasta el oscurecer, mirando para allá sin cansarse, como si

sustancia es abundante en la Meseta Central en el lecho de los lagos desecados y que está formada de sexquicarbonato y cloruro de sodio. Se usa en la cocina mexicana y en la medicina popular como sustituto del bicarbonato común.

118

el lugar este les sacudiera sus pensamientos o el mitote de ir a pasearse a Zapotlán. Sólo después supe que no pensaban en eso. Únicamente se ponían a ver el camino: aquel ancho callejón arenoso que se podía seguir con la mirada desde el comienzo hasta que se perdía entre los ocotes del cerro de la Media Luna.

Yo nunca conocí a nadie que tuviera un alcance de vista como el de Remigio Torrico. Era tuerto. Pero el ojo negro y medio cerrado que le quedaba parecía acercar tanto las cosas, que casi las traía junto a sus manos. Y de allí a saber qué bultos se movían por el camino no había ninguna diferencia. Así, cuando su ojo se sentía a gusto teniendo en quién recargar la mirada, los dos se levantaban de su divisadero y desaparecían de la Cuesta de las Comadres por algún tiempo.

Eran los días en que todo se ponía de otro modo aquí entre nosotros. La gente sacaba de las cuevas del monte sus animalitos y los traía a amarrar en sus corrales. Entonces se sabía que había borregos y guajolotes. Y era fácil ver cuántos montones de maíz y de calabazas amarillas amanecían asoleándose en los patios. El viento que atravesaba los cerros era más frío que otras veces; pero, no se sabía por qué, todos allí decían que hacía muy buen tiempo. Y uno oía en la madrugada que cantaban los gallos como en cualquier lugar tranquilo, y aquello parecía como si siempre hubiera habido paz en la Cuesta de las Comadres.

Luego volvían los Torricos. Avisaban que venían desde antes que llegaran, porque sus perros salían a la carrera y no paraban de ladrar hasta encontrarlos. Y nada más por los ladridos todos calculaban la distancia y el rumbo por donde irían a llegar. Entonces la gente se apuraba a esconder otra vez sus cosas.

Siempre fue así el miedo que traían los difuntos Torricos cada vez que regresaban a la Cuesta de las Comadres.

Pero yo nunca llegué a tenerles miedo. Era buen amigo de los dos y a veces hubiera querido ser un poco menos viejo para meterme en los trabajos en que ellos andaban. Sin embargo, ya no servía yo para mucho. Me di cuenta aquella noche en que les ayudé a robar a un arriero. Entonces me di cuenta de que me faltaba algo. Como que la vida que yo tenía estaba ya muy desperdiciada y no aguantaba más estirones. De eso me di cuenta.

Fue como a mediados de las aguas cuando los Torricos me convidaron para que les ayudara a traer unos tercios de azúcar. Yo iba un poco asustado. Primero, porque estaba cayendo una tormenta de esas en que el agua parece escarbarle a uno por debajo de los pies. Después, porque no sabía adónde iba. De cualquier modo, allí vi yo la señal de que no estaba hecho ya para andar en andanzas.

Los Torricos me dijeron que no estaba lejos el lugar adonde íbamos. «En cosa de un cuarto de hora estamos allá», me dijeron. Pero cuando alcanzamos el camino de la Media Luna comenzó a oscurecer y cuando llegamos a donde estaba el arriero era ya alta la noche.

El arriero no se paró a ver quién venía. Seguramente estaba esperando a los Torricos y por eso no le llamó la atención vernos llegar. Eso pensé. Pero todo el rato que trajinamos de aquí para allá con los tercios de azúcar, el arriero se estuvo quieto, agazapado entre el zacatal[13]. Entonces le dije eso a los Torricos. Les dije:

—Ese que está allí tirado parece estar muerto o algo por el estilo.

—No, nada más ha de estar dormido —me dijeron ellos—. Lo dejamos aquí cuidando, pero se ha de haber cansado de esperar y se durmió.

Yo fui y le di una patada en las costillas para que despertara; pero el hombre siguió igual de tirante.

—Está bien muerto —les volví a decir.

---

[13] *Zacatal:* en el DRAE, designa el pastizal. Proviene de *zacate,* término náhuatl que designa la hierba, el pasto o el forraje.

—No, no te creas, nomás está tantito atarantado porque Odilón le dio con un leño en la cabeza, pero después se levantará. Ya verás que en cuanto salga el sol y sienta el calorcito, se levantará muy aprisa y se irá en seguida para su casa. ¡Agárrate ese tercio de allí y vámonos! —fue todo lo que me dijeron.

Ya por último le di una última patada al muertito y sonó igual que si se la hubiera dado a un tronco seco. Luego me eché la carga al hombro y me vine por delante. Los Torricos me venían siguiendo. Los oí que cantaban durante largo rato, hasta que amaneció. Cuando amaneció dejé de oírlos. Ese aire que sopla tantito antes de la madrugada se llevó los gritos de su canción y ya no pude saber si me seguían, hasta que oí pasar por todos lados los ladridos encarrerados de sus perros.

De ese modo fue como supe qué cosas iban a espiar todas las tardes los Torricos, sentados junto a mi casa de la Cuesta de las Comadres.

A Remigio Torrico yo lo maté.

Ya para entonces quedaba poca gente entre los ranchos. Primero se habían ido de uno en uno; pero los últimos casi se fueron en manada. Ganaron y se fueron, aprovechando la llegada de las heladas. En años pasados llegaron las heladas y acabaron con las siembras en una sola noche. Y este año también. Por eso se fueron. Creyeron seguramente que el año siguiente sería lo mismo y parece que ya no se sintieron con ganas de seguir soportando las calamidades del tiempo todos los años y la calamidad de los Torricos todo el tiempo.

Así que, cuando yo maté a Remigio Torrico, ya estaban bien vacías de gente la Cuesta de las Comadres y las lomas de los alrededores.

Esto sucedió como en octubre. Me acuerdo que había una luna muy grande y muy llena de luz, porque yo me

121

senté afuerita de mi casa a remendar un costal todo agujerado, aprovechando la buena luz de la luna, cuando llegó el Torrico.

Ha de haber andado borracho. Se me puso enfrente y se bamboleaba de un lado para otro, tapándome y destapándome la luz que yo necesitaba de la luna.

—Ir ladereando[14] no es bueno —me dijo después de mucho rato—. A mí me gustan las cosas derechas, y si a ti no te gustan, ahi te lo haiga, porque yo he venido aquí a enderezarlas.

Yo seguí remendando mi costal. Tenía puestos todos mis ojos en coserle los agujeros, y la aguja de arria trabajaba muy bien cuando la alumbraba la luz de la luna. Seguro por eso creyó que yo no me preocupaba de lo que decía:

—A ti te estoy hablando —me gritó, ahora sí ya corajudo—. Bien sabes a lo que he venido.

Me espanté un poco cuando se me acercó y me gritó aquello casi a boca de jarro. Sin embargo, traté de verle la cara para saber de qué tamaño era su coraje y me le quedé mirando, como preguntándole a qué había venido.

Eso sirvió. Ya más calmado se soltó diciendo que a la gente como yo había que agarrarla desprevenida.

—Se me seca la boca al estarte hablando después de lo que hiciste —me dijo—; pero era tan amigo mío mi hermano como tú y sólo por eso vine a verte, a ver cómo sacas en claro lo de la muerte de Odilón.

Yo lo oía ya muy bien. Dejé a un lado el costal y me quedé oyéndolo sin hacer otra cosa.

---

[14] *Laderear:* en el DRAE existe *ladear,* en el sentido de inclinarse o torcer hacia un lado, de andar por las laderas y de desviarse del sendero derecho. No aparece laderear, que en cambio sí figura en el DMS, en donde además de las acepciones del DRAE incluye la de tratar de esquivar o excusarse.

Supe cómo me echaba a mí la culpa de haber matado a su hermano. Pero no había sido yo. Me acordaba de quién había sido, y yo se lo hubiera dicho, aunque parecía que él no me dejaría lugar para platicarle cómo estaban las cosas.

—Odilón y yo llegamos a pelearnos muchas veces —siguió diciéndome—. Era algo duro de entenderas y le gustaba encararse con todos, pero no pasaba de allí. Con unos cuantos golpes se calmaba. Y eso es lo que quiero saber: si te dijo algo, o te quiso quitar algo o qué fue lo que pasó. Pudo ser que te haya querido golpear y tú le madrugaste. Algo de eso ha de haber sucedido.

Yo sacudí la cabeza para decirle que no, que yo no tenía nada que ver...

—Oye —me atajó el Torrico—, Odilón llevaba ese día catorce pesos en la bolsa de la camisa. Cuando lo levanté, lo esculqué y no encontré esos catorce pesos. Luego ayer supe que te habías comprado una frazada.

Y eso era cierto. Yo me había comprado una frazada. Vi que se venían muy aprisa los fríos y el gabán que yo tenía estaba ya todito hecho garras, por eso fui a Zapotlán a conseguir una frazada. Pero para eso había vendido el par de chivos que tenía, y no fue con los catorce pesos de Odilón con lo que la compré. Él podía ver que si el costal se había llenado de agujeros se debió a que tuve que llevarme al chivito chiquito allí metido, porque todavía no podía caminar como yo quería.

—Sábete de una vez por todas que pienso pagarme lo que le hicieron a Odilón, sea quien sea el que lo mató. Y yo sé quién fue —oí que me decía casi encima de mi cabeza.

—¿De modo que fui yo? —le pregunté.

—¿Y quién más? Odilón y yo éramos sinvergüenzas y lo que tú quieras, y no digo que no llegamos a matar a nadie; pero nunca lo hicimos por tan poco. Eso sí te lo digo a ti.

La luna grande de octubre pegaba de lleno sobre el corral y mandaba hasta la pared de mi casa la sombra larga de Remigio. Lo vi que se movía en dirección de un tejocote y que agarraba el guango[15] que yo siempre tenía recargado allí. Luego vi que regresaba con el guango en la mano.

Pero al quitarse él de enfrente, la luz de la luna hizo brillar la aguja de arria, que yo había clavado en el costal. Y no sé por qué, pero de pronto comencé a tener una fe muy grande en aquella aguja. Por eso, al pasar Remigio Torrico por mi lado, desensarté la aguja y sin esperar otra cosa se la hundí a él cerquita del ombligo. Se la hundí hasta donde le cupo. Y allí la dejé.

Luego luego se engarruñó[16] como cuando da el cólico y comenzó a acalambrarse hasta doblarse poco a poco sobre las corvas y quedar sentado en el suelo, todo entelerido y con el susto asomándosele por el ojo.

Por un momento pareció como que se iba a enderezar para darme un machetazo con el guango; pero seguro se arrepintió o no supo ya qué hacer, soltó el guango y volvió a engarruñarse. Nada más eso hizo.

Entonces vi que se le iba entristeciendo la mirada como si comenzara a sentirse enfermo. Hacía mucho que no me tocaba ver una mirada así de triste y me entró la lástima. Por eso aproveché para sacarle la aguja de arria del ombligo y metérsela más arribita, allí donde pensé que tendría el corazón. Y sí, allí lo tenía, porque nomás dio dos o tres respingos como un pollo descabezado y luego se quedó quieto.

---

[15] *Guango:* el término figura en el DRAE como adjetivo, en el sentido de holgado. Como sustantivo, designa un cobertizo, sentido que no puede ser el de su empleo aquí. En el DMS, además de las acepciones anteriores designa también un árbol gigantesco, que se conoce en México como árbol de lluvia. No figura el sentido sugerido por el texto de Rulfo, que parece ser el de garrote o porra. En la edición Archivos, Sergio López Mena lo da como sinónimo de machete. Líneas adelante el narrador habla de «dar un machetazo con el guango».

[16] *Engarruñarse:* no figura el DRAE. En el DMS se da por sinónimo de encogerse.

Ya debía haber estado muerto cuando le dije:

—Mira, Remigio, me has de dispensar, pero yo no maté a Odilón. Fueron los Alcaraces. Yo andaba por allí cuando él se murió, pero me acuerdo bien de que yo no lo maté. Fueron ellos, toda la familia entera de los Alcaraces. Se le dejaron ir encima, y cuando yo me di cuenta, Odilón estaba agonizando. Y ¿sabes por qué? Comenzando porque Odilón no debía haber ido a Zapotlán. Eso tú lo sabes. Tarde o temprano tenía que pasarle algo en ese pueblo, donde había tantos que se acordaban mucho de él. Y tampoco los Alcaraces lo querían. Ni tú ni yo podemos saber qué fue a hacer él a meterse con ellos.

»Fue cosa de un de repente. Yo acababa de comprar mi sarape y ya iba de salida cuando tu hermano le escupió un trago de mezcal en la cara a uno de los Alcaraces. Él lo hizo por jugar. Se veía que lo había hecho por divertirse, porque los hizo reír a todos. Pero todos estaban borrachos. Odilón y los Alcaraces y todos. Y de pronto se le echaron encima. Sacaron sus cuchillos y se le apeñuscaron y lo aporrearon hasta no dejar de Odilón cosa que sirviera. De eso murió.

»Como ves, no fui yo el que lo mató. Quisiera que te dieras cabal cuenta de que yo no me entrometí para nada».

Eso le dije al difunto Remigio.

Ya la luna se había metido del otro lado de los encinos cuando yo regresé a la Cuesta de las Comadres con la canasta pizcadora[17] vacía. Antes de volverla a guardar, le di unas cuantas zambullidas en el arroyo para que se le enjuagara la sangre. Yo la iba a necesitar muy seguido y no me hubiera gustado ver la sangre de Remigio a cada rato.

Me acuerdo que eso pasó allá por octubre, a la altura de las fiestas de Zapotlán. Y digo que me acuerdo que fue por

---

[17] *Pizcar:* aparece en el DMS en el sentido de recolectar frutos, especialmente el maíz. Por extensión, la canasta pizcadora designa la canasta que sirve para tal efecto.

esos días, porque en Zapotlán estaban quemando cohetes, mientras que por el rumbo donde tiré a Remigio se levantaba una gran parvada de zopilotes a cada tronido que daban los cohetes.

De eso me acuerdo.

Es que somos muy pobres[18]

Aquí todo va de mal en peor. La semana pasada se murió mi tía Jacinta, y el sábado, cuando ya la habíamos enterrado y comenzaba a bajársenos la tristeza, comenzó a llover como nunca. A mi papá eso le dio coraje, porque toda la cosecha de cebada estaba asoleándose en el solar. Y el aguacero llegó de repente, en grandes olas de agua, sin darnos tiempo ni siquiera a esconder aunque fuera un manojo; lo único que pudimos hacer, todos los de mi casa, fue estarnos arrimados debajo del tejaván[19], viendo cómo el agua fría que caía del cielo quemaba aquella cebada amarilla tan recién cortada.

Y apenas ayer, cuando mi hermana Tacha acababa de cumplir doce años, supimos que la vaca que mi papá le regaló para el día de su santo se la había llevado el río.

El río comenzó a crecer hace tres noches, a eso de la madrugada. Yo estaba muy dormido y, sin embargo, el es-

---

[18] Respecto de la versión primera de *América,* ésta presenta muchas modificaciones, todas de detalle y destinadas a mejorar el ritmo y el efecto de oralidad del relato. Estas sucesivas modificaciones no se transcriben aquí para no sobrecargar el texto: como en casos semejantes pueden consultarse en la edición Archivos.

[19] *Tejaván:* el término no figura en el DRAE. En el DMS, aparece como *tejaván* o *tejabán,* para designar una casa rústica y pobre con pared que puede ser de carrizos o de adobe, pero con techo de tejas. En este caso parece estar designando un alero cubierto de tejas.

truendo que traía el río al arrastrarse me hizo despertar en seguida y pegar el brinco de la cama con mi cobija en la mano, como si hubiera creído que se estaba derrumbando el techo de mi casa. Pero después me volví a dormir, porque reconocí el sonido del río y porque ese sonido se fue haciendo igual hasta traerme otra vez el sueño.

Cuando me levanté, la mañana estaba llena de nublazones y parecía que había seguido lloviendo sin parar. Se notaba en que el ruido del río era más fuerte y se oía más cerca. Se olía, como se huele una quemazón, el olor a podrido del agua revuelta.

A la hora en que me fui a asomar, el río ya había perdido sus orillas. Iba subiendo poco a poco por la calle real, y estaba metiéndose a toda prisa en la casa de esa mujer que le dicen *la Tambora*. El chapaleo del agua se oía al entrar por el corral y al salir en grandes chorros por la puerta. *La Tambora* iba y venía caminando por lo que era ya un pedazo de río, echando a la calle sus gallinas para que se fueran a esconder a algún lugar donde no les llegara la corriente.

Y por el otro lado, por donde está el recodo, el río se debía de haber llevado, quién sabe desde cuándo, el tamarindo que estaba en el solar de mi tía Jacinta, porque ahora ya no se ve ningún tamarindo. Era el único que había en el pueblo, y por eso nomás la gente se da cuenta de que la creciente esta que vemos es la más grande de todas las que ha bajado el río en muchos años.

Mi hermana y yo volvimos a ir por la tarde a mirar aquel amontonadero[20] de agua que cada vez se hace más espesa y oscura y que pasa ya muy por encima de donde debe estar el puente. Allí nos estuvimos horas y horas sin cansarnos viendo la cosa aquella. Después nos subimos por la barran-

---

[20] *Amontonadero:* es posiblemente una forma popular, por amontonamiento menos coloquial.

ca, porque queríamos oír bien lo que decía la gente, pues abajo, junto al río, hay un gran ruidazal[21] y sólo se ven las bocas de muchos que se abren y se cierran y como que quieren decir algo; pero no se oye nada. Por eso nos subimos por la barranca, donde también hay gente mirando el río y contando los perjuicios que ha hecho. Allí fue donde supimos que el río se había llevado a *la Serpentina,* la vaca esa que era de mi hermana Tacha porque mi papá se la regaló para el día de su cumpleaños y que tenía una oreja blanca y otra colorada y muy bonitos ojos.

No acabo de saber por qué se le ocurriría a *la Serpentina* pasar el río este, cuando sabía que no era el mismo río que ella conocía de a diario. *La Serpentina* nunca fue tan atarantada[22]. Lo más seguro es que ha de haber venido dormida para dejarse matar así nomás por nomás. A mí muchas veces me tocó despertarla cuando le abría la puerta del corral, porque si no, de su cuenta, allí se hubiera estado el día entero con los ojos cerrados, bien quieta y suspirando, como se oye suspirar a las vacas cuando duermen.

Y aquí ha de haber sucedido eso de que se durmió. Tal vez se le ocurrió despertar al sentir que el agua pesada le golpeaba las costillas. Tal vez entonces se asustó y trató de regresar; pero al volverse se encontró entreverada[23] y aca-

---

[21] *Ruidazal:* no consta en ninguno de los dos diccionarios consultados. En el DRAE, existen *ruidal* y *ruidero* como voces propias de Honduras y México, respectivamente, para hablar de un ruido grande y repetido. En el DMS, constan *ruidada* y *ruidero,* en sentidos semejantes. *Ruidazal* estaría formado sobre el modelo de lodazal.

[22] *Atarantado:* de acuerdo con el DMS, el adjetivo atarantado, de uso coloquial en distintos países de América Central y América del Sur tiene la acepción de tonto, necio, falto de juicio.

[23] *Entreverado:* según el DRAE, *entrevero* y *entreverarse* en el sentido de mezclarse hombres o animales en desorden y de manera confusa sería un americanismo. No consta con esta acepción en el DMS.

lambrada[24] entre aquella agua negra y dura como tierra corrediza. Tal vez bramó pidiendo que le ayudaran.

Bramó como sólo Dios sabe cómo.

Yo le pregunté a un señor que vio cuando la arrastraba el río si no había visto también al becerrito que andaba con ella. Pero el hombre dijo que no sabía si lo había visto. Sólo dijo que la vaca manchada pasó patas arriba muy cerquita de donde él estaba y que allí dio una voltereta y luego no volvió a ver ni los cuernos ni las patas ni ninguna señal de vaca. Por el río rodaban muchos troncos de árboles con todo y raíces y él estaba muy ocupado en sacar leña, de modo que no podía fijarse si eran animales o troncos los que arrastraba.

Nomás por eso, no sabemos si el becerro está vivo, o si se fue detrás de su madre río abajo. Si así fue, que Dios los ampare a los dos.

La apuración que tienen en mi casa es lo que pueda suceder el día de mañana, ahora que mi hermana Tacha se quedó sin nada. Porque mi papá con muchos trabajos había conseguido a *la Serpentina,* desde que era una vaquilla, para dársela a mi hermana, con el fin de que ella tuviera un capitalito y no se fuera a ir de piruja[25] como lo hicieron mis otras dos hermanas, las más grandes.

Según mi papá, ellas se habían echado a perder porque éramos muy pobres en mi casa y ellas eran muy retobadas[26]. Desde chiquillas ya eran rezongonas. Y tan luego que

<hr />

[24] *Acalambrada: acalambrar* y *acalambrado* constan como americanismos y coloquialismos en el DRAE, en el sentido de producir miedo y gran preocupación.

[25] *Piruja:* según el DMS, pirujo designa a un hombre mujeriego. Piruja a su vez se refiere a la mujer de mala conducta, por lo común joven, libre y desenvuelta. Mujer de mala reputación y conducta dudosa.

[26] *Retobado:* además de la acepción de respondón que da el DRAE como sinónimo de retobado, el DMS proporciona también los sentidos de indómito, rebelde, salvaje en tratándose animales; y de porfiado, caprichoso, testarudo para seres humanos.

crecieron les dio por andar con hombres de lo peor, que les enseñaron cosas malas. Ellas aprendieron pronto y entendían muy bien los chiflidos, cuando las llamaban a altas horas de la noche. Después salían hasta de día. Iban cada rato por agua al río y a veces, cuando uno menos se lo esperaba, allí estaban en el corral, revolcándose en el suelo, todas encueradas y cada una con un hombre trepado encima.

Entonces mi papá las corrió a las dos. Primero les aguantó todo lo que pudo; pero más tarde ya no pudo aguantarlas más y les dio carrera para la calle. Ellas se fueron para Ayutla o no sé para dónde; pero andan de pirujas.

Por eso le entra la mortificación a mi papá, ahora por la Tacha, que no quiere vaya a resultar como sus otras dos hermanas, al sentir que se quedó muy pobre viendo la falta de su vaca, viendo que ya no va a tener con qué entretenerse mientras le da por crecer y pueda casarse con un hombre bueno, que la pueda querer para siempre. Y eso ahora va a estar difícil. Con la vaca era distinto, pues no hubiera faltado quien se hiciera el ánimo de casarse con ella, sólo por llevarse también aquella vaca tan bonita.

La única esperanza que nos queda es que el becerro esté todavía vivo. Ojalá no se le haya ocurrido pasar el río detrás de su madre. Porque si así fue, mi hermana Tacha está tantito así de retirado de hacerse piruja[27]. Y mamá no quiere.

Mi mamá no sabe por qué Dios la ha castigado tanto al darle unas hijas de ese modo, cuando en su familia, desde su abuela para acá, nunca ha habido gente mala. Todos fueron criados en el temor de Dios y eran muy obedientes y no le cometían irreverencias a nadie. Todos fueron por el estilo. Quién sabe de dónde les vendría a ese par de hijas suyas aquel mal ejemplo. Ella no se acuerda. Le da vuelta a todos sus recuerdos y no ve claro dónde estuvo su mal o el

---

[27] «... *tantito así de retirado de hacerse piruja»:* giro popular y coloquial equivalente a «no está muy lejos de...».

pecado de nacerle una hija tras otra con la misma mala costumbre. No se acuerda. Y cada vez que piensa en ellas, llora y dice: «Que Dios las ampare a las dos».

Pero mi papá alega que aquello ya no tiene remedio. La peligrosa es la que queda aquí, la Tacha, que va como palo de ocote crece y crece y que ya tiene unos comienzos de senos que prometen ser como los de sus hermanas: puntiagudos y altos y medio alborotados para llamar la atención.

—Sí —dice—, le llenará los ojos a cualquiera dondequiera que la vean. Y acabará mal; como que estoy viendo que acabará mal.

Ésa es la mortificación de mi papá.

Y Tacha llora al sentir que su vaca no volverá porque se la ha matado el río. Está aquí, a mi lado, con su vestido color de rosa, mirando el río desde la barranca y sin dejar de llorar. Por su cara corren chorretes de agua sucia como si el río se hubiera metido dentro de ella.

Yo la abrazo tratando de consolarla, pero ella no entiende. Llora con más ganas. De su boca sale un ruido semejante al que se arrastra por las orillas del río, que la hace temblar y sacudirse todita, y, mientras, la creciente sigue subiendo. El sabor a podrido que viene de allá salpica la cara mojada de Tacha y los dos pechitos de ella se mueven de arriba abajo, sin parar, como si de repente comenzaran a hincharse para empezar a trabajar por su perdición.

El hombre[28]

Los pies del hombre se hundieron en la arena dejando una huella sin forma, como si fuera la pezuña de algún animal. Treparon sobre las piedras, engarruñándose[29] al sentir la inclinación de la subida, luego caminaron hacia arriba, buscando el horizonte.

«Pies planos —dijo el que lo seguía—. Y un dedo de menos. Le falta el dedo gordo en el pie izquierdo. No abundan fulanos con estas señas. Así que será fácil».

La vereda subía, entre yerbas, llena de espinas y de malasmujeres[30]. Parecía un camino de hormigas de tan angosto. Subía sin rodeos hacia el cielo. Se perdía allá y luego volvía a aparecer más lejos, bajo un cielo más lejano.

Los pies siguieron la vereda, sin desviarse. El hombre caminó apoyándose en los callos de sus talones, raspando las piedras con las uñas de sus pies, rasguñándose los brazos, deteniéndose en cada horizonte para medir su fin: «*No*

---

[28] El título original en el manuscrito era «Donde el río da de vueltas», pero luego se cambió con pluma por el título actual. Lo refiere así Sergio López Mena y me lo confirmó el director de la Fundación Rulfo. El primer título es interesante por cuanto deja entrever la imagen compleja a partir de la cual se despliega la imaginación del narrador. Por lo demás, el cuento casi no presenta variantes, y todas ellas son de detalle.

[29] *Engarruñarse:* cfr. nota 16.

[30] *Malasmujeres:* es el nombre vulgar para designar diversas hierbas silvestres (DMS).

el mío, sino el de él», dijo. Y volvió la cabeza para ver quién había hablado.

Ni una gota de aire, sólo el eco de su ruido entre las ramas rotas. Desvanecido a fuerza de ir a tientas, calculando sus pasos, aguantando hasta la respiración: *«Voy a lo que voy»*, volvió a decir. Y supo que era él el que hablaba.

«Subió por aquí, rastrillando el monte —dijo el que lo perseguía—. Cortó las ramas con un machete. Se conoce que lo arrastraba el ansia. Y el ansia deja huellas siempre. Eso lo perderá».

Comenzó a perder el ánimo cuando las horas se alargaron y detrás de un horizonte estaba otro y el cerro por donde subía no terminaba. Sacó el machete y cortó las ramas duras como raíces y tronchó la yerba desde la raíz. Mascó un gargajo mugroso y lo arrojó a la tierra con coraje. Se chupó los dientes y volvió a escupir. El cielo estaba tranquilo allá arriba, quieto, trasluciendo sus nubes entre la silueta de los palos guajes[31], sin hojas. No era tiempo de hojas. Era ese tiempo seco y roñoso de espinas y de espigas secas y silvestres. Golpeaba con ansia los matojos con el machete: *«Se amellará con este trabajito, más te vale dejar en paz las cosas»*.

Oyó allá atrás su propia voz.

«Lo señaló su propio coraje —dijo el perseguidor—. Él ha dicho quién es, ahora sólo falta saber dónde está. Terminaré de subir por donde subió, después bajaré por donde bajó, rastreándolo hasta cansarlo. Y donde yo me detenga, allí estará. Se arrodillará y me pedirá perdón. Y yo le dejaré ir un balazo en la nuca... Eso sucederá cuando yo te encuentre».

Llegó al final. Sólo el puro cielo, cenizo, medio quemado por la nublazón de la noche. La tierra se había caído

---

[31] *Palos guajes:* de acuerdo con el DMS, se trata de plantas rastreras de hojas y flores apestosas a zopilote, que producen frutos grandes, semejantes a la calabaza, usados en el campo para hacer vasijas pequeñas que sirven para beber agua en ellas.

para el otro lado. Miró la casa enfrente de él, de la que salía el último humo del rescoldo. Se enterró en la tierra blanda, recién removida. Tocó la puerta sin querer, con el mango del machete. Un perro llegó y le lamió las rodillas, otro más corrió a su alrededor moviendo la cola. Entonces empujó la puerta sólo cerrada a la noche.

El que lo perseguía dijo: «Hizo un buen trabajo. Ni siquiera los despertó. Debió llegar a eso de la una, cuando el sueño es más pesado; cuando comienzan los sueños; después del "Descansen en paz", cuando se suelta la vida en manos de la noche y cuando el cansancio del cuerpo raspa las cuerdas de la desconfianza y las rompe».

«No debí matarlos a todos —dijo el hombre—. Al menos no a todos». Eso fue lo que dijo.

La madrugada estaba gris, llena de aire frío. Bajó hacia el otro lado, resbalándose por el zacatal[32]. Soltó el machete que llevaba todavía apretado en la mano cuando el frío le entumeció las manos. Lo dejó allí. Lo vio brillar como un pedazo de culebra sin vida, entre las espigas secas.

El hombre bajó buscando el río, abriendo una nueva brecha entre el monte.

Muy abajo el río corre mullendo sus aguas entre sabinos[33] florecidos; meciendo su espesa corriente en silencio. Camina y da vueltas sobre sí mismo. Va y viene como una serpentina enroscada sobre la tierra verde. No hace ruido. Uno podría dormir allí, junto a él, y alguien oiría la respiración de uno, pero no la del río. La yedra baja desde los altos sabinos y se hunde en el agua, junta sus manos y forma telarañas que el río no deshace en ningún tiempo.

---

[32] *Zacatal:* cfr. nota 13.
[33] *Sabino:* de acuerdo con DMS, en México el sabino es otro nombre para el *ahuehuete,* árbol que crece a la orilla de los ríos o en lugares pantanosos y que adquiere enorme corpulencia. Suele estar cubierto de una parásita blanquecina.

El hombre encontró la línea del río por el color amarillo de los sabinos. No lo oía. Sólo lo veía retorcerse bajo las sombras. Vio venir las chachalacas. La tarde anterior se habían ido siguiendo el sol, volando en parvadas detrás de la luz. Ahora el sol estaba por salir y ellas regresaban de nuevo.

Se persignó hasta tres veces. «Discúlpenme», les dijo. Y comenzó su tarea. Cuando llegó al tercero, le salían chorretes de lágrimas. O tal vez era sudor. Cuesta trabajo matar. El cuero es correoso. Se defiende aunque se haga a la resignación. Y el machete estaba mellado: «Ustedes me han de perdonar», volvió a decirles.

«Se sentó en la arena de la playa —eso dijo el que lo perseguía—. Se sentó aquí y no se movió por un largo rato. Esperó a que despejaran las nubes. Pero el sol no salió ese día, ni al siguiente. Me acuerdo. Fue el domingo aquel en que se me murió el recién nacido y fuimos a enterrarlo. No teníamos tristeza, sólo tengo memoria de que el cielo estaba gris y de que las flores que llevamos estaban desteñidas y marchitas como si sintieran la falta del sol.

»El hombre ese se quedó aquí, esperando. Allí estaban sus huellas: el nido que hizo junto a los matorrales; el calor de su cuerpo abriendo un pozo en la tierra húmeda».

«*No debí haberme salido de la vereda —pensó el hombre—. Por allá ya hubiera llegado. Pero es peligroso caminar por donde todos caminan, sobre todo llevando este peso que yo llevo. Este peso se ha de ver por cualquier ojo que me mire; se ha de ver como si fuera una hinchazón rara. Yo así lo siento. Cuando sentí que me había cortado un dedo, la gente lo vio y yo no, hasta después. Así ahora, aunque no quiera, tengo que tener alguna señal. Así lo siento, por el peso, o tal vez el esfuerzo me cansó*». Luego añadió: «*No debí matarlos a todos; me hubiera conformado con el que tenía que matar; pero estaba oscuro y los bultos eran iguales... Después de todo, así de a muchos les costará menos el entierro*».

«Te cansarás primero que yo. Llegaré a donde quieres llegar antes que tú estés allí —dijo el que iba detrás de él—.

Me sé de memoria tus intenciones, quién eres y de dónde eres y adónde vas. Llegaré antes que tú llegues».

«*Éste no es el lugar* —dijo el hombre al ver el río—. *Lo cruzaré aquí y luego más allá y quizá salga a la misma orilla. Tengo que estar al otro lado, donde no me conocen, donde nunca he estado y nadie sabe de mí; luego caminaré derecho, hasta llegar. De allí nadie me sacará nunca*».

Pasaron más parvadas de chachalacas, graznando con gritos que ensordecían.

«*Caminaré más abajo. Aquí el río se hace un enredijo y puede devolverme a donde no quiero regresar*».

«Nadie te hará daño nunca, hijo. Estoy aquí para protegerte. Por eso nací antes que tú y mis huesos se endurecieron primero que los tuyos».

Oía su voz, su propia voz, saliendo despacio de su boca. La sentía sonar como una cosa falsa y sin sentido.

¿Por qué habría dicho aquello? Ahora su hijo se estaría burlando de él. O tal vez no. «Tal vez esté lleno de rencor conmigo por haberlo dejado solo en nuestra última hora. Porque era también la mía; era únicamente la mía. Él vino por mí. No los buscaba a ustedes, simplemente era yo el final de su viaje, la cara que él soñaba ver muerta, restregada contra el lodo, pateada y pisoteada hasta la desfiguración. Igual que lo que yo hice con su hermano; pero lo hice cara a cara, José Alcancía, frente a él y frente a ti y tú nomás llorabas y temblabas de miedo. Desde entonces supe quién eras y cómo vendrías a buscarme. Te esperé un mes, despierto de día y de noche, sabiendo que llegarías a rastras, escondido como una mala víbora. Y llegaste tarde. Y yo también llegué tarde. Llegué detrás de ti. Me entretuvo el entierro del recién nacido. Ahora entiendo. Ahora entiendo por qué se me marchitaron las flores en la mano».

«*No debí matarlos a todos* —iba pensando el hombre—. *No valía la pena echarme ese tercio tan pesado en mi espalda. Los muertos pesan más que los vivos; lo aplastan a uno. Debía de haberlos tentaleado de uno por uno hasta dar con él; lo*

hubiera conocido por el bigote; aunque estaba oscuro hubiera
sabido dónde pegarle antes que se levantara... Después de todo,
así estuvo mejor. Nadie los llorará y yo viviré en paz. La cosa
es encontrar el paso para irme de aquí antes que me agarre
la noche».

El hombre entró a la angostura del río por la tarde. El sol
no había salido en todo el día, pero la luz se había bornea-
do, volteando las sombras; por eso supo que era después
del mediodía.

«Estás atrapado —dijo el que iba detrás de él y que ahora estaba sentado a la orilla del río—. Te has metido en un
atolladero. Primero haciendo tu fechoría y ahora yendo hacia los cajones, hacia tu propio cajón. No tiene caso que te
siga hasta allá. Tendrás que regresar en cuanto te veas encañonado. Te esperaré aquí. Aprovecharé el tiempo para medir la puntería, para saber dónde te voy a colocar la bala.
Tengo paciencia y tú no la tienes, así que ésa es mi ventaja. Tengo mi corazón que resbala y da vueltas en su propia
sangre, y el tuyo está desbaratado, revenido y lleno de pu-
drición. Ésa es también mi ventaja. Mañana estarás muerto, o tal vez pasado mañana o dentro de ocho días. No
importa el tiempo. Tengo paciencia».

El hombre vio que el río se encajonaba entre altas paredes y se detuvo. *«Tendré que regresar»*, dijo.

El río en estos lugares es ancho y hondo y no tropieza
con ninguna piedra. Se resbala en un cauce como de aceite
espeso y sucio. Y de vez en cuando se traga alguna rama en
sus remolinos, sorbiéndola sin que se oiga ningún quejido.

«Hijo —dijo el que estaba sentado esperando—: no tiene caso que te diga que el que te mató está muerto desde
ahora. ¿Acaso yo ganaré algo con eso? La cosa es que yo no
estuve contigo. ¿De qué sirve explicar nada? No estaba
contigo. Eso es todo. Ni con ella. Ni con él. No estaba con
nadie; porque el recién nacido no me dejó ninguna señal
de recuerdo».

El hombre recorrió un largo tramo río arriba.

En la cabeza le rebotaban burbujas de sangre. *«Creí que el primero iba a despertar a los demás con su estertor, por eso me di prisa».* «Discúlpenme la apuración», les dijo. Y después sintió que el gorgoreo aquel era igual al ronquido de la gente dormida; por eso se puso tan en calma cuando salió a la noche de afuera, al frío de aquella noche nublada.

Parecía venir huyendo. Traía una porción de lodo en las zancas, que ya ni se sabía cuál era el color de sus pantalones.

Lo vi desde que se zambulló en el río. Apechugó el cuerpo y luego se dejó ir corriente abajo, sin manotear, como si caminara pisando en el fondo. Después rebasó la orilla y puso sus trapos a secar. Lo vi que temblaba de frío. Hacía aire y estaba nublado.

Me estuve asomando desde el boquete de la cerca donde me tenía el patrón al encargo de sus borregos. Volvía y miraba a aquel hombre sin que él se maliciara[34] que alguien lo estaba espiando.

Se apalancó en sus brazos y se estuvo estirando y aflojando su humanidad, dejando orear el cuerpo para que se secara. Luego se enjaretó la camisa y los pantalones agujerados. Vi que no traía machete ni ningún arma. Sólo la pura funda que le colgaba de la cintura, huérfana.

Miró y remiró para todos lados y se fue. Y ya iba yo a enderezarme para arriar[35] mis borregos, cuando lo vi volver con la misma traza de desorientado.

---

[34] *Maliciar:* según el DRAE, maliciar es verbo transitivo; no reporta la forma reflexiva empleada aquí. Tampoco el DMS da cuenta de este uso reflexivo. En México, para muchos verbos la forma reflexiva es común en el lenguaje popular o coloquial.

[35] *Arriar:* no consta en el DRAE con un significado afín al contexto en que se emplea aquí. De acuerdo con el DMS, arriar suele emplearse a veces por arrear.

Se metió otra vez al río, en el brazo de en medio, de regreso.

«¿Qué trairá[36] este hombre?», me pregunté.

Y nada. Se echó de vuelta al río y la corriente se soltó zangoloteándolo como un reguilete, y hasta por poco y se ahoga. Dio muchos manotazos y por fin no pudo pasar y salió allá abajo, echando buches de agua hasta desentriparse[37].

Volvió a hacer la operación de secarse en pelota y luego arrendó[38] río arriba por el rumbo de donde había venido.

Que me lo dieran ahorita. De saber lo que había hecho lo hubiera apachurrado[39] a pedradas y ni siquiera me entraría el remordimiento.

Ya lo decía yo que era un juilón. Con sólo verle la cara. Pero no soy adivino, señor licenciado. Sólo soy un cuidador de borregos y hasta si usted quiere algo miedoso cuando da la ocasión. Aunque, como usted dice, lo pude muy bien agarrar desprevenido y una pedrada bien dada en la cabeza lo hubiera dejado allí tieso. Usted ni quien se lo quite que tiene la razón.

Eso que me cuenta de todas las muertes que debía y que acababa de efectuar, no me lo perdono. Me gusta matar matones, créame usted. No es la costumbre; pero se ha de sentir sabroso ayudarle a Dios a acabar con esos hijos del mal.

La cosa es que no todo quedó allí. Lo vi venir de nueva cuenta al día siguiente. Pero yo todavía no sabía nada. ¡De haberlo sabido!

---

[36] *Trairá:* de traer, en el sentido de traérselas.

[37] *Desentriparse:* el término no consta en ninguno de los diccionarios de referencia. Por su contexto no requiere de mayor explicación.

[38] *Arrendar:* cfr. nota 8.

[39] *Apachurrar:* se encuentra en el DRAE por *despachurrar*. En el DMS, se señala que en ciertas regiones de México se emplea de manera irónica o festiva. El sentido figurado es el de acallar, vencer, derrotar, correr a alguien.

Lo vi venir más flaco que el día antes, con los huesos afuerita del pellejo, con la camisa rasgada. No creí que fuera él, así estaba de desconocido.

Lo conocí por el arrastre[40] de sus ojos: medio duros, como que lastimaban. Lo vi beber agua y luego hacer buches como quien está enjuagándose la boca; pero lo que pasaba era que se había tragado un buen puño de ajolotes[41], porque el charco donde se puso a sorber era bajito y estaba plagado de ajolotes. Debía de tener hambre.

Le vi los ojos, que eran dos agujeros oscuros como de cueva. Se me arrimó y me dijo: «¿Son tuyas esas borregas?». Y yo le dije que no. «Son de quien las parió», eso le dije.

No le hizo gracia la cosa. Ni siquiera peló el diente. Se pegó a la más hobachona de mis borregas y con sus manos como tenazas le agarró las patas y le sorbió el pezón. Hasta acá se oían los balidos del animal; pero él no la soltaba, seguía chupe y chupe hasta que se hastió de mamar. Con decirle que tuve que echarle criolina en las ubres para que se le desinflamaran y no se le fueran a infestar los mordiscos que el hombre les había dado.

¿Dice usted que mató a toditita la familia de los Urquidi? De haberlo sabido lo atajo a puros leñazos.

Pero uno es ignorante. Uno vive remontado en el cerro, sin más trato que los borregos, y los borregos no saben de chismes.

Y al otro día se volvió a aparecer. Al llegar yo, llegó él. Y hasta entramos en amistad.

Me contó que no era de por aquí, que era de un lugar muy lejos; pero que no podía andar ya porque le fallaban las piernas: «Camino y camino y no ando nada. Se me do-

---

[40] *Arrastre:* de la expresión «estar para el arrastre», en sentido figurado y familiar, para significar estar ya inútil, de no servir para nada, por cansancio, por edad, enfermedad o cualquier otra causa (DMS).

[41] *Ajolote:* en México, se emplea ajolote por renacuajo (DMS).

blan las piernas de la debilidad. Y mi tierra está lejos, más allá de aquellos cerros». Me contó que se había pasado dos días sin comer más que puros yerbajos. Eso me dijo.

¿Dice usted que ni piedad le entró cuando mató a los familiares de los Urquidi? De haberlo sabido se habría quedado en juicio y con la boca abierta mientras estaba bebiéndose la leche de mis borregas.

Pero no parecía malo. Me contaba de su mujer y de sus chamacos. Y de lo lejos que estaban de él. Se sorbía los mocos al acordarse de ellos.

Y estaba reflaco, como trasijado. Todavía ayer se comió un pedazo de animal que se había muerto del relámpago. Parte amaneció comida de seguro por las hormigas arrieras y la parte que quedó él la tatemó en las brasas que yo prendía para calentarme las tortillas y le dio fin. Ruñó[42] los huesos hasta dejarlos pelones.

«El animalito murió de enfermedad», le dije yo.

Pero como si ni me oyera. Se lo tragó enterito. Tenía hambre.

Pero dice usted que acabó con la vida de esa gente. De haberlo sabido. Lo que es ser ignorante y confiado. Yo no soy más que borreguero y de ahi en más no sé nada. ¡Con decirle que se comía mis mismas tortillas y que las embarraba en mi mismo plato!

¿De modo que ora que vengo a decirle lo que sé, yo salgo encubridor? Pos ora sí. ¿Y dice usted que me va a meter en la cárcel por esconder a ese individuo? Ni que yo fuera el que mató a la familia esa. Yo sólo vengo a decirle que allí en un charco del río está un difunto. Y usted me alega que desde cuándo y cómo es y de qué modo es ese difunto. Y ora que yo se lo digo, salgo encubridor. Pos ora sí.

---

[42] *Ruñir:* el DRAE señala ruñir como mexicanismo, y lo da por equivalente de agujerear. El DMS lo da como verbo popular y campesino, que en el interior de la República, se emplea en el sentido de roer.

Créame usted, señor licenciado, que de haber sabido quién era aquel hombre no me hubiera faltado el modo de hacerlo perdedizo[43]. ¿Pero yo qué sabía? Yo no soy adivino.

Él sólo me pedía de comer y me platicaba de sus muchachos, chorreando lágrimas.

Y ahora se ha muerto. Yo creí que había puesto a secar sus trapos entre las piedras del río; pero era él, enterito, el que estaba allí boca abajo, con la cara metida en el agua. Primero creí que se había doblado al empinarse sobre el río y no había podido ya enderezar la cabeza y que luego se había puesto a resollar agua, hasta que le vi la sangre coagulada que le salía por la boca y la nuca repleta de agujeros como si lo hubieran taladrado.

Yo no voy a averiguar eso. Sólo vengo a decirle lo que pasó, sin quitar ni poner nada. Soy borreguero y no sé de otras cosas.

---

[43] *Perdedizo:* en el DRAE existe el adjetivo *perdidizo* y la expresión «hacerse perdidizo». El DMS registra las formas perdedizo y hacerse perdedizo como de uso muy común con el sentido de hacer desaparecer.

En la madrugada

San Gabriel sale de la niebla húmedo de rocío. Las nubes de la noche durmieron sobre el pueblo buscando el calor de la gente. Ahora está por salir el sol y la niebla se levanta despacio, enrollando su sábana, dejando hebras blancas encima de los tejados. Un vapor gris, apenas visible, sube de los árboles y de la tierra mojada atraído por las nubes; pero se desvanece en seguida. Y detrás de él aparece el humo negro de las cocinas, oloroso a encino quemado, cubriendo el cielo de cenizas.

Allá lejos los cerros están todavía en sombras.

Una golondrina cruzó las calles y luego sonó el primer toque del alba.

Las luces se apagaron. Entonces una mancha como de tierra envolvió al pueblo, que siguió roncando un poco más, adormecido en el color del amanecer.

Por el camino de Jiquilpan, bordeado de camichines[44], el viejo Esteban viene montado en el lomo de una vaca, arreando el ganado de la ordeña. Se ha subido allí para que

---

[44] *Camichín:* de acuerdo con el DMS, camichín es el nombre vulgar con que se conoce también el zalate o ficus, un matapalo común del cual hay muchas especies en México.

no le brinquen a la cara los chapulines[45]. Se espanta los zancudos[46] con su sombrero y de vez en cuando intenta chiflar, con su boca sin dientes, a las vacas, para que no se queden rezagadas. Ellas caminan rumiando, salpicándose con el rocío de la hierba. La mañana está aclarando. Oye las campanadas del alba en San Gabriel y se baja de la vaca, arrodillándose en el suelo y haciendo la señal de la cruz con los brazos extendidos.

Una lechuza grazna en el hueco de los árboles y entonces él brinca de nuevo al lomo de la vaca, se quita la camisa para que con el aire se le vaya el susto, y sigue su camino.

«Una, dos, diez», cuenta las vacas al estar pasando el guardaganado que hay a la entrada del pueblo. A una de ellas la detiene por las orejas y le dice estirando la trompa[47]: «Ora te van a desahijar, motilona[48]. Llora si quieres; pero es el último día que verás a tu becerro». La vaca lo mira con sus ojos tranquilos, se lo sacude con la cola y camina hacia adelante.

Están dando la última campanada del alba.

No se sabe si las golondrinas vienen de Jiquilpan o salen de San Gabriel; sólo se sabe que van y vienen zigzagueando, mojándose el pecho en el lodo de los charcos sin perder el vuelo; algunas llevan algo en el pico, recogen el lodo con las plumas timoneras y se alejan, saliéndose del camino, perdiéndose en el sombrío horizonte.

---

[45] *Chapulín:* designa en México una especie de saltamonte (DMS).

[46] *Zancudo:* es un americanismo por mosquito (DMS).

[47] *Trompa:* se emplea de modo familiar para referir la cara de enojo de las personas que estiran la boca o los labios. También es sinónimo de jeta, o boca de labios salientes.

[48] *Motilona:* el apelativo es obviamente cariñoso. Sin embargo, el sentido del término no es claro: no consta en el DMS y el DRAE proporciona dos acepciones distintas: la primera refiere motilón a una tribu indígena, los motilones que viven en la frontera entre Colombia y Venezuela; la segunda, da motilona por lega de una comunidad de monjas. Sergio López Mena (Archivos) da como significado de motilona, que tiene poco pelo.

Las nubes están ya sobre las montañas, tan distantes que sólo parecen parches grises prendidos a las faldas de aquellos cerros azules.

El viejo Esteban mira las serpentinas de colores que corren por el cielo: rojas, anaranjadas, amarillas. Las estrellas se van haciendo blancas. Las últimas chispas se apagan y brota el sol, entero, poniendo gotas de vidrio en la punta de la hierba.

«Yo tenía el ombligo frío de traerlo al aire. Ya no me acuerdo por qué. Llegué al zaguán del corral y no me abrieron. Se quebró la piedra con la que estuve tocando la puerta y nadie salió. Entonces creí que mi patrón don Justo se había quedado dormido. No les dije nada a las vacas, ni les expliqué nada; me fui sin que me vieran, para que no fueran a seguirme. Busqué donde estuviera bajita la barda y por allí me trepé y caí al otro lado, entre los becerros. Y ya estaba yo quitando la tranca del zaguán cuando vi al patrón don Justo que salía de donde estaba el tapanco, con la niña Margarita dormida en sus brazos y que atravesaba el corral sin verme. Yo me escondí hasta hacerme perdedizo[49] arrejolándome[50] contra la pared, y de seguro no me vio. Al menos eso creí».

El viejo Esteban dejó entrar las vacas una por una, mientras las ordeñaba. Dejó al último a la desahijada, que se estuvo brame y brame, hasta que por pura lástima la dejó entrar. «Por última vez —le dijo—; míralo y lengüetéalo; míralo como si fuera a morir. Estás ya por parir y todavía te

---

[49] *Perdedizo:* cfr. nota 43.
[50] *Arrejolarse:* el término no consta ni en el DRAE, ni en el DMS. Tampoco lo registra Sergio López Mena.

encariñas con este grandulón». Y a él: «Saboréalas nomás, que ya no son tuyas; te darás cuenta de que esta leche es leche tierna como para un recién nacido». Y le dio de patadas cuando vio que mamaba de las cuatro tetas. «Te romperé las jetas, hijo de res».

«**Y** le hubiera roto el hocico si no hubiera surgido por allí el patrón don Justo, que me dio de patadas a mí para que me calmara. Me zurró una sarta de porrazos que hasta me quedé dormido entre las piedras, con los huesos tronándome de tan zafados[51] que los tenía. Me acuerdo que duré todo ese día entelerido y sin poder moverme por la hinchazón que me resultó después y por el mucho dolor que todavía me dura.

»¿Qué pasó luego? Yo no lo supe. No volví a trabajar con él. Ni yo ni nadie, porque ese mismo día se murió. ¿No lo sabía usted? Me lo vinieron a decir a mi casa, mientras estaba acostado en el catre, con la vieja allí a mi lado poniéndome fomentos y cataplasmas. Me llegaron con ese aviso. Y que dizque yo lo había matado, dijeron los díceres. Bien pudo ser; pero yo no me acuerdo. ¿No cree usted que matar a un prójimo deja rastros? Los debe de dejar, y más tratándose de un superior de uno. Pero desde el momento que me tienen aquí en la cárcel por algo ha de ser, ¿no cree usted? Aunque, mire, yo bien que me acuerdo de hasta el momento que le pegué al becerro y de cuando el patrón se me vino encima, hasta allí va muy bien la memoria; después todo está borroso. Siento que me quedé dormido de a tiro[52] y que cuando desperté estaba en mi catre, con la vieja allí a mi lado consolándome de mis dolencias como si yo fuera un chiquillo y no este viejo desportillado que yo soy.

---

[51] *Zafado:* de *zafarse,* en el sentido de desconyuntarse, desarticularse los huesos (DMS).
[52] *De a tiro:* inmediata y completamente (DMS).

Hasta le dije: «¡Ya cállate!». Me acuerdo muy bien que se lo dije, ¿cómo no iba a acordarme de que había matado a un hombre? Y, sin embargo, dicen que maté a don Justo. ¿Con qué dicen que lo maté? ¿Que dizque con una piedra, verdad? Vaya, menos mal, porque si dijeran que había sido con un cuchillo estarían zafados[53], porque yo no cargo cuchillo desde que era muchacho y de eso hace ya una buena hilera de años».

Justo Brambila dejó a su sobrina Margarita sobre la cama, cuidando de no hacer ruido. En la pieza contigua dormía su hermana, tullida desde hacía dos años, inmóvil, con su cuerpo hecho de trapo; pero siempre despierta. Solamente tenía un rato de sueño, al amanecer; entonces se dormía como si se entregara a la muerte.

Despertaba al salir el sol, ahora. Cuando Justo Brambila dejaba el cuerpo dormido de Margarita sobre la cama, ella comenzaba a abrir los ojos. Oyó la respiración de su hija y preguntó: «¿Dónde has estado anoche, Margarita?». Y antes que comenzaran los gritos que acabarían por despertarla, Justo Brambila abandonó el cuarto, en silencio.

Eran las seis de la mañana.

Se dirigió al corral para abrirle el zaguán al viejo Esteban. Pensó también en subir al tapanco, para deshacer la cama donde él y Margarita habían pasado la noche. «Si el señor cura autorizara esto, yo me casaría con ella; pero estoy seguro de que armará un escándalo si se lo pido. Dirá que es un incesto y nos excomulgará a los dos. Más vale dejar las cosas en secreto». En eso iba pensando cuando se encontró al viejo Esteban peleándose con el becerro, metiendo sus manos como de alambre en el hocico del animal y dándole de patadas en la cabeza. Parecía que el becerro ya

---

[53] *Zafado:* en este caso significa loco o chiflado (DMS).

estaba derrengado porque restregaba sus patas en el suelo sin poder enderezarse.

Corrió y agarró al viejo por el cuello y lo tiró contra las piedras, dándole de puntapiés y gritándole cosas de las que él nunca conoció su alcance. Después sintió que se le nublaba la cabeza y caía rebotando contra el empedrado del corral. Quiso levantarse y volvió a caer, y al tercer intento se quedó quieto. Una nublazón negra le cubrió la mirada cuando quiso abrir los ojos. No sentía dolor, sólo una cosa negra que le fue oscureciendo el pensamiento hasta la oscuridad total.

El viejo Esteban se levantó ya alto el sol. Se fue caminando a tientas, quejándose. No se supo cómo abrió la puerta y se echó a la calle. No se supo cómo llegó a su casa, llevando los ojos cerrados, dejando aquel reguero de sangre por todo el camino. Llegó y se recostó en su catre y volvió a dormirse.

Serían las once de la mañana cuando entró Margarita en el corral, buscando a Justo Brambila, llorando porque su madre le había dicho después de mucho sermonearla que era una prostituta.

Encontró a Justo Brambila muerto.

«Que dizque yo lo maté. Bien pudo ser. Pero también pudo ser que él se haya muerto de coraje. Tenía muy mal genio. Todo le parecía mal: que estaban sucios los pesebres; que las pilas no tenían agua; que las vacas estaban reflacas. Todo le parecía mal; hasta que yo estuviera flaco no le gustaba. Y cómo no iba a estar flaco si apenas comía. Si me la pasaba en un puro viaje con las vacas: las llevaba a Jiquilpan, donde él había comprado un potrero de pasturas; esperaba a que comieran y luego me las traía de vuelta para llegar con ellas de madrugada. Aquello parecía una eterna peregrinación.

»Y ahora ya ve usted, me tienen detenido en la cárcel y que me van a juzgar la semana que entra porque criminé[54] a don Justo. Yo no me acuerdo; pero bien pudo ser. Quizá los dos estábamos ciegos y no nos dimos cuenta de que nos matábamos uno al otro. Bien pudo ser. La memoria, a esta edad mía, es engañosa; por eso yo le doy gracias a Dios, porque si acaba con todas mis facultades, ya no pierdo mucho, ya que casi no me queda ninguna. Y en cuanto a mi alma, pues ahí también a Él se la encomiendo».

Sobre San Gabriel estaba bajando otra vez la niebla. En los cerros azules brillaba todavía el sol. Una mancha de tierra cubría el pueblo. Después vino la oscuridad. Esa noche no encendieron las luces, de luto, pues don Justo era el dueño de la luz. Los perros aullaron hasta el amanecer. Los vidrios de colores de la iglesia estuvieron encendidos hasta el amanecer con la luz de los cirios, mientras velaban el cuerpo del difunto. Voces de mujeres cantaban en el semi-sueño de la noche: «Salgan, salgan, salgan, ánimas de penas» con voz de falsete. Y las campanas estuvieron doblando a muerto toda la noche, hasta el amanecer, hasta que fueron cortadas por el toque del alba.

[54] *Criminar:* el DRAE da criminar por equivalente de *incriminar,* cuyo sentido sería inculpar. El DMS lo da por vulgarismo, y con un sentido similar. Es evidente, sin embargo, que Rulfo emplea aquí la forma criminar en el sentido de matar.

Talpa

Natalia se metió entre los brazos de su madre y lloró largamente allí con un llanto quedito. Era un llanto aguantado por muchos días, guardado hasta ahora que regresamos a Zenzontla y vio a su madre y comenzó a sentirse con ganas de consuelo.

Sin embargo, antes, entre los trabajos de tantos días difíciles, cuando tuvimos que enterrar a Tanilo en un pozo de la tierra de Talpa, sin que nadie nos ayudara, cuando ella y yo, los dos solos, juntamos nuestras fuerzas y nos pusimos a escarbar la sepultura desenterrando los terrones con nuestras manos —dándonos prisa para esconder pronto a Tanilo dentro del pozo y que no siguiera espantando ya a nadie con el olor de su aire lleno de muerte—, entonces no lloró.

Ni después, al regreso, cuando nos vinimos caminando de noche sin conocer el sosiego, andando a tientas como dormidos y pisando con pasos que parecían golpes sobre la sepultura de Tanilo. En ese entonces, Natalia parecía estar endurecida y traer el corazón apretado para no sentirlo bullir dentro de ella. Pero de sus ojos no salió ninguna lágrima.

Vino a llorar hasta aquí[55], arrimada a su madre; sólo para acongojarla y que supiera que sufría, acongojándonos

---

[55] *Vino a llorar hasta aquí...*: este giro tiene en México el sentido de «No lloró sino hasta llegar aquí».

de paso a todos, porque yo también sentí ese llanto de ella dentro de mí como si estuviera exprimiendo el trapo de nuestros pecados.

Porque la cosa es que a Tanilo Santos entre Natalia y yo lo matamos. Lo llevamos a Talpa para que se muriera. Y se murió. Sabíamos que no aguantaría tanto camino; pero, así y todo, lo llevamos empujándolo entre los dos, pensando acabar con él para siempre. Eso hicimos.

La idea de ir a Talpa salió de mi hermano Tanilo. A él se le ocurrió primero que a nadie. Desde hacía años que estaba pidiendo que lo llevaran. Desde hacía años. Desde aquel día en que amaneció con unas ampollas moradas repartidas en los brazos y las piernas. Cuando después las ampollas se le convirtieron en llagas por donde no salía nada de sangre y sí una cosa amarilla como goma de copal que destilaba agua espesa. Desde entonces me acuerdo muy bien que nos dijo cuánto miedo sentía de no tener ya remedio. Para eso quería ir a ver a la Virgen de Talpa; para que Ella con su mirada le curara sus llagas. Aunque sabía que Talpa estaba lejos y que tendríamos que caminar mucho debajo del sol de los días y del frío de las noches de marzo, así y todo quería ir. La Virgencita le daría el remedio para aliviarse de aquellas cosas que nunca se secaban. Ella sabía hacer eso: lavar las cosas, ponerlo todo nuevo de nueva cuenta como un campo recién llovido. Ya allí, frente a Ella, se acabarían sus males; nada le dolería ni le volvería a doler más. Eso pensaba él.

Y de eso nos agarramos Natalia y yo para llevarlo. Yo tenía que acompañar a Tanilo porque era mi hermano. Natalia tendría que ir también, de todos modos, porque era su mujer. Tenía que ayudarlo llevándolo del brazo, sopesándolo a la ida y tal vez a la vuelta sobre sus hombros, mientras él arrastrara su esperanza.

Yo ya sabía desde antes lo que había dentro de Natalia. Conocía algo de ella. Sabía, por ejemplo, que sus piernas redondas, duras y calientes como piedras al sol del mediodía, estaban solas desde hacía tiempo. Ya conocía yo eso. Habíamos estado juntos muchas veces; pero siempre la sombra de Tanilo nos separaba: sentíamos que sus manos ampolladas se metían entre nosotros y se llevaban a Natalia para que lo siguiera cuidando. Y así sería siempre mientras él estuviera vivo.

Yo sé ahora que Natalia está arrepentida de lo que pasó. Y yo también lo estoy; pero eso no nos salvará del remordimiento ni nos dará ninguna paz ya nunca. No podrá tranquilizarnos saber que Tanilo se hubiera muerto de todos modos porque ya le tocaba, y que de nada había servido ir a Talpa, tan allá, tan lejos; pues casi es seguro de que se hubiera muerto igual allá que aquí, o quizás tantito después aquí que allá, porque todo lo que se mortificó por el camino, y la sangre que perdió de más, y el coraje y todo, todas esas cosas juntas fueron las que lo mataron más pronto. Lo malo está en que Natalia y yo lo llevamos a empujones, cuando él ya no quería seguir, cuando sintió que era inútil seguir y nos pidió que lo regresáramos. A estirones[56] lo levantábamos del suelo para que siguiera caminando, diciéndole que ya no podíamos volver atrás.

«Está ya más cerca Talpa que Zenzontla». Eso le decíamos. Pero entonces Talpa estaba todavía lejos; más allá de muchos días.

Lo que queríamos era que se muriera. No está por demás decir que eso era lo que queríamos desde antes de salir de Zenzontla y en cada una de las noches que pasamos en el camino de Talpa. Es algo que no podemos entender ahora; pero entonces era lo que queríamos. Me acuerdo muy bien.

Me acuerdo muy bien de esas noches. Primero nos alumbrábamos con ocotes. Después dejábamos que la ce-

---

[56] *A estirones:* de acuerdo con el DMS, *estirón* es equivalente de esperezo o desperezo. La locución «a estirones» no consta en el diccionario. Parece formada sobre el modelo de «a empujones».

niza oscureciera la lumbrada y luego buscábamos Natalia y yo la sombra de algo para escondernos de la luz del cielo. Así nos arrimábamos a la soledad del campo, fuera de los ojos de Tanilo y desaparecidos en la noche. Y la soledad aquella nos empujaba uno al otro. A mí me ponía entre los brazos el cuerpo de Natalia y a ella eso le servía de remedio. Sentía como si descansara; se olvidaba de muchas cosas y luego se quedaba adormecida y con el cuerpo sumido en un gran alivio.

Siempre sucedía que la tierra sobre la que dormíamos estaba caliente. Y la carne de Natalia, la esposa de mi hermano Tanilo, se calentaba en seguida con el calor de la tierra. Luego aquellos dos calores juntos quemaban y lo hacían a uno despertar de su sueño. Entonces mis manos iban detrás de ella; iban y venían por encima de ese como rescoldo que era ella; primero suavemente, pero después la apretaban como si quisieran exprimirle la sangre. Así una y otra vez, noche tras noche, hasta que llegaba la madrugada y el viento frío apagaba la lumbre de nuestros cuerpos. Eso hacíamos Natalia y yo a un lado del camino de Talpa, cuando llevamos a Tanilo para que la Virgen lo aliviara.

Ahora todo ha pasado. Tanilo se alivió hasta de vivir. Ya no podrá decir nada del trabajo tan grande que le costaba vivir, teniendo aquel cuerpo como emponzoñado, lleno por dentro de agua podrida que le salía por cada rajadura de sus piernas o de sus brazos. Unas llagas así de grandes, que se abrían despacito, muy despacito, para luego dejar salir a borbotones un aire como de cosa echada a perder que a todos nos tenía asustados.

Pero ahora que está muerto la cosa se ve de otro modo. Ahora Natalia llora por él, tal vez para que él vea, desde donde está, todo el gran remordimiento que lleva encima de su alma. Ella dice que ha sentido la cara de Tanilo estos últimos días. Era lo único que servía de él para ella; la cara de Tanilo, humedecida siempre por el sudor en que lo dejaba el esfuerzo para aguantar sus dolores. La sintió acercándose hasta su boca, escondiéndose entre sus cabellos, pidiéndole, con una voz apenitas, que lo ayudara. Dice que le dijo que ya se había curado por fin; que ya no le molestaba ningún dolor. «Ya puedo estar contigo, Natalia. Ayúdame a estar contigo», dizque eso le dijo.

Acabábamos de salir de Talpa, de dejarlo allí enterrado bien hondo en aquel como surco profundo que hicimos para sepultarlo.

Y Natalia se olvidó de mí desde entonces. Yo sé cómo le brillaban antes los ojos como si fueran charcos alumbrados por la luna. Pero de pronto se destiñeron, se le borró la mirada como si la hubiera revolcado en la tierra. Y pareció no ver ya nada. Todo lo que existía para ella era el Tanilo de ella, que ella había cuidado mientras estuvo vivo y lo había enterrado cuando tuvo que morirse.

Tardamos veinte días en encontrar el camino real de Talpa. Hasta entonces habíamos venido los tres solos. Desde allí comenzamos a juntarnos con gente que salía de todas partes; que había desembocado como nosotros en aquel camino ancho parecido a la corriente de un río, que nos hacía andar a rastras, empujados por todos lados como si nos llevaran amarrados con hebras de polvo. Porque de la tierra se levantaba, con el bullir de la gente, un polvo blanco como tamo de maíz que subía muy alto y volvía a caer; pero los pies al caminar lo devolvían y lo hacían subir de nuevo; así a todas horas estaba aquel polvo por encima y debajo de nosotros. Y arriba de esta tierra estaba el cielo vacío, sin nubes, sólo el polvo; pero el polvo no da ninguna sombra.

Teníamos que esperar a la noche para descansar del sol y de aquella luz blanca del camino.

Luego los días fueron haciéndose más largos. Habíamos salido de Zenzontla a mediados de febrero, y ahora que comenzaba marzo amanecía muy pronto. Apenas si cerrábamos los ojos al oscurecer, cuando nos volvía a despertar el sol, el mismo sol que parecía acabarse de poner hacía un rato.

Nunca había sentido que fuera más lenta y violenta la vida como caminar entre un amontonadero de gente; igual que si fuéramos un hervidero de gusanos apelotonados bajo el sol, retorciéndonos entre la cerrazón del polvo que nos encerraba a todos en la misma vereda y nos llevaba como acorralados. Los ojos seguían la polvareda; daban en el polvo como si tropezaran contra algo que no se podía traspasar. Y el cielo siempre gris, como una mancha gris y pesada que nos aplastaba a todos desde arriba. Sólo a veces, cuando cruzábamos algún río, el polvo era más alto y más claro. Zambullíamos la cabeza acalenturada y renegrida en el agua verde, y por un momento de todos nosotros salía un humo azul, parecido al vapor que sale de la boca con el frío. Pero poquito después desaparecíamos otra vez entreverados en el polvo, cobijándonos unos a otros del sol, de aquel calor del sol repartido entre todos.

Algún día llegará la noche. En eso pensábamos. Llegará la noche y nos pondremos a descansar. Ahora se trata de cruzar el día, de atravesarlo como sea para correr del calor y del sol. Después nos detendremos. Después. Lo que tenemos que hacer por lo pronto es esfuerzo tras esfuerzo para ir de prisa detrás de tantos como nosotros y delante de otros muchos. De eso se trata. Ya descansaremos bien a bien cuando estemos muertos.

En eso pensábamos Natalia y yo y quizá también Tanilo, cuando íbamos por el camino real de Talpa, entre la procesión; queriendo llegar los primeros hasta la Virgen, antes que se le acabaran los milagros.

Pero Tanilo comenzó a ponerse más malo. Llegó un rato en que ya no quería seguir. La carne de sus pies se había reventado y por la reventazón aquella empezó a salírsele la sangre. Lo cuidamos hasta que se puso bueno. Pero, así y todo, ya no quería seguir:

«Me quedaré aquí sentado un día o dos y luego me volveré a Zenzontla». Eso nos dijo.

Pero Natalia y yo no quisimos. Había algo dentro de nosotros que no nos dejaba sentir ninguna lástima por ningún Tanilo. Queríamos llegar con él a Talpa, porque a esas alturas, así como estaba, todavía le sobraba vida. Por eso mientras Natalia le enjuagaba los pies con aguardiente para que se le deshincharan, le daba ánimos. Le decía que sólo la Virgen de Talpa lo curaría. Ella era la única que podía hacer que él se aliviara para siempre. Ella nada más. Había otras muchas Vírgenes; pero sólo la de Talpa era la buena. Eso le decía Natalia.

Y entonces Tanilo se ponía a llorar con lágrimas que hacían surco entre el sudor de su cara y después se maldecía por haber sido malo. Natalia le limpiaba los chorretes de lágrimas con su rebozo, y entre ella y yo lo levantábamos del suelo para que caminara otro rato más, antes que llegara la noche.

Así, a tirones, fue como llegamos con él a Talpa.

Ya en los últimos días también nosotros nos sentíamos cansados. Natalia y yo sentíamos que se nos iba doblando el cuerpo entre más y más. Era como si algo nos detuviera y cargara un pesado bulto sobre nosotros. Tanilo se nos caía más seguido y teníamos que levantarlo y a veces llevarlo sobre los hombros. Tal vez de eso estábamos como estábamos: con el cuerpo flojo y lleno de flojera para caminar. Pero la gente que iba allí junto a nosotros nos hacía andar más aprisa.

Por las noches, aquel mundo desbocado se calmaba. Desperdigadas por todas partes brillaban las fogatas y en derredor de la lumbre la gente de la peregrinación rezaba el rosario, con los brazos en cruz, mirando hacia el cielo de Talpa. Y se oía cómo el viento llevaba y traía aquel rumor, revolviéndolo, hasta hacer de él un solo mugido. Poco después todo se quedaba quieto. A eso de la medianoche podía oírse que alguien cantaba muy lejos de nosotros. Luego se cerraban los ojos y se esperaba sin dormir a que amaneciera.

Entramos a Talpa cantando el Alabado.

Habíamos salido a mediados de febrero y llegamos a Talpa en los últimos días de marzo, cuando ya mucha gente venía de regreso. Todo se debió a que Tanilo se puso a hacer penitencia. En cuanto se vio rodeado de hombres que llevaban pencas de nopal colgadas como escapulario, él también pensó en llevar las suyas. Dio en amarrarse los pies uno con otro con las mangas de su camisa para que sus pasos se hicieran más desesperados. Después quiso llevar una corona de espinas. Tantito después se vendó los ojos, y más tarde, en los últimos trechos del camino, se hincó en la tierra, y así, andando sobre los huesos de sus rodillas y con las manos cruzadas hacia atrás, llegó a Talpa aquella cosa que era mi hermano Tanilo Santos; aquella cosa tan llena de cataplasmas y de hilos oscuros de sangre que dejaba en el aire, al pasar, un olor agrio como de animal muerto.

Y cuando menos acordamos lo vimos metido entre las danzas. Apenas si nos dimos cuenta y ya estaba allí, con la larga sonaja en la mano, dando duros golpes en el suelo con sus pies amoratados y descalzos. Parecía todo enfurecido, como si estuviera sacudiendo el coraje que llevaba encima desde hacía tiempo; o como si estuviera haciendo un último esfuerzo por conseguir vivir un poco más.

Tal vez al ver las danzas se acordó de cuando iba todos los años a Tolimán, en el novenario del Señor, y bailaba la noche entera hasta que sus huesos se aflojaban, pero sin cansarse. Tal vez de eso se acordó y quiso revivir su antigua fuerza.

Natalia y yo lo vimos así por un momento. En seguida lo vimos alzar los brazos y azotar su cuerpo contra el suelo, todavía con la sonaja repicando entre sus manos salpicadas de sangre. Lo sacamos a rastras, esperando defenderlo de los pisotones de los danzantes; de entre la furia de aquellos pies que rodaban sobre las piedras y brincaban aplastando la tierra sin saber que algo se había caído en medio de ellos.

A horcajadas, como si estuviera tullido, entramos con él en la iglesia. Natalia lo arrodilló junto a ella, enfrentito de aquella figurita dorada que era la Virgen de Talpa. Y Tanilo comenzó a rezar y dejó que se le cayera una lágrima grande, salida de muy adentro, apagándole la vela que Natalia le había puesto entre sus manos. Pero no se dio cuenta de esto; la luminaria de tantas velas prendidas que allí había le cortó esa cosa con la que uno se sabe dar cuenta de lo que pasa junto a uno. Siguió rezando con su vela apagada. Rezando a gritos para oír que rezaba.

Pero no le valió. Se murió de todos modos.

«... desde nuestros corazones sale para Ella una súplica igual, envuelta en el dolor. Muchas lamentaciones revueltas con esperanza. No se ensordece su ternura ni ante los lamentos ni las lágrimas, pues Ella sufre con nosotros. Ella sabe borrar esa mancha y dejar que el corazón se haga blandito y puro para recibir su misericordia y su caridad. La Virgen nuestra, nuestra madre, que no quiere saber nada de nuestros pecados; que se echa la culpa de nuestros pecados; la que quisiera llevarnos en sus brazos para que no nos lastime la vida, está aquí junto a nosotros, aliviándonos el cansancio y las enfermedades del alma y de nuestro cuerpo ahuatado, herido y suplicante. Ella sabe que cada día nuestra fe es mejor porque está hecha de sacrificios...».

Eso decía el señor cura desde allá arriba del púlpito. Y después que dejó de hablar, la gente se soltó rezando toda al mismo tiempo, con un ruido igual al de muchas avispas espantadas por el humo.

Pero Tanilo ya no oyó lo que había dicho el señor cura. Se había quedado quieto, con la cabeza recargada en sus rodillas. Y cuando Natalia lo movió para que se levantara ya estaba muerto.

Afuera se oía el ruido de las danzas; los tambores y la chirimía[57]; el repique de las campanas. Y entonces fue cuando me dio a mí tristeza. Ver tantas cosas vivas; ver a la Virgen allí, mero enfrente de nosotros dándonos su sonrisa, y ver por el otro lado a Tanilo, como si fuera un estorbo. Me dio tristeza.

Pero nosotros lo llevamos allí para que se muriera, eso es lo que no se me olvida.

Ahora estamos los dos en Zenzontla. Hemos vuelto sin él. Y la madre de Natalia no me ha preguntado nada; ni qué hice con mi hermano Tanilo, ni nada. Natalia se ha puesto a llorar sobre sus hombros y le ha contado de esa manera todo lo que pasó.

Y yo comienzo a sentir como si no hubiéramos llegado a ninguna parte, que estamos aquí de paso, para descansar, y que luego seguiremos caminando. No sé para dónde; pero tendremos que seguir, porque aquí estamos muy cerca del remordimiento y del recuerdo de Tanilo.

Quizá hasta empecemos a tenernos miedo uno al otro. Esa cosa de no decirnos nada desde que salimos de Talpa tal vez quiera decir eso. Tal vez los dos tenemos muy cerca el cuerpo de Tanilo, tendido en el petate enrollado; lleno por dentro y por fuera de un hervidero de moscas azules que zumbaban como si fuera un gran ronquido que saliera de la boca de él; de aquella boca que no pudo cerrarse a pesar de los esfuerzos de Natalia y míos, y que parecía querer respirar todavía sin encontrar resuello. De aquel Tanilo a quien ya nada le dolía, pero que estaba como adolorido,

---

[57] *Chirimía:* se refiere a una flauta de pan que se toca en determinadas fiestas religiosas, acompañada del tambor. Con esta acepción no figura en ninguno de los diccionarios de referencia. En el DMS, el vocablo consta con otras acepciones locales.

con las manos y los pies engarruñados[58] y los ojos muy abiertos como mirando su propia muerte. Y por aquí y por allá todas sus llagas goteando un agua amarilla, llena de aquel olor que se derramaba por todos lados y se sentía en la boca, como si se estuviera saboreando una miel espesa y amarga que se derretía en la sangre de uno a cada bocanada de aire.

Es de eso de lo que quizá nos acordemos aquí más seguido: de aquel Tanilo que nosotros enterramos en el camposanto de Talpa; al que Natalia y yo echamos tierra y piedras encima para que no lo fueran a desenterrar los animales del cerro.

---

[58] *Engarruñado:* cfr. nota 16.

Macario

Estoy sentado junto a la alcantarilla aguardando a que salgan las ranas. Anoche, mientras estábamos cenando, comenzaron a armar el gran alboroto y no pararon de cantar hasta que amaneció. Mi madrina también dice eso: que la gritería de las ranas le espantó el sueño. Y ahora ella bien quisiera dormir. Por eso me mandó a que me sentara aquí, junto a la alcantarilla, y me pusiera con una tabla en la mano para que cuanta rana saliera a pegar de brincos afuera, la apalcuachara[59] a tablazos... Las ranas son verdes de todo a todo, menos en la panza. Los sapos son negros. También los ojos de mi madrina son negros. Las ranas son buenas para hacer de comer con ellas. Los sapos no se comen; pero yo me los he comido también, aunque no se coman, y saben igual que las ranas. Felipa es la que dice que es malo comer sapos. Felipa tiene los ojos verdes como los ojos de los gatos. Ella es la que me da de comer en la cocina cada vez que me toca comer. Ella no quiere que yo perjudique a las ranas. Pero, a todo esto, es mi madrina la que me manda hacer las cosas... Yo quiero más a Felipa que a mi madrina. Pero es mi madrina la que saca el dinero de su

---

[59] *Apalcuachar:* el término no figura en ninguno de los diccionarios de referencia. Probablemente creado a partir del verbo *apalear* y del sustantivo *cuacha,* que en determinadas zonas del país designa el excremento de las gallinas (DMS).

bolsa para que Felipa compre todo lo de la comedera. Felipa sólo se está en la cocina arreglando la comida de los tres. No hace otra cosa desde que yo la conozco. Lo de lavar los trastes a mí me toca. Lo de acarrear leña para prender el fogón también a mí me toca. Luego es mi madrina la que nos reparte la comida. Después de comer ella, hace con sus manos dos montoncitos, uno para Felipa y otro para mí. Pero a veces Felipa no tiene ganas de comer y entonces son para mí los dos montoncitos. Por eso quiero yo a Felipa, porque yo siempre tengo hambre y no me lleno nunca, ni aun comiéndome la comida de ella. Aunque digan que uno se llena comiendo, yo sé bien que no me lleno por más que coma todo lo que me den. Y Felipa también sabe eso... Dicen en la calle que yo estoy loco porque jamás se me acaba el hambre. Mi madrina ha oído que eso dicen. Yo no lo he oído. Mi madrina no me deja salir solo a la calle. Cuando me saca a dar la vuelta es para llevarme a la iglesia a oír misa. Allí me acomoda cerquita de ella y me amarra las manos con las barbas de su rebozo. Yo no sé por qué me amarrará mis manos; pero dice que porque dizque luego hago locuras. Un día inventaron que yo andaba ahorcando a alguien; que le apreté el pescuezo a una señora nada más por nomás. Yo no me acuerdo. Pero, a todo esto, es mi madrina la que dice lo que yo hago y ella nunca anda con mentiras. Cuando me llama a comer, es para darme mi parte de comida, y no como otra gente que me invitaba a comer con ellos y luego que me les acercaba, me apedreaban hasta hacerme correr sin comida ni nada. No, mi madrina me trata bien. Por eso estoy contento en su casa. Además, aquí vive Felipa. Felipa es muy buena conmigo. Por eso la quiero... La leche de Felipa es dulce como las flores del obelisco. Yo he bebido leche de chiva y también de puerca recién parida; pero no, no es igual de buena que la leche de Felipa... Ahora ya hace mucho tiempo que no me da a chupar de los bultos esos que ella tiene donde tenemos solamente las costillas, y de donde le sale, sabiendo sacarla,

163

una leche mejor que la que nos da mi madrina en el almuerzo de los domingos... Felipa antes iba todas las noches al cuarto donde yo duermo, y se arrimaba conmigo, acostándose encima de mí o echándose a un ladito. Luego se las ajuareaba[60] para que yo pudiera chupar de aquella leche dulce y caliente que se dejaba venir en chorros por la lengua... Muchas veces he comido flores de obelisco[61] para entretener el hambre. Y la leche de Felipa era de ese sabor, sólo que a mí me gustaba más porque, al mismo tiempo que me pasaba los tragos, Felipa me hacía cosquillas por todas partes. Luego sucedía que casi siempre se quedaba dormida junto a mí, hasta la madrugada. Y eso me servía de mucho; porque yo no me apuraba del frío ni de ningún miedo a condenarme en el Infierno si me moría yo solo allí, en alguna noche... A veces no le tengo tanto miedo al Infierno. Pero a veces sí. Luego me gusta darme mis buenos sustos con eso de que me voy a ir al Infierno cualquier día de estos, por tener la cabeza tan dura y por gustarme dar de cabezazos contra lo primero que encuentro. Pero viene Felipa y me espanta mis miedos. Me hace cosquillas con sus manos como ella sabe hacerlo y me ataja el miedo ese que tengo de morirme. Y por un ratito hasta se me olvida... Felipa dice, cuando tiene ganas de estar conmigo, que ella le contará al Señor todos mis pecados. Que irá al Cielo muy pronto y platicará con Él pidiéndole que me perdone toda la mucha maldad que me llena el cuerpo de arriba abajo. Ella le dirá que me perdone, para que yo no me preocupe más. Por eso se confiesa todos los días. No porque ella sea mala, sino porque yo estoy repleto por dentro de

---

[60] *Ajuarear:* el DMS da ajuarear por equivalente de *ajuarar,* en el sentido de proveer una casa de lo necesario. El sentido aquí se halla desplazado para significar arreglárselas. Aparece con este sentido en varios de los cuentos.

[61] *Obelisco:* nombre que se da popularmente al tulipán asiático o al malvavisco (DMS).

demonios, y tiene que sacarme esos chamucos[62] del cuerpo confesándose por mí. Todos los días. Todas las tardes de todos los días. Por toda la vida ella me hará ese favor. Eso dice Felipa. Por eso yo la quiero tanto... Sin embargo, lo de tener la cabeza así de dura es la gran cosa. Uno da de topes contra los pilares del corredor horas enteras y la cabeza no se hace nada, aguanta sin quebrarse. Y uno da de topes contra el suelo; primero despacito, después más recio y aquello suena como un tambor. Igual que el tambor que anda con la chirimía[63], cuando viene la chirimía a la función del Señor. Y entonces uno está en la iglesia, amarrado a la madrina, oyendo afuera el tum tum del tambor... Y mi madrina dice que si en mi cuarto hay chinches y cucarachas y alacranes es porque me voy a ir a arder en el Infierno si sigo con mis mañas de pegarle al suelo con mi cabeza. Pero lo que yo quiero es oír el tambor. Eso es lo que ella debería saber. Oírlo, como cuando uno está en la iglesia, esperando salir pronto a la calle para ver cómo es que aquel tambor se oye de tan lejos, hasta lo hondo de la iglesia y por encima de las condenaciones del señor cura...: «El camino de las cosas buenas está lleno de luz. El camino de las cosas malas es oscuro». Eso dice el señor cura... Yo me levanto y salgo de mi cuarto cuando todavía está a oscuras. Barro la calle y me meto otra vez en mi cuarto antes que me agarre la luz del día. En la calle suceden cosas. Sobra quien lo descalabre a pedradas apenas lo ven a uno. Llueven piedras grandes y filosas por todas partes. Y luego hay que remendar la camisa y esperar muchos días a que se remienden las rajaduras de la cara o de las rodillas. Y aguantar otra vez que le amarren a uno las manos, porque si no ellas corren a arrancar la costra del remiendo y vuelve a salir el chorro de sangre. Ora que la sangre también tiene buen sabor aunque

---

[62] *Chamuco:* nombre común del diablo (DMS).
[63] *Chirimía:* cfr. nota 57.

eso sí, no se parece al sabor de la leche de Felipa[64]... Yo por eso, para que no me apedreen, me vivo siempre metido en mi casa. En seguida que me dan de comer me encierro en mi cuarto y atranco bien la puerta para que no den conmigo los pecados mirando que aquello está a oscuras. Y ni siquiera prendo el ocote para ver por dónde se me andan subiendo las cucarachas. Ahora me estoy quietecito. Me acuesto sobre mis costales, y en cuanto siento alguna cucaracha caminar con sus patas rasposas por mi pescuezo le doy un manotazo y la aplasto. Pero no prendo el ocote. No vaya a suceder que me encuentren desprevenido los pecados por andar con el ocote prendido buscando todas las cucarachas que se meten por debajo de mi cobija... Las cucarachas truenan como saltapericos[65] cuando uno las destripa. Los grillos no sé si truenen. A los grillos nunca los mato. Felipa dice que los grillos hacen ruido siempre, sin pararse ni a respirar, para que no se oigan los gritos de las ánimas que están penando en el Purgatorio. El día en que se acaben los grillos, el mundo se llenará de los gritos de las ánimas san-

---

[64] En este punto se han suprimido unas líneas que aparecen en *Pan* y *América*. Son las siguientes: «Dice el señor cura que aquel hombre malo del que nos había contado un cuento, se le ocurrió prender fuego a su casa. Se levantó antes de que se levantara el día, como yo lo hago siempre, y en la oscuridad, en vez de ir a barrer la calle como yo lo hago, le dio por hacer una lumbrada con su casa y meterse él adentro, para que la luz le alumbrara el camino de la muerte. Y dice el señor cura que aquel hombre malo necesitaba de la luz porque estaba condenado en vida, igual que yo, si sigo dándole al suelo con mi cabeza y aflojando los pilares del corredor a puros empujones de mis costillas, como dice mi madrina que hago... Y por eso, casi llegando a mi casa, enseguida que me dan de comer, me meto en mi cuarto y cierro bien atrancada la puerta para que todo esté a oscuras y no den conmigo los pecados». Las demás modificaciones son mínimas.

[65] *Saltapericos:* el término no figura en ninguno de los diccionarios de referencia. Sergio López Mena los describe como garbanzos cubiertos de pólvora y plateados, que los niños arrojan al suelo con fuerza y estallan después con la suela de los zapatos para que suenen (Archivos).

tas y todos echaremos a correr espantados por el susto. Además, a mí me gusta mucho estarme con la oreja parada oyendo el ruido de los grillos. En mi cuarto hay muchos. Tal vez haya más grillos que cucarachas aquí entre las arrugas de los costales donde yo me acuesto. También hay alacranes. Cada rato se dejan caer del techo y uno tiene que esperar sin resollar a que ellos hagan su recorrido por encima de uno hasta llegar al suelo. Porque si algún brazo se mueve o empiezan a temblarle a uno los huesos, se siente en seguida el ardor del piquete. Eso duele. A Felipa le picó una vez uno en una nalga. Se puso a llorar y a gritarle con gritos queditos a la Virgen Santísima para que no se le echara a perder su nalga. Yo le unté saliva. Toda la noche me la pasé untándole saliva y rezando con ella, y hubo un rato, cuando vi que no se aliviaba con mi remedio, en que yo también le ayudé a llorar con mis ojos todo lo que pude... De cualquier modo, yo estoy más a gusto en mi cuarto que si anduviera en la calle, llamando la atención de los amantes de aporrear gente. Aquí nadie me hace nada. Mi madrina no me regaña porque me vea comiéndome las flores de su obelisco, o sus arrayanes, o sus granadas. Ella sabe lo entrado en ganas de comer que estoy siempre. Ella sabe que no se me acaba el hambre. Que no se me ajusta ninguna comida para llenar mis tripas aunque ande a cada rato pellizcando aquí y allá cosas de comer. Ella sabe que me como el garbanzo remojado que le doy a los puercos gordos y el maíz seco que le doy a los puercos flacos. Así que ella ya sabe con cuánta hambre ando desde que me amanece hasta que me anochece. Y mientras encuentre de comer aquí en esta casa, aquí me estaré. Porque yo creo que el día en que deje de comer me voy a morir, y entonces me iré con toda seguridad derechito al Infierno. Y de allí ya no me sacará nadie, ni Felipa, aunque sea tan buena conmigo, ni el escapulario que me regaló mi madrina y que traigo enredado en el pescuezo... Ahora estoy junto a la alcantarilla esperando a que salgan las ranas. Y no ha salido ninguna en todo este rato que llevo platicando. Si tardan más en salir, puede suceder que me duerma, y luego ya no habrá modo de matarlas, y a mi madrina no le llegará por ningún lado el sueño si las oye cantar, y se llenará de coraje. Y entonces le pedirá, a alguno de toda la hilera de santos que tiene en su cuarto, que mande a los diablos por mí, para que me lleven a rastras a la condenación eterna, derechito, sin pasar ni siquiera por el Purgatorio, y yo no podré ver entonces ni a mi papá ni a mi mamá, que es allí donde están... Mejor seguiré platicando... De lo que más ganas tengo es de volver a probar algunos tragos de la leche de Felipa, aquella leche buena y dulce como la miel que le sale por debajo a las flores del obelisco...

El Llano en llamas[66]

Ya mataron a la perra,
pero quedan los perritos...

Corrido popular[67]

«¡Viva Petronilo Flores!».

El grito se vino rebotando por los paredones de la barranca y subió hasta donde estábamos nosotros. Luego se deshizo.

Por un rato, el viento que soplaba desde abajo nos trajo un tumulto de voces amontonadas, haciendo un ruido igual al que hace el agua crecida cuando rueda sobre pedregales.

En seguida, saliendo de allá mismo, otro grito torció por el recodo de la barranca, volvió a rebotar en los paredones y llegó todavía con fuerza junto a nosotros:

---

[66] Este cuento, que da su nombre al volumen, es indudablemente el más largo de todos, aun después de la supresión de varios párrafos en distintos puntos de la narración. De hecho, éste es el que más pudiera considerarse como una *nouvelle,* antes que como un cuento. En este caso, no transcribimos los párrafos suprimidos, por demasiado extensos; sólo indicamos el lugar del corte, remitiendo sea a la edición de *América,* sea a las notas correspondientes de la edición de Sergio López Mena para Archivos.

[67] *Corrido:* el DRAE define el corrido como romance cantado propio de Andalucía. El término consta en el DMS y se define como romance popular que contiene algo de historia o aventura, que se canta o se recita y a veces también se baila. En México, es hasta hoy una forma popular viva.

«¡Viva mi general Petronilo Flores!».

Nosotros nos miramos.

La Perra se levantó despacio, quitó el cartucho a la carga de su carabina y se lo guardó en la bolsa de la camisa. Después se arrimó a donde estaban *los Cuatro* y les dijo: «¡Síganme, muchachos, vamos a ver qué toritos toreamos!». Los cuatro hermanos Benavides se fueron detrás de él, agachados; solamente *la Perra* iba bien tieso, asomando la mitad de su cuerpo flaco por encima de la cerca.

Nosotros seguimos allí, sin movernos. Estábamos alineados al pie del lienzo, tirados panza arriba, como iguanas calentándose al sol.

La cerca de piedra culebreaba mucho al subir y bajar por las lomas, y ellos, *la Perra* y *los Cuatro,* iban también culebreando como si fueran con los pies trabados. Así los vimos perderse de nuestros ojos. Luego volvimos la cara para ver otra vez hacia arriba y miramos las ramas bajas de los amoles que nos daban tantita sombra.

Olía a eso: a sombra recalentada por el sol. A amoles podridos.

Se sentía el sueño del mediodía.

La boruca que venía de allá abajo se salía a cada rato de la barranca y nos sacudía el cuerpo para que no nos durmiéramos. Y aunque queríamos oír, parando bien la oreja, sólo nos llegaba la boruca: un remolino de murmullos, como si se estuviera oyendo de muy lejos el rumor que hacen las carretas al pasar por un callejón pedregoso.

De repente sonó un tiro. Lo repitió la barranca como si estuviera derrumbándose. Eso hizo que las cosas despertaran: volaron los totochilos[68], esos pájaros colorados que habíamos estado viendo jugar entre los amoles. En seguida

---

[68] *Totochilo:* nombre vulgar que se da a un pajarillo fringílido común. Se llama también *carcachil* (DMS).

las chicharras, que se habían dormido a ras del mediodía, también despertaron llenando la tierra de rechinidos.

—¿Qué fue? —preguntó Pedro Zamora, todavía medio amodorrado por la siesta.

Entonces *el Chihuila* se levantó y, arrastrando su carabina como si fuera un leño, se encaminó detrás de los que se habían ido[69].

—Voy a ver qué fue lo que fue —dijo, perdiéndose también como los otros.

El chirriar de las chicharras aumentó de tal modo que nos dejó sordos y no nos dimos cuenta de la hora en que ellos aparecieron por allí. Cuando menos acordamos[70] aquí estaban ya, mero enfrente de nosotros, todos desguarnecidos. Parecían ir de paso, ajuareados[71] para otros apuros y no para este de ahorita.

Nos dimos vuelta y los miramos por la mira de las troneras.

Pasaron los primeros, luego los segundos y otros más, con el cuerpo echado para adelante, jorobados de sueño. Les relumbraba la cara de sudor, como si la hubieran zambullido en el agua al pasar por el arroyo.

Siguieron pasando.

Llegó la señal. Se oyó un chiflido largo y comenzó la tracatera[72] allá lejos, por donde se había ido *la Perra*. Luego siguió aquí.

---

[69] Petronilo Flores y Pedro Zamora son personajes históricos. El primero era un general del ejército federal, y el segundo dirigió un grupo de rebeldes en lo que se conoce en Jalisco como el Llano Grande. Todas las referencias geográficas son también exactas y pueden verificarse en un mapa de la región.

[70] *Acordar:* tiene aquí en sentido de caer en la cuenta, propio de algunos países del sur del continente americano (DRAE). No lo registra el DMS como mexicanismo.

[71] *Ajuareado:* participio formado a partir de *ajuarear* o *ajuarar,* cuyo significado consiste en aviar de ropa y otras prendas necesarias a una persona, particularmente a la novia (DMS). En otros cuentos aparece con el sentido de arreglárselas.

[72] *Tracatera:* ni el DRAE ni el DMS registran la palabra. El primero hace mención de *tracatear* y *tracateo* como coloquialismos hondureños,

Fue fácil. Casi tapaban el agujero de las troneras con su bulto, de modo que aquello era como tirarles a boca de jarro y hacerles pegar tamaño respingo de la vida a la muerte sin que apenas se dieran cuenta.

Pero esto duró muy poquito. Si acaso la primera y la segunda descarga. Pronto quedó vacío el hueco de la tronera por donde, asomándose uno, sólo se veía a los que estaban acostados en mitad del camino, medio torcidos, como si alguien los hubiera venido a tirar allí. Los vivos desaparecieron. Después volvieron a aparecer, pero por lo pronto ya no estaban allí.

Para la siguiente descarga tuvimos que esperar.

Alguno de nosotros gritó: «¡Viva Pedro Zamora!».

Del otro lado respondieron, casi en secreto: «¡Sálvame patroncito! ¡Sálvame! ¡Santo Niño de Atocha, socórreme!».

Pasaron los pájaros. Bandadas de tordos cruzaron por encima de nosotros hacia los cerros.

La tercera descarga nos llegó por detrás. Brotó de ellos, haciéndonos brincar hasta el otro lado de la cerca, hasta más allá de los muertos que nosotros habíamos matado.

Luego comenzó la correteza por entre los matorrales. Sentíamos las balas pajueleándonos[73] los talones, como si hubiéramos caído sobre un enjambre de chapulines. Y de vez en cuando, y cada vez más seguido, pegando mero en medio de alguno de nosotros que se quebraba con un crujido de huesos.

Corrimos. Llegamos al borde de la barranca y nos dejamos descolgar por allí como si nos despeñáramos.

---

para referirse al ruido producido por un tiroteo (DMS). La forma *tracatera*, sino duda onomatopéyica, pudiera ser popular o coloquial.

[73] *Pajualear:* el verbo pajualear no consta ni en el DRAE ni en el DMS. En este último figura *pajuela* para designar la punta del cordel entretejido del látigo que usan principalmente los arrieros y mayorales (DMS). Este mismo diccionario registra también *pajuelazo* en el sentido de reatazo, azotazo, rebencazo, zurriagazo, y por extensión disparo de arma de fuego (DMS).

Ellos seguían disparando. Siguieron disparando todavía después que habíamos subido hasta el otro lado, a gatas, como tejones espantados por la lumbre.

«¡Viva mi general Petronilo Flores, hijos de la tal por cual!», nos gritaron otra vez. Y el grito se fue, rebotando como el trueno de una tormenta, barranca abajo.

Nos quedamos agazapados detrás de unas piedras grandes y boludas, todavía resollando fuerte por la carrera. Solamente mirábamos a Pedro Zamora preguntándole con los ojos qué era lo que nos había pasado. Pero él también nos miraba sin decirnos nada. Era como si se nos hubiera acabado el habla a todos o como si la lengua se nos hubiera hecho bola como la de los pericos y nos costara trabajo soltarla para que dijera algo.

Pedro Zamora nos seguía mirando. Estaba haciendo sus cuentas con los ojos; con aquellos ojos que él tenía, todos enrojecidos, como si los trajera siempre desvelados. Nos contaba de uno en uno. Sabía ya cuántos éramos los que estábamos allí, pero parecía no estar seguro todavía; por eso nos repasaba una vez y otra y otra.

Faltaban algunos: once o doce, sin contar a *la Perra* y al *Chihuila* y a los que habían arrendado[74] con ellos. *El Chihuila* bien pudiera ser que estuviera horqueteado[75] arriba de algún amole, acostado sobre su retrocarga, aguardando a que se fueran los federales.

Los Joseses, los dos hijos de *la Perra*, fueron los primeros en levantar la cabeza, luego el cuerpo. Por fin caminaron de

---

[74] *Arrendar:* formado sobre el término *rienda,* arrendar significa en este caso tomar una nueva dirección o dársela al caballo (DRAE). Cfr. nota 8.

[75] *Horcón:* de *horca, horqueta, horquilla* para designar un palo terminado en uno de sus extremos por dos puntas (DRAE). En México existe *horquetear* que vulgarmente se refiere a montar a horcajadas sobre algo (DMS).

un lado a otro esperando que Pedro Zamora les dijera algo. Y dijo:

—Otro agarre como éste y nos acaban.

En seguida, atragantándose como si se tragara un buche de coraje, les gritó a los Joseses: «¡Ya sé que falta su padre, pero aguántense, aguántense tantito! ¡Iremos por él!».

Una bala disparada de allá hizo volar una parvada de tildíos en la ladera de enfrente. Los pájaros cayeron sobre la barranca y revolotearon hasta cerca de nosotros; luego, al vernos, se asustaron, dieron media vuelta relumbrando contra el sol y volvieron a llenar de gritos los árboles de la ladera de enfrente.

Los Joseses volvieron al lugar de antes y se acuclillaron en silencio.

Así estuvimos toda la tarde. Cuando empezó a bajar la noche llegó *el Chihuila* acompañado de uno de *los Cuatro*. Nos dijeron que venían de allá abajo, de la Piedra Lisa, pero no supieron decirnos si ya se habían retirado los federales. Lo cierto es que todo parecía estar en calma. De vez en cuando se oían los aullidos de los coyotes.

—¡Epa tú, *Pichón!* —me dijo Pedro Zamora—. Te voy a dar la encomienda de que vayas con los Joseses hasta Piedra Lisa y vean a ver qué le pasó a *la Perra*. Si está muerto, pos entiérrenlo. Y hagan lo mismo con los otros. A los heridos déjenlos encima de algo para que los vean los guachos; pero no se traigan a nadie.

—Eso haremos.

Y nos fuimos.

Los coyotes se oían más cerquita cuando llegamos al corral donde habíamos encerrado la caballada. Ya no había caballos, sólo estaba un burro trasijado que ya vivía allí desde antes que nosotros viniéramos. De seguro los federales habían cargado con los caballos.

Encontramos al resto de *los Cuatro* detrasito de unos matojos, los tres juntos, encaramados uno encima de otro como si los hubieran apilado allí. Les alzamos la cabeza y se la zangoloteamos un poquito para ver si alguno daba todavía señales; pero no, ya estaban bien difuntos. En el aguaje estaba otro de los nuestros con las costillas de fuera como si lo hubieran macheteado. Y recorriendo el lienzo de arriba abajo encontramos uno aquí y otro más allá, casi todos con la cara renegrida.

—A éstos los remataron, no tiene ni qué —dijo uno de los Joseses.

Nos pusimos a buscar a *la Perra;* a no hacer caso de ningún otro sino de encontrar a la mentada *Perra.*

No dimos con él.

«Se lo han de haber llevado —pensamos—. Se lo han de haber llevado para enseñárselo al gobierno»; pero, aun así, seguimos buscando por todas partes, entre el rastrojo. Los coyotes seguían aullando.

Siguieron aullando toda la noche.

Pocos días después, en el Armería, al ir pasando el río, nos volvimos a encontrar con Petronilo Flores. Dimos marcha atrás, pero ya era tarde. Fue como si nos fusilaran. Pedro Zamora pasó por delante haciendo galopar aquel macho barcino y chaparrito que era el mejor animal que yo había conocido. Y detrás de él, nosotros, en manada, agachados sobre el pescuezo de los caballos. De todos modos la matazón fue grande. No me di cuenta de pronto porque me hundí en el río debajo de mi caballo muerto, y la corriente nos arrastró a los dos, lejos, hasta un remanso bajito de agua y lleno de arena.

Aquél fue el último agarre que tuvimos con las fuerzas de Petronilo Flores. Después ya no peleamos. Para decir mejor las cosas, ya teníamos algún tiempo sin pelear, sólo de andar huyendo el bulto; por eso resolvimos remontarnos los pocos que quedamos, echándonos al cerro para escondernos de la persecución. Y acabamos por ser unos grupitos tan ralos que ya nadie nos tenía miedo. Ya nadie corría gritando: «¡Allí vienen los de Zamora!».

Había vuelto la paz al Llano Grande.

Pero no por mucho tiempo.

Hacía cosa de ocho meses que estábamos escondidos en el escondrijo del cañón del Tozín, allí donde el río Armería se encajona durante muchas horas para dejarse caer sobre la costa. Esperábamos dejar pasar los años para luego volver al mundo, cuando ya nadie se acordara de nosotros. Habíamos comenzado a criar gallinas y de vez en cuando subíamos a la sierra en busca de venados. Éramos cinco, casi cuatro, porque a uno de los Joseses se le había gangrenado una pierna por el balazo que le dieron abajito de la nalga, allá, cuando nos balacearon por detrás.

Estábamos allí, empezando a sentir que ya no servíamos para nada. Y de no saber que nos colgarían a todos, hubiéramos ido a pacificarnos.

Pero en eso apareció un tal Armancio Alcalá, que era el que le hacía los recados y las cartas a Pedro Zamora.

Fue de mañanita, mientras nos ocupábamos en destazar una vaca, cuando oímos el pitido del cuerno. Venía de muy lejos, por el rumbo del Llano. Pasado un rato volvió a oírse. Era como el bramido de un toro: primero agudo, luego ronco, luego otra vez agudo. El eco lo alargaba más y más y lo traía aquí cerca, hasta que el ronroneo del río lo apagaba.

Y ya estaba para salir el sol, cuando el tal Alcalá se dejó ver asomándose por entre los sabinos. Traía terciadas dos carrilleras con cartuchos del «44» y en las ancas de su caballo venía atravesado un montón de rifles como si fuera una maleta.

Se apeó del macho. Nos repartió las carabinas y volvió a hacer la maleta con las que le sobraban.

—Si no tienen nada urgente que hacer de hoy a mañana, pónganse listos para salir a San Buenaventura. Allí los está aguardando Pedro Zamora. En mientras, yo voy un poquito más abajo a buscar a *los Zanates*. Luego volveré.

Al día siguiente volvió, ya de atardecida. Y sí, con él venían *los Zanates*. Se les veía la cara prieta entre el pardear de la tarde. También venían otros tres que no conocíamos.

—En el camino conseguiremos caballos —nos dijo. Y lo seguimos.

Desde mucho antes de llegar a San Buenaventura nos dimos cuenta de que los ranchos estaban ardiendo. De las trojes de la hacienda se alzaba más alta la llamarada, como si estuviera quemándose un charco de aguarrás. Las chispas volaban y se hacían rosca en la oscuridad del cielo formando grandes nubes alumbradas.

Seguimos caminando de frente, encandilados por la luminaria de San Buenaventura, como si algo nos dijera que nuestro trabajo era estar allí, para acabar con lo que quedara.

Pero no habíamos alcanzado a llegar cuando encontramos a los primeros de a caballo que venían al trote, con la soga morreada[76] en la cabeza de la silla y tirando, unos, de hombres pialados[77] que, en ratos, todavía caminaban sobre sus manos, y otros, de hombres a los que ya se les habían caído las manos y traían descolgada la cabeza.

Los miramos pasar. Más atrás venían Pedro Zamora y mucha gente a caballo. Mucha más gente que nunca. Nos dio gusto.

Daba gusto mirar aquella larga fila de hombres cruzando el Llano Grande otra vez, como en los tiempos buenos.

---

[76] *Morrear:* no consta ni en el DRAE ni en el DMS. En el DMS, existe *morralar, morralear* y *morraleada* para designar el efecto de poner el morral a la bestia. Aquí parece significar determinada manera de amarrar una soga a la silla del caballo.

[77] *Pialar:* según el DMS, pialar es una deformación común de *apealar,* o sea amarrar algo con muchas sogas. Una *pialera* es una cuerda de cuero crudo para lazar el ganado (DMS).

Como al principio, cuando nos habíamos levantado de la tierra como huizapoles[78] maduros aventados por el viento, para llenar de terror todos los alrededores del Llano. Hubo un tiempo que así fue. Y ahora parecía volver[79].

De allí nos encaminamos hacia San Pedro. Le prendimos fuego y luego la emprendimos rumbo al Petacal. Era la época en que el maíz ya estaba por pizcarse y las milpas se veían secas y dobladas por los ventarrones que soplan por este tiempo sobre el Llano. Así que se veía muy bonito ver caminar el fuego en los potreros; ver hecho una pura brasa casi todo el Llano en la quemazón aquella, con el humo ondulando por arriba; aquel humo oloroso a carrizo y a miel, porque la lumbre había llegado también a los cañaverales.

Y de entre el humo íbamos saliendo nosotros, como espantajos, con la cara tiznada, arreando ganado de aquí y de allá para juntarlo en algún lugar y quitarle el pellejo. Ése era ahora nuestro negocio: los cueros de ganado.

Porque, como nos dijo Pedro Zamora: «Esta revolución la vamos a hacer con el dinero de los ricos. Ellos pagarán las armas y los gastos que cueste esta revolución que estamos haciendo. Y aunque no tenemos por ahorita ninguna bandera por qué pelear, debemos apurarnos a amontonar dinero, para que cuando vengan las tropas del gobierno vean que somos poderosos». Eso nos dijo.

Y cuando al fin volvieron las tropas, se soltaron matándonos otra vez como antes, aunque no con la misma facilidad. Ahora se veía a leguas que nos tenían miedo.

---

[78] *Huizapol* o *güizapol:* es el fruto redondo y cubierto de espinas de un arbusto de las zonas áridas (DMS).

[79] En la edición primera de *América* figuran en este punto tres largos párrafos que relatan el saqueo de una casa hacienda camino de San Pedro. Pueden encontrarse en el número correspondiente de la revista *América*, o en la nota al pie de Sergio López Mena en la edición Archivos.

Pero nosotros también les teníamos miedo. Era de verse cómo se nos atoraban los güevos en el pescuezo con sólo oír el ruido que hacían sus guarniciones o las pezuñas de sus caballos al golpear las piedras de algún camino, donde estábamos esperando para tenderles una emboscada. Al verlos pasar, casi sentíamos que nos miraban de reojo y como diciendo: «Ya los venteamos, nomás nos estamos haciendo disimulados».

Y así parecía ser, porque de buenas a primeras se echaban sobre el suelo, afortinados detrás de sus caballos y nos resistían allí, hasta que otros nos iban cercando poquito a poco, agarrándonos como a gallinas acorraladas. Desde entonces supimos que a ese paso no íbamos a durar mucho, aunque éramos muchos.

Y es que ya no se trataba de aquella gente del general Urbano, que nos habían echado al principio y que se asustaban a puros gritos y sombrerazos; aquellos hombres sacados a la fuerza de sus ranchos para que nos combatieran y que sólo cuando nos veían poquitos se iban sobre nosotros. Ésos ya se habían acabado. Después vinieron otros; pero estos últimos eran los peores. Ahora era un tal Olachea, con gente aguantadora y entrona; con alteños traídos desde Teocaltiche, revueltos con indios tepehuanes: unos indios mechudos, acostumbrados a no comer en muchos días y que a veces se estaban horas enteras espiándolo a uno con el ojo fijo y sin parpadear, esperando a que uno asomara la cabeza para dejar ir, derechito a uno, una de esas balas largas de «30-30» que quebraban el espinazo como si se rompiera una rama podrida.

No tiene ni qué, que era más fácil caer sobre los ranchos en lugar de estar emboscando a las tropas del gobierno. Por eso nos desperdigamos, y con un puñito aquí y otro más allá hicimos más perjuicios que nunca, siempre a la carrera, pegando la patada y corriendo como mulas brutas.

Y así, mientras en las faldas del volcán se estaban quemando los ranchos del Jazmín, otros bajábamos de repente sobre los destacamentos, arrastrando ramas de huizache y haciendo creer a la gente que éramos muchos, escondidos entre la polvareda y la gritería que armábamos.

Los soldados mejor se quedaban quietos, esperando. Estuvieron un tiempo yendo de un lado para otro, y ora iban para adelante y ora para atrás, como atarantados. Y desde aquí se veían las fogatas en la sierra, grandes incendios como si estuvieran quemando los desmontes. Desde aquí veíamos arder día y noche las cuadrillas y los ranchos y a veces algunos pueblos más grandes, como Tuzamilpa y Zapotitlán, que iluminaban la noche. Y los hombres de Olachea salían para allá, forzando la marcha; pero cuando llegaban, comenzaba a arder Totolimispa, muy acá, muy atrás de ellos.

Era bonito ver aquello. Salir de pronto de la maraña de los tepemezquites cuando ya los soldados se iban con sus ganas de pelear, y verlos atravesar el llano vacío, sin enemigo al frente, como si se zambulleran en el agua honda y sin fondo que era aquella gran herradura del Llano encerrada entre montañas.

Quemamos el Cuastecomate y jugamos allí a los toros. A Pedro Zamora le gustaba mucho este juego del toro.

Los federales se habían ido por el rumbo de Autlán, en busca de un lugar que le dicen La Purificación, donde según ellos estaba la nidada de bandidos de donde habíamos salido nosotros. Se fueron y nos dejaron solos en el Cuastecomate.

Allí hubo modo de jugar al toro. Se les habían quedado olvidados ocho soldados, además del administrador y el caporal de la hacienda. Fueron dos días de toros.

Tuvimos que hacer un corralito redondo como esos que se usan para encerrar chivas, para que sirviera de plaza. Y nosotros nos sentamos sobre las trancas para no dejar salir a los toreros, que corrían muy fuerte en cuanto veían el verduguillo con que los quería cornear Pedro Zamora.

Los ocho soldaditos sirvieron para una tarde. Los otros dos para la otra. Y el que costó más trabajo fue aquel caporal flaco y largo como garrocha de otate, que escurría el bulto sólo con ladearse un poquito. En cambio, el administrador se murió luego luego. Estaba chaparrito y hobachón y no usó ninguna maña para sacarle el cuerpo al verduguillo. Se murió muy callado, casi sin moverse y como si él mismo hubiera querido ensartarse. Pero el caporal sí costó trabajo.

Pedro Zamora les había prestado una cobija a cada uno, y ésa fue la causa de que al menos el caporal se haya defendido tan bien de los verduguillos con aquella pesada y gruesa cobija; pues en cuanto supo a qué atenerse, se dedicó a zangolotear la cobija contra el verduguillo que se le dejaba ir derecho, y así lo capoteó hasta cansar a Pedro Zamora. Se veía a las claras lo cansado que ya estaba de andar correteando al caporal, sin poder darle sino unos cuantos pespuntes. Y perdió la paciencia. Dejó las cosas como estaban y, de repente, en lugar de tirar derecho como lo hacen los toros, le buscó al del Cuastecomate las costillas con el verduguillo, haciéndole a un lado la cobija con la otra mano. El caporal pareció no darse cuenta de lo que había pasado, porque todavía anduvo un buen rato sacudiendo la frazada de arriba abajo como si se anduviera espantando las avispas. Sólo cuando vio su sangre dándole vueltas por la cintura dejó de moverse. Se asustó y trató de taparse con sus dedos el agujero que se le había hecho en las costillas, por donde le salía en un solo chorro la cosa aquella colorada que lo hacía ponerse más descolorido. Luego se quedó tirado en medio del corral mirándonos a todos. Y allí se estuvo hasta que lo colgamos, porque de otra manera hubiera tardado mucho en morirse.

Desde entonces, Pedro Zamora jugó al toro más seguido, mientras hubo modo[80].

---

[80] En este punto se han suprimido también siete párrafos que figuran en la edición primera de *América*. Relata un episodio secundario en relación con un personaje llamado Agustín Olachea. Puede consultarse en la

Por ese tiempo casi todos éramos «abajeños»[81], desde Pedro Zamora para abajo; después se nos juntó gente de otras partes: los indios güeros[82] de Zacoalco, zanconzotes[83] y con caras como de requesón. Y aquellos otros de la tierra fría, que se decían de Mazamitla y que siempre andaban ensarapados[84] como si a todas horas estuvieran cayendo las aguasnieves. A estos últimos se les quitaba el hambre con el calor, y por eso Pedro Zamora los mandó a cuidar el puerto de Los Volcanes, allá arriba, donde no había sino pura arena y rocas lavadas por el viento. Pero los indios güeros pronto se encariñaron con Pedro Zamora y no se quisieron separar de él. Iban siempre pegaditos a él, haciéndole sombra y todos los mandados que él quería que hicieran. A veces hasta se robaban las mejores muchachas que había en los pueblos para que él se encargara de ellas.

Me acuerdo muy bien de todo. De las noches que pasábamos en la sierra, caminando sin hacer ruido y con muchas ganas de dormir, cuando ya las tropas nos seguían de muy cerquita el rastro. Todavía veo a Pedro Zamora con su cobija solferina enrollada en los hombros cuidando que ninguno se quedara rezagado:

—¡Epa, tú, Pitasio, métele espuelas a ese caballo! ¡Y usté no se me duerma, Reséndiz, que lo necesito para platicar!

Sí, él nos cuidaba. Íbamos caminando mero en medio de la noche, con los ojos aturdidos de sueño y con la idea ida; pero él, que nos conocía a todos, nos hablaba para que levantáramos la cabeza. Sentíamos aquellos ojos bien abier-

edición primera de *América* o en la nota al pie correspondiente de Sergio López Mena en la colección Archivos.

[81] *Abajeño:* dícese del que proviene de las costas o las tierras bajas (DMS).

[82] *Güero:* en México se llaman güeros a los que tienen el pelo rubio (DMS).

[83] *Zanconzotes:* formado a partir de *zanca, zancada* o *zancazo*, no existe como tal ni en el DRAE ni en el DMS. Aquí designa gente de piernas y zancadas largas.

[84] *Ensarapado:* que lleva sarape puesto o va envuelto en su sarape (DMS).

tos de él, que no dormían y que estaban acostumbrados a ver de noche y a conocernos en lo oscuro. Nos contaba a todos, de uno en uno, como quien está contando dinero. Luego se iba a nuestro lado. Oíamos las pisadas de su caballo y sabíamos que sus ojos estaban siempre alertas; por eso todos, sin quejarnos del frío ni del sueño que hacía, callados, lo seguíamos como si estuviéramos ciegos.

Pero la cosa se descompuso por completo desde el descarrilamiento del tren en la cuesta de Sayula. De no haber sucedido eso, quizá todavía estuvieran vivos Pedro Zamora y *el Chino* Arias y *el Chihuila* y tantos otros, y la revuelta hubiera seguido por el buen camino. Pero Pedro Zamora le picó la cresta al gobierno con el descarrilamiento del tren de Sayula.

Todavía veo las luces de las llamaradas que se alzaban allí donde apilaron a los muertos. Los juntaban con palas o los hacían rodar como troncos hasta el fondo de la cuesta, y cuando el montón se hacía grande, lo empapaban con petróleo y le prendían fuego. La jedentina[85] se la llevaba el aire muy lejos, y muchos días después todavía se sentía el olor a muerto chamuscado.

Tantito antes no sabíamos bien a bien lo que iba a suceder. Habíamos regado de cuernos y huesos de vaca un tramo largo de la vía y, por si esto fuera poco, habíamos abierto los rieles allí donde el tren iría a entrar en la curva. Hicimos eso y esperamos.

La madrugada estaba comenzando a dar luz a las cosas. Se veía ya casi claramente a la gente apeñuscada en el techo de los carros. Se oía que algunos cantaban. Eran voces de hombres y de mujeres. Pasaron frente a nosotros todavía medio ensombrecidos por la noche, pero pudimos ver que

---

[85] *Jedentina:* vulgarismo para *hedentina, hediondez, hedor* (DMS).

eran soldados con sus galletas. Esperamos. El tren no se detuvo.

De haber querido lo hubiéramos tiroteado, porque el tren caminaba despacio y jadeaba como si a puros pujidos quisiera subir la cuesta. Hubiéramos podido hasta platicar con ellos un rato. Pero las cosas eran de otro modo.

Ellos empezaron a darse cuenta de lo que les pasaba cuando sintieron bambolearse los carros, cimbrarse el tren como si alguien lo estuviera sacudiendo. Luego la máquina se vino para atrás, arrastrada y fuera de la vía por los carros pesados y llenos de gente. Daba unos silbatazos roncos y tristes y muy largos. Pero nadie la ayudaba. Seguía hacia atrás, arrastrada por aquel tren al que no se le veía fin, hasta que le faltó tierra y yéndose de lado cayó al fondo de la barranca. Entonces los carros la siguieron, uno tras otro, a toda prisa, tumbándose cada uno en su lugar allá abajo. Después todo se quedó en silencio como si todos, hasta nosotros, nos hubiéramos muerto.

Así pasó aquello.

Cuando los vivos comenzaron a salir de entre las astillas de los carros, nosotros nos retiramos de allí, acalambrados de miedo.

Estuvimos escondidos varios días; pero los federales nos fueron a sacar de nuestro escondite. Ya no nos dieron paz; ni siquiera para mascar un pedazo de cecina en paz. Hicieron que se nos acabaran las horas de dormir y de comer, y que los días y las noches fueran iguales para nosotros. Quisimos llegar al cañón del Tozín; pero el gobierno llegó primero que nosotros. Faldeamos el volcán. Subimos a los montes más altos y allí, en ese lugar que le dicen el Camino de Dios, encontramos otra vez al gobierno tirando a matar. Sentíamos cómo bajaban las balas sobre nosotros, en rachas apretadas, calentando el aire que nos rodeaba. Y hasta las piedras detrás de las que nos escondíamos se hacían trizas una tras otra como si fueran terrones. Después supimos que eran ametralladoras aquellas carabinas con que disparaban ahora sobre nosotros y que dejaban hecho una coladera el cuerpo de uno; pero entonces creímos que eran muchos soldados, por miles, y todo lo que queríamos era correr de ellos.

Corrimos los que pudimos. En el Camino de Dios se quedó *el Chihuila,* atejonado[86] detrás de un madroño, con la cobija envuelta en el pescuezo como si se estuviera defendiendo del frío. Se nos quedó mirando cuando nos íbamos cada quien por su lado para repartirnos la muerte. Y él parecía estar riéndose de nosotros, con sus dientes pelones, colorados de sangre.

Aquella desparramada que nos dimos fue buena para muchos; pero a otros les fue mal. Era raro que no viéramos colgado de los pies a alguno de los nuestros en cualquier palo de algún camino. Allí duraban hasta que se hacían viejos y se arriscaban[87] como pellejos sin curtir. Los zopilotes se los comían por dentro, sacándoles las tripas, hasta dejar la pura cáscara. Y como los colgaban alto, allá se estaban campaneándose al soplo del aire muchos días, a veces meses, a veces ya nada más las puras tirlangas[88] de los pantalones bulléndose con el viento como si alguien las hubiera puesto a secar allí. Y uno sentía que la cosa ahora sí iba de veras al ver aquello.

Algunos ganamos para el Cerro Grande y arrastrándonos como víboras pasábamos el tiempo mirando hacia el Llano, hacia aquella tierra de allá abajo donde habíamos nacido y vivido y donde ahora nos estaban aguardando para matarnos. A veces hasta nos asustaba la sombra de las nubes.

---

[86] *Atejonarse:* agazaparse; meterse o esconderse en un sitio, encogiendo el cuerpo, como para no ser visto (DMS).

[87] *Arriscarse:* aquí, el sentido es el de encogerse, con algún matiz de desagrado (DMS).

[88] *Tirlanga:* no consta el término ni en el DRAE ni en el DMS. Probable creación verbal de Rulfo. Sergio López Mena registra *tilanga* o *tirlanga,* que significaría «tira colgante» (Archivos).

Hubiéramos ido de buena gana a decirle a alguien que ya no éramos gente de pleito y que nos dejaran estar en paz; pero, de tanto daño que hicimos por un lado y otro, la gente se había vuelto matrera y lo único que habíamos logrado era agenciarnos enemigos. Hasta los indios de acá arriba ya no nos querían. Dijeron que les habíamos matado sus animalitos[89]. Y ahora cargan armas que les dio el gobierno y nos han mandado decir que nos matarán en cuanto nos vean.

«No queremos verlos; pero si los vemos los matamos», nos mandaron decir.

De este modo se nos fue acabando la tierra. Casi no nos quedaba ya ni el pedazo que pudiéramos necesitar para que nos enterraran. Por eso decidimos separarnos los últimos, cada quien arrendando por distinto rumbo.

Con Pedro Zamora anduve cosa de cinco años. Días buenos, días malos, se ajustaron cinco años. Después ya no lo volví a ver. Dicen que se fue a México detrás de una mujer y que por allá lo mataron. Algunos estuvimos esperando a que regresara, que cualquier día apareciera de nuevo para volvernos a levantar en armas; pero nos cansamos de esperar. Es todavía la hora en que no ha vuelto. Lo mataron por allá. Uno que estuvo conmigo en la cárcel me contó eso de que lo habían matado[90].

---

[89] En este punto figuraban a continuación cuatro párrafos que se refieren básicamente a la matanza de animales y a la «lástima» que, según dice el narrador, le producía esta matazón. Como en los casos anteriores pueden encontrarse en la edición de *América* y en la nota correspondiente de Sergio López Mena en Archivos.

[90] En este punto, la versión primera de *América* incluía un larguísimo párrafo que relata el fin de Pedro Zamora que el narrador/personaje dice haber oído de otro preso. El relato en cuestión parece glosa de algún corrido. Como en el caso de las supresiones anteriores, el texto de este larguísimo párrafo puede leerse en el número correspondiente de *América*, o en la nota correspondiente de Sergio López Mena en la edición Archivos.

Yo salí de la cárcel hace tres años. Me castigaron allí por muchos delitos; pero no porque hubiera andado con Pedro Zamora. Eso no lo supieron ellos. Me agarraron por otras cosas, entre otras por la mala costumbre que yo tenía de robar muchachas. Ahora vive conmigo una de ellas, quizá la mejor y más buena de todas las mujeres que hay en el mundo. La que estaba allí, afuerita de la cárcel, esperando quién sabe desde cuándo a que me soltaran.

—¡*Pichón,* te estoy esperando a ti! —me dijo—. Te he estado esperando desde hace mucho tiempo.

Yo entonces pensé que me esperaba para matarme. Allá como entre sueños me acordé de quién era ella. Volví a sentir el agua fría de la tormenta que estaba cayendo sobre Telcampana, esa noche que entramos allí y arrasamos el pueblo. Casi estaba seguro de que su padre era aquel viejo al que le dimos su aplaque[91] cuando ya íbamos de salida; al que alguno de nosotros le descerrajó un tiro en la cabeza mientras yo me echaba a su hija sobre la silla del caballo y le daba unos cuantos coscorrones para que se calmara y no me siguiera mordiendo. Era una muchachita de unos catorce años, de ojos bonitos, que me dio mucha guerra y me costó buen trabajo amansarla.

—Tengo un hijo tuyo —me dijo después—. Allí está.

Y apuntó con el dedo a un muchacho largo con los ojos azorados:

—¡Quítate el sombrero, para que te vea tu padre!

Y el muchacho se quitó el sombrero. Era igualito a mí y con algo de maldad en la mirada. Algo de eso tenía que haber sacado de su padre.

—También a él le dicen *el Pichón* —volvió a decir la mujer, aquella que ahora es mi mujer—. Pero él no es ningún bandido ni ningún asesino. Él es gente buena.

Yo agaché la cabeza.

---

[91] *Aplaque:* consta en el DMS como derivado de *aplacar,* cuyo sentido es amansar, suavizar, mitigar. Aquí el sentido más probable sería matar.

¡Diles que no me maten!

—¡Diles que no me maten, Justino! Anda, vete a decirles eso. Que por caridad. Así diles. Diles que lo hagan por caridad.

—No puedo. Hay allí un sargento que no quiere oír hablar nada de ti.

—Haz que te oiga. Date tus mañas y dile que para sustos ya ha estado bueno. Dile que lo haga por caridad de Dios.

—No se trata de sustos. Parece que te van a matar de a de veras. Y yo ya no quiero volver allá.

—Anda otra vez. Solamente otra vez, a ver qué consigues.

—No. No tengo ganas de ir. Según eso, yo soy tu hijo. Y, si voy mucho con ellos, acabarán por saber quién soy y les dará por afusilarme a mí también. Es mejor dejar las cosas de ese tamaño.

—Anda, Justino. Diles que tengan tantita lástima de mí. Nomás eso diles.

Justino apretó los dientes y movió la cabeza diciendo:

—No.

Y siguió sacudiendo la cabeza durante mucho rato.

—Dile al sargento que te deje ver al coronel. Y cuéntale lo viejo que estoy. Lo poco que valgo. ¿Qué ganancia sacará con matarme? Ninguna ganancia. Al fin y al cabo él debe de tener un alma. Dile que lo haga por la bendita salvación de su alma.

188

Justino se levantó de la pila de piedras en que estaba sentado y caminó hasta la puerta del corral. Luego se dio vuelta para decir:

—Voy, pues. Pero si de perdida me afusilan[92] a mí también, ¿quién cuidará de mi mujer y de los hijos?

—La Providencia, Justino. Ella se encargará de ellos. Ocúpate de ir allá y ver qué cosas haces por mí. Eso es lo que urge.

Lo habían traído de madrugada. Y ahora era ya entrada la mañana y él seguía todavía allí, amarrado a un horcón, esperando. No se podía estar quieto. Había hecho el intento de dormir un rato para apaciguarse, pero el sueño se le había ido. También se le había ido el hambre. No tenía ganas de nada. Sólo de vivir. Ahora que sabía bien a bien que lo iban a matar, le habían entrado unas ganas tan grandes de vivir como sólo las puede sentir un recién resucitado.

Quién le iba a decir que volvería aquel asunto tan viejo, tan rancio, tan enterrado como creía que estaba. Aquel asunto de cuando tuvo que matar a don Lupe. No nada más por nomás como quisieron hacerle ver los de Alima, sino porque tuvo sus razones. Él se acordaba:

Don Lupe Terreros, el dueño de la Puerta de Piedra, por más señas su compadre. Al que él, Juvencio Nava, tuvo que matar por eso; por ser el dueño de la Puerta de Piedra y que, siendo también su compadre, le negó el pasto para sus animales.

Primero se aguantó por puro compromiso. Pero después, cuando la sequía, en que vio cómo se le morían uno tras otro sus animales hostigados por el hambre y que su

---

[92] *Afusilar:* por *fusilar,* no consta en ninguno de los diccionarios de referencia. Como prefijo, la «a» delante de ciertos verbos es común en el habla campesina de México.

compadre don Lupe seguía negándole la yerba de sus potreros, entonces fue cuando se puso a romper la cerca y a arrear la bola de animales flacos hasta las paraneras[93] para que se hartaran de comer. Y eso no le había gustado a don Lupe, que mandó tapar otra vez la cerca para que él, Juvencio Nava, le volviera a abrir otra vez el agujero. Así, de día se tapaba el agujero y de noche se volvía a abrir, mientras el ganado estaba allí, siempre pegado a la cerca, siempre esperando; aquel ganado suyo que antes nomás se vivía oliendo el pasto sin poder probarlo.

Y él y don Lupe alegaban y volvían a alegar sin llegar a ponerse de acuerdo.

Hasta que una vez don Lupe le dijo:

—Mira, Juvencio, otro animal más que metas al potrero y te lo mato.

Y él contestó:

—Mire, don Lupe, yo no tengo la culpa de que los animales busquen su acomodo. Ellos son inocentes. Ahi se lo haiga[94] si me los mata.

«**Y** me mató un novillo.

»Esto pasó hace treinta y cinco años, por marzo, porque ya en abril andaba yo en el monte, corriendo del exhorto. No me valieron ni las diez vacas que le di al juez, ni el embargo de mi casa para pagarle la salida de la cárcel. Todavía después se pagaron con lo que quedaba nomás por no perseguirme, aunque de todos modos me perseguían. Por eso me vine a vivir junto con mi hijo a este otro terrenito que yo tenía y que se nombra Palo de Venado. Y mi hijo creció y se casó con la nuera Ignacia y tuvo ya ocho hijos. Así que

---

[93] *Paranera:* cfr. nota 6.
[94] *Así se lo haiga...:* de la expresión coloquial «habérselas con alguien», en el sentido de disputar o contender con él o ella. Aquí tiene el sentido de una advertencia.

la cosa ya va para viejo, y según eso debería estar olvidada. Pero, según eso, no lo está.

»Yo entonces calculé que con unos cien pesos quedaba arreglado todo. El difunto don Lupe era solo, solamente con su mujer y los dos muchachitos todavía de a gatas. Y la viuda pronto murió también dizque de pena. Y a los muchachitos se los llevaron lejos, donde unos parientes. Así que, por parte de ellos, no había que tener miedo.

»Pero los demás se atuvieron a que yo andaba exhortado y enjuiciado para asustarme y seguir robándome. Cada que llegaba alguien al pueblo me avisaban:

»—Por ahi andan unos fuereños, Juvencio.

»Y yo echaba pal monte, entreverándome entre los madroños y pasándome los días comiendo sólo verdolagas. A veces tenía que salir a la medianoche, como si me fueran correteando los perros. Eso duró toda la vida. No fue un año ni dos. Fue toda la vida».

Y ahora habían ido por él, cuando no esperaba ya a nadie, confiado en el olvido en que lo tenía la gente; creyendo que al menos sus últimos días los pasaría tranquilo. «Al menos esto —pensó— conseguiré con estar viejo. Me dejarán en paz».

Se había dado a esta esperanza por entero. Por eso era que le costaba trabajo imaginar morir así, de repente, a estas alturas de su vida, después de tanto pelear para librarse de la muerte; de haberse pasado su mejor tiempo tirando de un lado para otro arrastrado por los sobresaltos y cuando su cuerpo había acabado por ser un puro pellejo correoso curtido por los malos días en que tuvo que andar escondiéndose de todos.

Por si acaso, ¿no había dejado hasta que se le fuera su mujer? Aquel día en que amaneció con la nueva de que su mujer se le había ido, ni siquiera le pasó por la cabeza la intención de salir a buscarla. Dejó que se fuera sin indagar para nada ni con quién ni para dónde, con tal de no bajar al pueblo. Dejó que se fuera como se le había ido todo lo demás, sin meter las manos. Ya lo único que le quedaba para cuidar era la vida, y ésta la conservaría a como diera lugar. No podía dejar que lo mataran. No podía. Mucho menos ahora.

Pero para eso lo habían traído de allá, de Palo de Venado. No necesitaron amarrarlo para que los siguiera. Él anduvo solo, únicamente maniatado por el miedo. Ellos se dieron cuenta de que no podía correr con aquel cuerpo viejo, con aquellas piernas flacas como sicuas[95] secas, acalambradas por el miedo de morir. Porque a eso iba. A morir. Se lo dijeron.

Desde entonces lo supo. Comenzó a sentir esa comezón en el estómago, que le llegaba de pronto siempre que veía de cerca la muerte y que le sacaba el ansia por los ojos, y que le hinchaba la boca con aquellos buches de agua agria que tenía que tragarse sin querer. Y esa cosa que le hacía los pies pesados mientras su cabeza se le ablandaba y el corazón le pegaba con todas sus fuerzas en las costillas. No, no podía acostumbrarse a la idea de que lo mataran.

Tenía que haber alguna esperanza. En algún lugar podría aún quedar alguna esperanza. Tal vez ellos se hubieran equivocado. Quizá buscaban a otro Juvencio Nava y no al Juvencio Nava que era él.

Caminó entre aquellos hombres en silencio, con los brazos caídos. La madrugada era oscura, sin estrellas. El viento soplaba despacio, se llevaba la tierra seca y traía más, llena de ese olor como de orines que tiene el polvo de los caminos.

Sus ojos, que se habían apeñuscado[96] con los años, venían viendo la tierra, aquí, debajo de sus pies, a pesar de la

---

[95] *Sicua:* no consta en el DRAE. En el DMS, designa una corteza suave, de filamentos fuertes que producen algunos árboles y que sirve para amarrar.

[96] *Apeñuscar:* figura en el DRAE en el sentido de amontonar, agrupar, apilar. Pero figura también *apañuscar* en el sentido coloquial de coger y apretar entre las manos una cosa, ajándola. En el DMS, aparece *apeñuscarse* como en desuso, para apretarse, cosas o personas, oprimiéndose unas con otras.

oscuridad. Allí en la tierra estaba toda su vida. Sesenta años de vivir sobre de ella, de encerrarla entre sus manos, de haberla probado como se prueba el sabor de la carne. Se vino largo rato desmenuzándola con los ojos, saboreando cada pedazo como si fuera el último, sabiendo casi que sería el último.

Luego, como queriendo decir algo, miraba a los hombres que iban junto a él. Iba a decirles que lo soltaran, que lo dejaran que se fuera: «Yo no le he hecho daño a nadie, muchachos», iba a decirles, pero se quedaba callado. «Más adelantito se los diré», pensaba. Y sólo los veía. Podía hasta imaginar que eran sus amigos; pero no quería hacerlo. No lo eran. No sabía quiénes eran. Los veía a su lado ladeándose y agachándose de vez en cuando para ver por dónde seguía el camino.

Los había visto por primera vez al pardear de la tarde, en esa hora desteñida en que todo parece chamuscado. Habían atravesado los surcos pisando la milpa tierna. Y él había bajado a eso: a decirles que allí estaba comenzando a crecer la milpa. Pero ellos no se detuvieron.

Los había visto con tiempo. Siempre tuvo la suerte de ver con tiempo todo. Pudo haberse escondido, caminar unas cuantas horas por el cerro mientras ellos se iban y después volver a bajar. Al fin y al cabo la milpa no se lograría de ningún modo. Ya era tiempo de que hubieran venido las aguas y las aguas no aparecían y la milpa comenzaba a marchitarse. No tardaría en estar seca del todo.

Así que ni valía la pena de haber bajado; haberse metido entre aquellos hombres como en un agujero, para ya no volver a salir.

Y ahora seguía junto a ellos, aguantándose las ganas de decirles que lo soltaran. No les veía la cara; sólo veía los bultos que se repegaban o se separaban de él. De manera que cuando se puso a hablar, no supo si lo habían oído. Dijo:

—Yo nunca le he hecho daño a nadie —eso dijo. Pero nada cambió. Ninguno de los bultos pareció darse cuenta.

Las caras no se volvieron a verlo. Siguieron igual, como si hubieran venido dormidos.

Entonces pensó que no tenía nada más que decir, que tendría que buscar la esperanza en algún otro lado. Dejó caer otra vez los brazos y entró en las primeras casas del pueblo en medio de aquellos cuatro hombres oscurecidos por el color negro de la noche.

—**Mi** coronel, aquí está el hombre.

Se habían detenido delante del boquete de la puerta. Él, con el sombrero en la mano, por respeto, esperando ver salir a alguien. Pero sólo salió la voz:

—¿Cuál hombre? —preguntaron.

—El de Palo de Venado, mi coronel. El que usted nos mandó traer.

—Pregúntale que si ha vivido alguna vez en Alima —volvió a decir la voz de allá adentro.

—¡Ey, tú! ¿Que si has habitado en Alima? —repitió la pregunta el sargento que estaba frente a él.

—Sí. Dile al coronel que de allá mismo soy. Y que allí he vivido hasta hace poco.

—Pregúntale que si conoció a Guadalupe Terreros.

—Que dizque si conociste a Guadalupe Terreros.

—¿A don Lupe? Sí. Dile que sí lo conocí. Ya murió.

Entonces la voz de allá adentro cambió de tono:

—Ya sé que murió —dijo. Y siguió hablando como si platicara con alguien allá, al otro lado de la pared de carrizos:

—Guadalupe Terreros era mi padre. Cuando crecí y lo busqué me dijeron que estaba muerto. Es algo difícil crecer sabiendo que la cosa de donde podemos agarrarnos para enraizar está muerta. Con nosotros, eso pasó.

»Luego supe que lo habían matado a machetazos, clavándole después una pica de buey en el estómago. Me contaron que duró más de dos días perdido y que, cuando lo encontraron, tirado en un arroyo, todavía estaba agonizando y pidiendo el encargo de que le cuidaran a su familia.

»Esto, con el tiempo, parece olvidarse. Uno trata de olvidarlo. Lo que no se olvida es llegar a saber que el que hizo aquello está aún vivo, alimentando su alma podrida con la ilusión de la vida eterna. No podría perdonar a ése, aunque no lo conozco; pero el hecho de que se haya puesto en el lugar donde yo sé que está, me da ánimos para acabar con él. No puedo perdonarle que siga viviendo. No debía haber nacido nunca».

Desde acá, desde afuera, se oyó bien claro cuanto dijo. Después ordenó:

—¡Llévenselo y amárrenlo un rato, para que padezca, y luego fusílenlo!

—¡Mírame, coronel! —pidió él—. Ya no valgo nada. No tardaré en morirme solito, derrengado de viejo. ¡No me mates...!

—¡Llévenselo! —volvió a decir la voz de adentro.

—...Ya he pagado, coronel. He pagado muchas veces. Todo me lo quitaron. Me castigaron de muchos modos. Me he pasado cosa de cuarenta años escondido como un apestado, siempre con el pálpito de que en cualquier rato me matarían. No merezco morir así, coronel. Déjame que, al menos, el Señor me perdone. ¡No me mates! ¡Diles que no me maten!

Estaba allí, como si lo hubieran golpeado, sacudiendo su sombrero contra la tierra. Gritando.

En seguida la voz de allá adentro dijo:

—Amárrenlo y denle algo de beber hasta que se emborrache para que no le duelan los tiros.

Ahora, por fin, se había apaciguado. Estaba allí arrinconado al pie del horcón. Había venido su hijo Justino y su hijo Justino se había ido y había vuelto y ahora otra vez venía.

195

Lo echó encima del burro. Lo apretaló bien apretado al aparejo para que no se fuese a caer por el camino. Le metió su cabeza dentro de un costal para que no diera mala impresión. Y luego le hizo pelos al burro y se fueron, arrebiatados[97], de prisa, para llegar a Palo de Venado todavía con tiempo para arreglar el velorio del difunto.

—Tu nuera y los nietos te extrañarán —iba diciéndole—. Te mirarán a la cara y creerán que no eres tú. Se les afigurará que te ha comido el coyote, cuando te vean con esa cara tan llena de boquetes por tanto tiro de gracia como te dieron.

---

[97] *Arrebiatar:* no consta en el DRAE. En el DMS, *arrebiatar* figura en el sentido de adherirse sin reflexionar a la opinión de otro, y *arrebiatado* en el de quien acompaña siempre a otro.

Luvina

De los cerros altos del sur, el de Luvina es el más alto y el más pedregoso. Está plagado de esa piedra gris con la que hacen la cal, pero en Luvina no hacen cal con ella ni le sacan ningún provecho. Allí la llaman piedra cruda, y la loma que sube hacia Luvina la nombran Cuesta de la Piedra Cruda. El aire y el sol se han encargado de desmenuzarla, de modo que la tierra de por allí es blanca y brillante como si estuviera rociada siempre por el rocío del amanecer; aunque esto es un puro decir, porque en Luvina los días son tan fríos como las noches y el rocío se cuaja en el cielo antes que llegue a caer sobre la tierra.

...Y la tierra es empinada. Se desgaja por todos lados en barrancas hondas, de un fondo que se pierde de tan lejano. Dicen los de Luvina que de aquellas barrancas suben los sueños; pero yo lo único que vi subir fue el viento, en tremolina, como si allá abajo lo tuvieran encañonado en tubos de carrizo. Un viento que no deja crecer ni a las dulcamaras: esas plantitas tristes que apenas si pueden vivir un poco untadas a la tierra, agarradas con todas sus manos al despeñadero de los montes. Sólo a veces, allí donde hay un poco de sombra, escondido entre las piedras, florece el chicalote con sus amapolas blancas. Pero el chicalote pronto se marchita. Entonces uno lo oye rasguñando el aire con sus ramas espinosas, haciendo un ruido como el de un cuchillo sobre una piedra de afilar.

—Ya mirará usted ese viento que sopla sobre Luvina. Es pardo. Dicen que porque arrastra arena de volcán; pero lo cierto es que es un aire negro. Ya lo verá usted. Se planta en Luvina prendiéndose de las cosas como si las mordiera. Y sobran días en que se lleva el techo de las casas como si se llevara un sombrero de petate, dejando los paredones lisos, descobijados. Luego rasca como si tuviera uñas: uno lo oye a mañana y tarde, hora tras hora, sin descanso, raspando las paredes, arrancando tecatas[98] de tierra, escarbando con su pala picuda por debajo de las puertas, hasta sentirlo bullir dentro de uno como si se pusiera a remover los goznes de nuestros mismos huesos. Ya lo verá usted.

El hombre aquel que hablaba se quedó callado un rato, mirando hacia afuera.

Hasta ellos llegaban el sonido del río pasando sus crecidas aguas por las ramas de los camichines[99]; el rumor del aire moviendo suavemente las hojas de los almendros, y los gritos de los niños jugando en el pequeño espacio iluminado por la luz que salía de la tienda. Los comejenes[100] entraban y rebotaban contra la lámpara de petróleo, cayendo al suelo con las alas chamuscadas.

Y afuera seguía avanzando la noche.

—¡Oye, Camilo, mándanos otras dos cervezas más! —volvió a decir el hombre. Después añadió:

—Otra cosa, señor. Nunca verá usted un cielo azul en Luvina. Allí todo el horizonte está desteñido; nublado siempre por una mancha caliginosa que no se borra nunca. Todo el lomerío pelón, sin un árbol, sin una cosa verde

---

[98] *Tecata:* el término no figura en el DRAE. En el DMS se indica que, en Michoacán, significa costra en general.

[99] *Camichín:* cfr. nota 44.

[100] *Comején:* según el DMS, comején es una voz antigua para designar un insectillo de la familia de los Termítidos, destructor de la madera y el papel.

para descansar los ojos; todo envuelto en el calín[101] cenicien-
to. Usted verá eso: aquellos cerros apagados como si estuvieran muertos y a Luvina en el más alto, coronándolo con su
blanco caserío como si fuera una corona de muerto...

Los gritos de los niños se acercaron hasta meterse dentro
de la tienda. Eso hizo que el hombre se levantara, fuera
hacia la puerta y les dijera: «¡Váyanse más lejos! ¡No in-
terrumpan! Sigan jugando, pero sin armar alboroto».

Luego, dirigiéndose otra vez a la mesa, se sentó y dijo:

—Pues sí, como le estaba diciendo. Allá llueve poco.
A mediados de año llegan unas cuantas tormentas que azo-
tan la tierra y la desgarran, dejando nada más el pedregal
flotando encima del tepetate[102]. Es bueno ver entonces
cómo se arrastran las nubes, cómo andan de un cerro a otro
dando tumbos como si fueran vejigas infladas; rebotando y
pegando de truenos igual que si se quebraran en el filo de
las barrancas. Pero después de diez o doce días se van y no
regresan sino al año siguiente, y a veces se da el caso de que
no regresen en varios años.

»... Sí, llueve poco. Tan poco o casi nada, tanto que la
tierra, además de estar reseca y achicada como cuero viejo,
se ha llenado de rajaduras y de esa cosa que allí llaman
«pasojos de agua»[103], que no son sino terrones endurecidos
como piedras filosas, que se clavan en los pies de uno al
caminar, como si allí hasta a la tierra le hubieran crecido
espinas. Como si así fuera».

Bebió la cerveza hasta dejar sólo burbujas de espuma en
la botella y siguió diciendo:

---

[101] *Calín:* como tal el sustantivo calín no figura en ninguno de los
diccionarios de referencia. En el DRAE figura *calina,* que refiere un acci-
dente atmosférico que enturbia el aire y suele producirse por vapores de
agua. Aquí remite obviamente a la piedra caliginosa de Luvina.

[102] *Tepetate:* cfr. nota 5.

[103] *Pasojo:* consta en el DMS como de uso corriente para designar el
estiércol de equino.

—Por cualquier lado que se le mire, Luvina es un lugar muy triste. Usted que va para allá se dará cuenta. Yo diría que es el lugar donde anida la tristeza. Donde no se conoce la sonrisa, como si a toda la gente le hubieran entablado la cara. Y usted, si quiere, puede ver esa tristeza a la hora que quiera. El aire que allí sopla la revuelve, pero no se la lleva nunca. Está allí como si allí hubiera nacido. Y hasta se puede probar y sentir, porque está siempre encima de uno, apretada contra de uno, y porque es oprimente[104] como una gran cataplasma sobre la viva carne del corazón.

»... Dicen los de allí que cuando llena la luna, ven de bulto[105] la figura del viento recorriendo las calles de Luvina, llevando a rastras una cobija negra; pero yo siempre lo que llegué a ver, cuando había luna en Luvina, fue la imagen del desconsuelo... siempre.

»Pero tómese su cerveza. Veo que no le ha dado ni siquiera una probadita. Tómesela. O tal vez no le guste así tibia como está. Y es que aquí no hay de otra. Yo sé que así sabe mal; que agarra un sabor como a meados de burro. Aquí uno se acostumbra. A fe que allá ni siquiera esto se consigue. Cuando vaya a Luvina la extrañará. Allí no podrá probar sino un mezcal que ellos hacen con una yerba llamada hojasé[106], y que a los primeros tragos estará usted dando de volteretas como si lo chacamotearan[107]. Mejor tómese su cerveza. Yo sé lo que le digo».

---

[104] *Oprimente:* derivado de *oprimir,* no consta en ninguno de los diccionarios de referencia. El sentido es de seguro el mismo de opresivo.

[105] *De bulto:* según el DRAE dícese especialmente de un error o de un fallo: muy manifiesto o considerable. El DMS indica como sentido de la locución: manifiesto, visible, claro.

[106] *Hojasé:* no consta en ninguno de los diccionarios de referencia. Según Sergio López Mena se trataría de un arbustillo propio de las zonas desérticas de México, con cuyas hojas se preparan diversas bebidas, entre ellas el mezcal (Archivos).

[107] *Chacamotear:* el término no consta en ninguno de los diccionarios de referencia. Pudiera ser una voz popular por *zarandear* o *marear,* acaso formada a partir de «mota» que en México designa a la marihuana.

Allá afuera seguía oyéndose el batallar del río. El rumor del aire. Los niños jugando. Parecía ser aún temprano, en la noche.

El hombre se había ido a asomar una vez más a la puerta y había vuelto.

Ahora venía diciendo:

—Resulta fácil ver las cosas desde aquí, meramente traídas por el recuerdo, donde no tienen parecido ninguno. Pero a mí no me cuesta ningún trabajo seguir hablándole de lo que sé, tratándose de Luvina. Allá viví. Allá dejé la vida... Fui a ese lugar con mis ilusiones cabales y volví viejo y acabado. Y ahora usted va para allá... Está bien. Me parece recordar el principio. Me pongo en su lugar y pienso... Mire usted, cuando yo llegué por primera vez a Luvina... ¿Pero me permite antes que me tome su cerveza? Veo que usted no le hace caso. Y a mí me sirve de mucho. Me alivia. Siento como si me enjuagaran la cabeza con aceite alcanforado... Bueno, le contaba que cuando llegué por primera vez a Luvina, el arriero que nos llevó no quiso dejar ni siquiera que descansaran las bestias. En cuanto nos puso en el suelo, se dio media vuelta:

»—Yo me vuelvo —nos dijo.

»—Espera, ¿no vas a dejar sestear tus animales? Están muy aporreados.

»—Aquí se fregarían más —nos dijo—. Mejor me vuelvo.

»Y se fue, dejándose caer por la Cuesta de la Piedra Cruda, espoleando sus caballos como si se alejara de algún lugar endemoniado.

»Nosotros, mi mujer y mis tres hijos, nos quedamos allí, parados en mitad de la plaza, con todos nuestros ajuares en los brazos. En medio de aquel lugar donde sólo se oía el viento...

»Una plaza sola, sin una sola yerba para detener el aire. Allí nos quedamos.

»Entonces yo le pregunté a mi mujer:

»—¿En qué país estamos, Agripina?

»Y ella se alzó de hombros.

»—Bueno, si no te importa, ve a buscar dónde comer y dónde pasar la noche. Aquí te aguardamos —le dije.

»Ella agarró al más pequeño de sus hijos y se fue. Pero no regresó.

»Al atardecer, cuando el sol alumbraba sólo las puntas de los cerros, fuimos a buscarla. Anduvimos por los callejones de Luvina, hasta que la encontramos metida en la iglesia: sentada mero en medio de aquella iglesia solitaria, con el niño dormido entre sus piernas.

»—¿Qué haces aquí, Agripina?

»—Entré a rezar —nos dijo.

»—¿Para qué? —le pregunté yo.

»Y ella se alzó de hombros.

»Allí no había a quién rezarle. Era un jacalón[108] vacío, sin puertas, nada más con unos socavones abiertos y un techo resquebrajado por donde se colaba el aire como por un cedazo.

»—¿Dónde está la fonda?

»—No hay ninguna fonda.

»—¿Y el mesón?

»—No hay ningún mesón.

»—¿Viste a alguien? ¿Vive alguien aquí? —le pregunté.

»—Sí, allí enfrente... Unas mujeres... Las sigo viendo. Mira, allí tras las rendijas de esa puerta veo brillar los ojos que nos miran... Han estado asomándose para acá... Míralas. Veo las bolas brillantes de sus ojos... Pero no tienen qué darnos de comer. Me dijeron sin sacar la cabeza que en este pueblo no había de comer... Entonces entré aquí a rezar, a pedirle a Dios por nosotros.

»—¿Por qué no regresaste allí? Te estuvimos esperando.

»—Entré aquí a rezar. No he terminado todavía.

»—¿Qué país es éste, Agripina?

---

[108] *Jacalón:* cobertizo, galerón (DMS).

»Y ella volvió a alzarse de hombros.

»Aquella noche nos acomodamos para dormir en un rincón de la iglesia, detrás del altar desmantelado. Hasta allí llegaba el viento, aunque un poco menos fuerte. Lo estuvimos oyendo pasar por encima de nosotros, con sus largos aullidos; lo estuvimos oyendo entrar y salir por los huecos socavones de las puertas; golpeando con sus manos de aire las cruces del viacrucis: unas cruces grandes y duras hechas con palo de mezquite que colgaban de las paredes a todo lo largo de la iglesia, amarradas con alambres que rechinaban a cada sacudida del viento como si fuera un rechinar de dientes.

»Los niños lloraban porque no los dejaba dormir el miedo. Y mi mujer, tratando de retenerlos a todos entre sus brazos. Abrazando su manojo de hijos. Y yo allí, sin saber qué hacer.

»Poco antes del amanecer se calmó el viento. Después regresó. Pero hubo un momento en esa madrugada en que todo se quedó tranquilo, como si el cielo se hubiera juntado con la tierra, aplastando los ruidos con su peso... Se oía la respiración de los niños ya descansada. Oía el resuello de mi mujer ahí a mi lado:

»—¿Qué es? —me dijo.

»—¿Qué es qué? —le pregunté.

»—Eso, el ruido ese.

»—Es el silencio. Duérmete. Descansa, aunque sea un poquito, que ya va a amanecer.

»Pero al rato oí yo también. Era como un aletear de murciélagos en la oscuridad, muy cerca de nosotros. De murciélagos de grandes alas que rozaban el suelo. Me levanté y se oyó el aletear más fuerte, como si la parvada de murciélagos se hubiera espantado y volara hacia los agujeros de las puertas. Entonces caminé de puntitas hacia allá, sintiendo delante de mí aquel murmullo sordo. Me detuve en la puerta y las vi. Vi a todas las mujeres de Luvina con su cántaro al hombro, con el rebozo colgado de su cabeza y sus figuras negras sobre el negro fondo de la noche.

»—¿Qué quieren? —les pregunté—. ¿Qué buscan a estas horas?

»Una de ellas respondió:

»—Vamos por agua.

»Las vi paradas frente a mí, mirándome. Luego, como si fueran sombras, echaron a caminar calle abajo con sus negros cántaros.

»No, no se me olvidará jamás esa primera noche que pasé en Luvina.

»... ¿No cree usted que esto se merece otro trago? Aunque sea nomás para que se me quite el mal sabor del recuerdo».

—Me parece que usted me preguntó cuántos años estuve en Luvina, ¿verdad...? La verdad es que no lo sé. Perdí la noción del tiempo desde que las fiebres me la enrevesaron[109]; pero debió haber sido una eternidad... Y es que allá el tiempo es muy largo. Nadie lleva la cuenta de las horas ni a nadie le preocupa cómo van amontonándose los años. Los días comienzan y se acaban. Luego viene la noche. Solamente el día y la noche hasta el día de la muerte, que para ellos es una esperanza.

»Usted ha de pensar que le estoy dando vueltas a una misma idea. Y así es, sí señor... Estar sentado en el umbral de la puerta, mirando la salida y la puesta del sol, subiendo y bajando la cabeza, hasta que acaban aflojándose los resortes y entonces todo se queda quieto, sin tiempo, como si se viviera siempre en la eternidad. Eso hacen allí los viejos.

»Porque en Luvina sólo viven los puros viejos y los que todavía no han nacido, como quien dice... Y mujeres sin

---

[109] *Enrevesar:* verbo posiblemente formado por Rulfo a partir del adjetivo *enrevesado,* cuyo sentido es difícil, intrincado, oscuro o que difícilmente se puede entender (DRAE).

fuerzas, casi trabadas de tan flacas. Los niños que han nacido allí se han ido... Apenas les clarea el alba y ya son hombres. Como quien dice, pegan el brinco del pecho de la madre al azadón y desaparecen de Luvina. Así es allí la cosa.

»Sólo quedan los puros viejos y las mujeres solas, o con un marido que anda donde sólo Dios sabe dónde... Vienen de vez en cuando como las tormentas de que le hablaba; se oye un murmullo en todo el pueblo cuando regresan y uno como gruñido cuando se van... Dejan el costal del bastimento para los viejos y plantan otro hijo en el vientre de sus mujeres, y ya nadie vuelve a saber de ellos sino al año siguiente, y a veces nunca... Es la costumbre. Allí le dicen la ley, pero es lo mismo. Los hijos se pasan la vida trabajando para los padres como ellos trabajaron para los suyos y como quién sabe cuántos atrás de ellos cumplieron con su ley...

»Mientras tanto, los viejos aguardan por ellos y por el día de la muerte, sentados en sus puertas, con los brazos caídos, movidos sólo por esa gracia que es la gratitud del hijo... Solos, en aquella soledad de Luvina.

»Un día traté de convencerlos de que se fueran a otro lugar, donde la tierra fuera buena. "¡Vámonos de aquí! —les dije—. No faltará modo de acomodarnos en alguna parte. El gobierno nos ayudará".

»Ellos me oyeron, sin parpadear, mirándome desde el fondo de sus ojos de los que sólo se asomaba una lucecita allá muy adentro.

»—¿Dices que el gobierno nos ayudará, profesor? ¿Tú no conoces al gobierno?

»Les dije que sí.

»—También nosotros lo conocemos. Da esa casualidad. De lo que no sabemos nada es de la madre del gobierno.

»Yo les dije que era la Patria. Ellos movieron la cabeza diciendo que no. Y se rieron. Fue la única vez que he visto

205

reír a la gente de Luvina. Pelaron sus dientes molenques[110] y me dijeron que no, que el gobierno no tenía madre.

»Y tienen razón, ¿sabe usted? El señor ese sólo se acuerda de ellos cuando alguno de sus muchachos ha hecho alguna fechoría acá abajo. Entonces manda por él hasta Luvina y se lo matan. De ahí en más no saben si existe.

»—Tú nos quieres decir que dejemos Luvina porque, según tú, ya estuvo bueno de aguantar hambres sin necesidad —me dijeron—. Pero si nosotros nos vamos, ¿quién se llevará a nuestros muertos? Ellos viven aquí y no podemos dejarlos solos.

»Y allá siguen. Usted los verá ahora que vaya. Mascando bagazos de mezquite seco y tragándose su propia saliva para engañar el hambre. Los mirará pasar como sombras, repegados[111] al muro de las casas, casi arrastrados por el viento.

»—¿No oyen ese viento? —les acabé por decir—. Él acabará con ustedes.

»—Dura lo que debe de durar. Es el mandato de Dios —me contestaron—. Malo cuando deja de hacer aire. Cuando eso sucede, el sol se arrima mucho a Luvina y nos chupa la sangre y la poca agua que tenemos en el pellejo. El aire hace que el sol se esté allá arriba. Así es mejor.

»Ya no les volví a decir nada. Me salí de Luvina y no he vuelto ni pienso regresar.

»... Pero mire las maromas[112] que da el mundo. Usted va para allá ahora, dentro de pocas horas. Tal vez ya se cumplieron quince años que me dijeron a mí lo mismo: "Usted va a ir a San Juan Luvina".

»En esa época tenía yo mis fuerzas. Estaba cargado de ideas... Usted sabe que a todos nosotros nos infunden

---

[110] *Molenque:* según el DMS, tiene el sentido de desmolado, chimuelo, sin dientes. El término no consta en el DRAE.

[111] *Repegarse:* figura en el DMS con el sentido de pegarse mucho, adherirse todo lo posible a un muro, por ejemplo.

[112] *Maroma:* americanismo: pirueta, voltereta (DMS).

ideas. Y uno va con esa plasta encima para plasmarla en todas partes. Pero en Luvina no cuajó eso. Hice el experimento y se deshizo...

»San Juan Luvina. Me sonaba a nombre de cielo aquel nombre. Pero aquello es el purgatorio. Un lugar moribundo donde se han muerto hasta los perros y ya no hay ni quien le ladre al silencio; pues en cuanto uno se acostumbra al vendaval que allí sopla, no se oye sino el silencio que hay en todas las soledades. Y eso acaba con uno. Míreme a mí. Conmigo acabó. Usted que va para allá comprenderá pronto lo que le digo...

»¿Qué opina usted si le pedimos a este señor que nos matice unos mezcalitos? Con la cerveza se levanta uno a cada rato y eso interrumpe mucho la plática. ¡Oye, Camilo, mándanos ahora unos mezcales!

»Pues sí, como le estaba yo diciendo...».

Pero no dijo nada. Se quedó mirando un punto fijo sobre la mesa donde los comejenes ya sin sus alas rondaban como gusanitos desnudos.

Afuera seguía oyéndose cómo avanzaba la noche. El chapoteo del río contra los troncos de los camichines. El griterío ya muy lejano de los niños. Por el pequeño cielo de la puerta se asomaban las estrellas.

El hombre que miraba a los comejenes se recostó sobre la mesa y se quedó dormido.

La noche que lo dejaron solo

—¿Por qué van tan despacio? —les preguntó Feliciano Ruelas a los de adelante—. Así acabaremos por dormirnos. ¿Acaso no les urge llegar pronto?

—Llegaremos mañana amaneciendo —le contestaron.

Fue lo último que les oyó decir. Sus últimas palabras. Pero de eso se acordaría después, al día siguiente.

Allí iban los tres, con la mirada en el suelo, tratando de aprovechar la poca claridad de la noche.

«Es mejor que esté oscuro. Así no nos verán». También habían dicho eso, un poco antes, o quizá la noche anterior. No se acordaba. El sueño le nublaba el pensamiento.

Ahora, en la subida, lo vio venir de nuevo. Sintió cuando se le acercaba, rodeándolo como buscándole la parte más cansada. Hasta que lo tuvo encima, sobre su espalda, donde llevaba terciados los rifles.

Mientras el terreno estuvo parejo, caminó de prisa. Al comenzar la subida, se retrasó; su cabeza empezó a moverse despacio, más lentamente conforme se acortaban sus pasos. Los otros pasaron junto a él, ahora iban muy adelante y él seguía balanceando su cabeza dormida.

Se fue rezagando. Tenía el camino enfrente, casi a la altura de sus ojos. Y el peso de los rifles. Y el sueño trepado allí donde su espalda se encorvaba.

Oyó cuando se le perdían los pasos: aquellos huecos talonazos que había venido oyendo quién sabe desde cuándo, durante quién sabe cuántas noches: «De la Magdalena para acá, la primera noche; después de allá para acá, la segunda, y ésta es la tercera. No serían muchas —pensó—, si al menos hubiéramos dormido de día. Pero ellos no quisieron: "Nos pueden agarrar dormidos —dijeron—. Y eso sería lo peor"».

—¿Lo peor para quién?

Ahora el sueño le hacía hablar. «Les dije que esperaran: vamos dejando este día para descansar. Mañana caminaremos de filo y con más ganas y con más fuerzas, por si tenemos que correr. Puede darse el caso».

Se detuvo con los ojos cerrados. «Es mucho —dijo—. ¿Qué ganamos con apurarnos? Una jornada. Después de tantas que hemos perdido, no vale la pena». En seguida gritó: «¿Dónde andan?».

Y casi en secreto: «Váyanse, pues. ¡Váyanse!».

Se recostó en el tronco de un árbol. Allí estaba la tierra fría y el sudor convertido en agua fría. Ésta debía de ser la sierra de que le habían hablado. Allá abajo el tiempo tibio, y ahora acá arriba este frío que se le metía por debajo del gabán: «Como si me levantaran la camisa y me manosearan el pellejo con manos heladas».

Se fue sentando sobre el musgo. Abrió los brazos como si quisiera medir el tamaño de la noche y encontró una cerca de árboles. Respiró un aire oloroso a trementina. Luego se dejó resbalar en el sueño, sobre el cochal[113], sintiendo cómo se le iba entumeciendo el cuerpo.

Lo despertó el frío de la madrugada. La humedad del rocío.

Abrió los ojos. Vio estrellas transparentes en un cielo claro, por encima de las ramas oscuras.

---

[113] *Cochal:* de acuerdo con el DMS, designa una planta cactácea de Baja California, de uno a tres metros de altura, con muchos gajos o ramas, y tronco corto.

«Está oscureciendo», pensó. Y se volvió a dormir.

Se levantó al oír gritos y el apretado golpetear de pezuñas sobre el seco tepetate del camino. Una luz amarilla bordeaba el horizonte.

Los arrieros pasaron junto a él, mirándolo. Lo saludaron: «Buenos días», le dijeron. Pero él no contestó.

Se acordó de lo que tenía que hacer. Era ya de día. Y él debía de haber atravesado la sierra por la noche para evitar a los vigías. Este paso era el más resguardado. Se lo habían dicho.

Tomó el tercio de carabinas y se las echó a la espalda. Se hizo a un lado del camino y cortó por el monte, hacia donde estaba saliendo el sol. Subió y bajó, cruzando lomas terregosas.

Le parecía oír a los arrieros que decían: «Lo vimos allá arriba. Es así y asado[114], y trae muchas armas».

Tiró los rifles. Después se deshizo de las carrilleras. Entonces se sintió livianito y comenzó a correr como si quisiera ganarles a los arrieros la bajada.

Había que «encumbrar, rodear la meseta y luego bajar». Eso estaba haciendo. Obre Dios. Estaba haciendo lo que le dijeron que hiciera, aunque no a las mismas horas.

Llegó al borde de las barrancas. Miró allá lejos la gran llanura gris.

«Ellos deben estar allá. Descansando al sol, ya sin ningún pendiente», pensó.

Y se dejó caer barranca abajo, rodando y corriendo y volviendo a rodar.

«Obre Dios», decía. Y rodaba cada vez más en su carrera.

Le parecía seguir oyendo a los arrieros cuando le dijeron: «¡Buenos días!». Sintió que sus ojos eran engañosos. Llegarán al primer vigía y le dirán: «Lo vimos en tal y tal parte. No tardará en estar por aquí».

---

[114] *Así y asado:* la locución es «así que asado» o «así o asado», en vez de «así y asado» como aparece aquí (DRAE y DMS).

De pronto se quedó quieto.

«¡Cristo!», dijo. Y ya iba a gritar: «¡Viva Cristo Rey!»[115], pero se contuvo. Sacó la pistola de la costalilla[116] y se la acomodó por dentro, debajo de la camisa, para sentirla cerquita de su carne. Eso le dio valor. Se fue acercando hasta los ranchos del Agua Zarca a pasos queditos, mirando el bullicio de los soldados que se calentaban junto a grandes fogatas.

Llegó hasta las bardas del corral y pudo verlos mejor; reconocerles la cara: eran ellos, su tío Tanis y su tío Librado. Mientras los soldados daban vuelta alrededor de la lumbre, ellos se mecían, colgados de un mezquite, en mitad del corral. No parecían ya darse cuenta del humo que subía de las fogatas, que les nublaba los ojos vidriosos y les ennegrecía la cara.

No quiso seguir viéndolos. Se arrastró a lo largo de la barda y se arrinconó en una esquina, descansando el cuerpo, aunque sentía que un gusano se le retorcía en el estómago.

Arriba de él, oyó que alguien decía:

—¿Qué esperan para descolgar a ésos?

—Estamos esperando que llegue el otro. Dicen que eran tres, así que tienen que ser tres. Dicen que el que falta es un muchachito; pero muchachito y todo fue el que le tendió la emboscada a mi teniente Parra y le acabó su gente. Tiene que caer por aquí, como cayeron esos otros que eran más viejos y más colmilludos. Mi mayor dice que si no viene de hoy a mañana, acabalamos[117] con el primero que pase y así se cumplirán las órdenes.

---

[115] *¡Viva Cristo Rey!:* era el saludo de los «cristeros» entre sí durante el episodio de la Rebelión de los Cristeros (1926-1928) en contra del gobierno del general Plutarco Elías Calles, quien tomó una serie de medidas para restringir las prerrogativas de la Iglesia católica.

[116] *Costalilla:* el término no consta en ninguno de los diccionarios de referencia. Muy probablemente la funda del revólver.

[117] *Acabalar:* tiene sentido de completar (DRAE).

—¿Y por qué no salimos mejor a buscarlo? Así hasta se nos quitaría un poco lo aburrido.

—No hace falta. Tiene que venir. Todos están arrendando para la sierra de Comanja a juntarse con los cristeros del *Catorce*. Éstos son ya de los últimos. Lo bueno sería dejarlos pasar para que les dieran guerra a los compañeros de los Altos.

—Eso sería lo bueno. A ver si no a resultas de eso nos enfilan también a nosotros por aquel rumbo.

Feliciano Ruelas esperó todavía un rato a que se le calmara el bullicio que sentía cosquillearle el estómago. Luego sorbió tantito aire como si se fuera a zambullir en el agua y, agazapado hasta arrastrarse por el suelo, se fue caminando, empujando el cuerpo con las manos.

Cuando llegó al reliz[118] del arroyo, enderezó la cabeza y se echó a correr, abriéndose paso entre los pajonales. No miró para atrás ni paró en su carrera hasta que sintió que el arroyo se disolvía en la llanura.

Entonces se detuvo. Respiró fuerte y temblorosamente.

---

[118] *Reliz:* el término no consta en ninguno de los diccionarios de referencia. Sergio López Mena da el sentido de cauce o lecho (Archivos).

Paso del Norte

—**M**e voy lejos, padre; por eso vengo a darle el aviso.

—¿Y pa ónde te vas, si se puede saber?

—Me voy pal Norte.

—¿Y allá pos pa qué? ¿No tienes aquí tu negocio? ¿No estás metido en la merca de puercos?

—Estaba. Ora ya no. No deja. La semana pasada no conseguimos pa comer y en la antepasada comimos puros quelites. Hay hambre, padre; usté ni se las huele porque vive bien.

—¿Qué estás ahi diciendo?

—Pos que hay hambre. Usté no lo siente. Usté vende sus cuetes y sus saltapericos y la pólvora y con eso la va pasando. Mientras haiga[119] funciones, le lloverá el dinero; pero uno no, padre. Ya naide[120] cría puercos en este tiempo. Y si los cría pos se los come. Y si los vende, los vende caros. Y no hay dinero pa mercarlos, demás de esto. Se acabó el negocio, padre.

—Y ¿qué diablos vas a hacer al Norte?

—Pos a ganar dinero. Ya ve usté, el Carmelo volvió rico, trajo hasta un gramófono y cobra la música a cinco centa-

---

[119] «Haiga» por «haya» es deformación común en el habla popular, y hasta no tan popular.

[120] En México, «naide» o «naiden» son también deformaciones populares comunes por «nadie».

213

vos. De a parejo, desde un danzón hasta la Anderson esa que canta canciones tristes; de a todo, por igual, y gana su buen dinerito y hasta hacen cola pa oír. Así que usté ve; no hay más que ir y volver. Por eso me voy.

—¿Y ónde vas a guardar a tu mujer con los muchachos?

—Pos por eso vengo a darle el aviso, pa que usté se encargue de ellos.

—¿Y quién crees que soy yo, tu pilmama? Si te vas, pos ahi que Dios se las ajuarié[121] con ellos. Yo ya no estoy pa criar muchachos, con haberte criado a ti y a tu hermana, que en paz descanse, con eso tuve de sobra. De hoy en delante no quiero tener compromisos. Y como dice el dicho: «Si la campana no repica es porque no tiene badajo».

—No hallo qué decir, padre, hasta lo desconozco. ¿Qué me gané con que usté me criara?, puros trabajos. Nomás me trajo al mundo al averíguatelas como puedas. Ni siquiera me enseñó el oficio de cuetero, como pa que no le fuera a hacer a usté la competencia. Me puso unos calzones y una camisa y me echó a los caminos pa que aprendiera a vivir por mi cuenta y ya casi me echaba de su casa con una mano adelante y otra atrás. Mire usté, éste es el resultado: nos estamos muriendo de hambre. La nuera y los nietos y éste su hijo, como quien dice toda su descendencia, estamos ya por parar las patas y caernos bien muertos. Y el coraje que da es que es de hambre. ¿Usté cree que eso es legal y justo?

—Y a mí qué diablos me va o me viene. ¿Pa qué te casaste? Te fuiste de la casa y ni siquiera me pediste el permiso.

—Eso lo hice porque a usté nunca le pareció buena la Tránsito. Me la malorió[122] siempre que se la truje y, recuér-

---

[121] *Ajuarearse:* de *ajuarar,* cuyo sentido es proveer una casa de lo necesario. En México existe también la forma *ajuarear* por *ajuarar* (DMS). Equivale a la expresión popular arreglárselas, o a agenciar en el sentido de procurar.

[122] *Malorear:* tiene sentido de travesear o hacer maldades, y es de uso común (DMS).

deselo, ni siquiera voltió a verla la primera vez que vino: «Mire, papá, ésta es la muchachita con la que me voy a coyuntar». Usté se soltó hablando en verso y que dizque la conocía de íntimo, como si ella fuera una mujer de la calle. Y dijo una bola de cosas que ni yo se las entendí. Por eso ni se la volví a traer. Así que por eso no me debe usté guardar rencor. Ora sólo quiero que me la cuide, porque me voy en serio. Aquí no hay ya ni qué hacer, ni de qué modo buscarle.

—Ésos son rumores. Trabajando se come y comiendo se vive. Apréndete mi sabiduría. Yo estoy viejo y ni me quejo. De muchacho ya ni se diga; tenía hasta pa conseguir mujeres de a rato. El trabajo da pa todo y contimás[123] pa las urgencias del cuerpo. Lo que pasa es que eres tonto. Y no me digas que eso yo te lo enseñé.

—Pero usté me nació. Y usté tenía que haberme encaminado, no nomás soltarme como caballo entre las milpas.

—Ya estabas bien largo cuando te fuiste. ¿O a poco querías que te mantuviera pa siempre? Sólo las lagartijas buscan la misma covacha hasta cuando mueren. Di que te fue bien y que conociste mujer y que tuviste hijos; otros ni siquiera eso han tenido en su vida, han pasado como las aguas de los ríos, sin comerse ni beberse.

—Ni siquiera me enseñó usté a hacer versos, ya que los sabía. Aunque sea con eso hubiera ganado algo divirtiendo a la gente como usté hace. Y el día que se lo pedí me dijo: «Anda a mercar güevos[124], eso deja más». Y en un principio me volví güevero y aluego[125] gallinero y después merqué puercos y, hasta eso, no me iba mal, si se puede decir. Pero

---

[123] *Contimás:* por «cuanto más», es una deformación popular muy generalizada (DMS).

[124] *Güevos:* por huevos, es una forma de escritura popular, común en México.

[125] *Aluego:* consta en el DMS como arcaísmo que vive todavía entre la gente de habla vulgar y vida arrabalera.

el dinero se acaba; vienen los hijos y se lo sorben como agua y no queda nada después pal negocio y naide quiere fiar. Ya le digo, la semana pasada comimos quelites, y ésta, pos ni eso. Por eso me voy. Y me voy entristecido, padre, aunque usté no lo quiera creer, porque yo quiero a mis muchachos, no como usté que nomás los crió y los corrió.

—Apréndete esto, hijo: en el nidal nuevo, hay que dejar un güevo. Cuando te aletié[126] le vejez aprenderás a vivir, sabrás que los hijos se te van, que no te agradecen nada; que se comen hasta tu recuerdo.

—Eso es puro verso.

—Lo será, pero es la verdá.

—Yo de usté no me he olvidado, como usté ve.

—Me vienes a buscar en la necesidá. Si estuvieras tranquilo te olvidarías de mí. Desde que tu madre murió me sentí solo; cuando murió tu hermana, más solo; cuando tú te fuiste vi que estaba ya solo pa siempre. Ora vienes y me quieres remover el sentimiento; pero no sabes que es más dificultoso resucitar un muerto que dar la vida de nuevo. Aprende algo. Andar por los caminos enseña mucho. Restriégate con tu propio estropajo, eso es lo que has de hacer.

—¿Entonces no me los cuidará?

—Ahi déjalos, nadie se muere de hambre.

—Dígame si me guarda el encargo, no quiero irme sin estar seguro.

—¿Cuántos son?

—Pos nomás tres niños y dos niñas y la nuera que está rejoven.

—Rejodida, dirás.

—Yo fui su primer marido. Era nueva. Es buena. Quiérala, padre.

—¿Y cuándo volverás?

---

126 *Aletear:* «aletié», de aletear en el sentido de rondar o acercarse (DMS).

—Pronto, padre. Nomás arrejunto[127] el dinero y me regreso. Le pagaré al doble lo que usté haga por ellos. Deles de comer, es todo lo que le encomiendo.

De los ranchos bajaba la gente a los pueblos; la gente de los pueblos se iba a las ciudades. En las ciudades la gente se perdía; se disolvía entre la gente. «¿No sabe ónde me darán trabajo?». «Sí, vete a Ciudá Juárez. Yo te paso por doscientos pesos. Busca a fulano de tal y dile que yo te mando. Nomás no se lo digas a nadie». «Está bien, señor, mañana se los traigo».

—Señor, aquí le traigo los doscientos pesos.
—Está bien. Te voy a dar un papelito pa nuestro amigo de Ciudá Juárez. No lo pierdas. Él te pasará la frontera y de ventaja llevas hasta la contrata. Aquí va el domicilio y el teléfono pa que lo localices más pronto. No, no vas a ir a Texas. ¿Has oído hablar de Oregón? Bien, dile a él que quieres ir a Oregón. A cosechar manzanas, eso es, nada de algodonales. Se ve que tú eres un hombre listo. Allá te presentas con Fernández. ¿No lo conoces? Bueno, preguntas por él. Y si no quieres cosechar manzanas, te pones a pegar durmientes. Eso deja más y es más durable. Volverás con muchos dólares. No pierdas la tarjeta.

—Padre, nos mataron.
—¿A quiénes?
—A nosotros. Al pasar el río. Nos zumbaron las balas hasta que nos mataron a todos.
—¿En dónde?

---

[127] *Arrejuntar:* en ambos diccionarios de referencia consta *arrejuntarse* en el sentido de vivir maritalmente sin haberse casado. No consta en ellos la forma transitiva arrejuntar.

—Allá, en el Paso del Norte, mientras nos encandilaban las linternas, cuando íbamos cruzando el río.

—¿Y por qué?

—Pos no lo supe, padre. ¿Se acuerda de Estanislado? Él fue el que me encampanó pa irnos pa allá. Me dijo cómo estaba el teje y maneje[128] del asunto y nos fuimos primero a México y de allí al Paso. Y estábamos pasando el río cuando nos fusilaron con los máuseres. Me devolví porque él me dijo: «Sácame de aquí, paisano, no me dejes». Y entonces estaba ya panza arriba, con el cuerpo todo agujereado, sin músculos. Lo arrastré como pude, a tirones, haciéndomele a un lado a las linternas que nos alumbraban buscándonos. Le dije: «¿Estás vivo?», y él me contestó: «Sácame de aquí, paisano». Y luego me dijo: «Me dieron». Yo tenía un brazo quebrado por un golpe de bala y el güeso se había ido de allí de donde se salta del codo. Por eso lo agarré con la mano buena y le dije: «Agárrate fuerte de aquí». Y se me murió en la orilla, frente a las luces de un lugar que le dicen la Ojinaga, ya de este lado, entre los tules que siguieron peinando el río como si nada hubiera pasado.

»Lo subí a la orilla y le hablé: "¿Todavía estás vivo?". Y él no me respondió. Estuve haciendo la lucha por revivir al Estanislado hasta que amaneció; le di friegas y le sobé los pulmones pa que resollara, pero ni pío volvió a decir.

»El de la migración se me arrimó por la tarde.

»—¡Ey, tú!, ¿qué haces aquí?

»—Pos estoy cuidando este muertito.

»—¿Tú lo mataste?

»—No, mi sargento —le dije.

»—Yo no soy ningún sargento. ¿Entonces quién?

»Como lo vi uniformado y con las aguilitas esas, me lo figuré del ejército, y traía tamaño pistolón que ni lo dudé.

---

[128] *Teje y maneje:* en ambos diccionarios de referencia consta *tejemaneje* —y no «teje y maneje»—, en el sentido de manejar con secrecía algún asunto.

»Me siguió preguntando: "¿Entonces quién, eh?". Y así se estuvo dale y dale hasta que me zarandió[129] de los cabellos y yo ni metí las manos, por eso del codo dañado que ni defenderme pude.

»Le dije: —No me pegue, que estoy manco.

»Y hasta entonces le paró a los golpes.

»—¿Qué pasó?, dime —me dijo.

»—Pos nos clarearon anoche. Íbamos regustosos, chifle y chifle del gusto de que ya íbamos pal otro lado cuando merito en medio del agua se soltó la balacera. Y ni quien se la quitara. Éste y yo fuimos los únicos que logramos salir y a medias, porque mire, él ya hasta aflojó el cuerpo.

»—¿Y quiénes fueron los que los balacearon?

»—Pos ni siquiera los vimos. Sólo nos aluzaron con sus linternas, y pácatelas y pácatelas[130], oímos los riflonazos, hasta que yo sentí que se me voltiaba[131] el codo y oí a éste que me decía: "Sácame del agua, paisano". Aunque de nada nos hubiera servido haberlos visto.

»—Entonces han de haber sido los apaches.

»—¿Cuáles apaches?

»—Pos unos que así les dicen y que viven del otro lado.

»—¿Pos que no están las Tejas del otro lado?

»—Sí, pero está llena de apaches, como no tienes una idea. Les voy a hablar a Ojinaga pa que recojan a tu amigo y tú prevente pa que regreses a tu tierra. ¿De dónde eres? No debías de haber salido de allá. ¿Tienes dinero?

»—Le quité al muerto este tantito. A ver si me ajusta.

»—Tengo ahi una partida pa los repatriados. Te daré lo del pasaje; pero si te vuelvo a devisar por aquí, te dejo a que revientes. No me gusta ver una cara dos veces. ¡Ándale, vete!

---

[129] De *zarandear*.

[130] *Pácatelas:* el término no consta en ninguno de los diccionarios de referencia. Sin embargo, es común en México para referirse a una sorpresa desagradable.

[131] De *voltear*.

»Y yo me vine y aquí estoy, padre, pa contárselo a usté».

—Eso te ganaste por creído y por tarugo. Y ya verás cuando te asomes por tu casa; ya verás la ganancia que sacaste con irte.

—¿Pasó algo malo? ¿Se me murió algún chamaco?

—Se te fue la Tránsito con un arriero. Dizque era rebuena, ¿verdá? Tus muchachos están acá atrás dormidos. Y tú vete buscando onde pasar la noche, porque tu casa la vendí pa pagarme lo de los gastos. Y todavía me sales debiendo treinta pesos del valor de las escrituras.

—Está bien, padre, no me le voy a poner renegado. Quizá mañana encuentre por aquí algún trabajito pa pagarle todo lo que le debo. ¿Por qué rumbo dice usté que arrendó el arriero con la Tránsito?

—Pos por ahi. No me fijé.

—Entonces orita vengo, voy por ella.

—¿Y por onde vas?

—Pos por ahi, padre, por onde usté dice que se fue.

Acuérdate

Acuérdate de Urbano Gómez, hijo de don Urbano, nieto de Dimas, aquel que dirigía las pastorelas y que murió recitando el «rezonga ángel maldito» cuando la época de la influencia[132]. De esto hace ya años, quizá quince. Pero te debes acordar de él. Acuérdate que le decíamos *el Abuelo* por aquello de que su otro hijo, Fidencio Gómez, tenía dos hijas muy juguetonas: una prieta y chaparrita, que por mal nombre le decían *la Arremangada,* y la otra que era retealta y que tenía los ojos zarcos y que hasta se decía que ni era suya y que por más señas estaba enferma del hipo. Acuérdate del relajo que armaba cuando estábamos en misa y que a la mera hora de la Elevación soltaba su ataque de hipo, que parecía como si se estuviera riendo y llorando a la vez, hasta que la sacaban afuera y le daban tantita agua con azúcar y entonces se calmaba. Ésa acabó casándose con Lucio Chico, dueño de la mezcalera[133] que antes fue de Librado, río arriba, por donde está el molino de linaza de los Teódulos.

Acuérdate que a su madre le decían *la Berenjena* porque siempre andaba metida en líos y de cada lío salía con un muchacho. Se dice que tuvo su dinerito, pero se lo acabó

---

[132] *Influencia:* por *influenza,* es error común en el habla popular de México.
[133] *Mezcalera:* cfr. nota 9.

en los entierros, pues todos los hijos se le morían de recién nacidos y siempre les mandaba cantar alabanzas, llevándolos al panteón entre músicas y coros de monaguillos que cantaban «hosannas» y «glorias» y la canción esa de «ahi te mando, Señor, otro angelito». De eso se quedó pobre, porque le resultaba caro cada funeral, por eso de las canelas que les daba a los invitados del velorio. Sólo le vivieron dos, el Urbano y la Natalia, que ya nacieron pobres y a los que ella no vio crecer, porque se murió en el último parto que tuvo, ya de grande, pegada a los cincuenta años.

La debes haber conocido, pues era realegadora y cada rato andaba en pleito con las marchantas en la plaza del mercado porque le querían dar muy caro los jitomates, pegaba de gritos y decía que la estaban robando. Después, ya de pobre, se le veía rondando entre la basura, juntando rabos de cebolla, ejotes ya sancochados y alguno que otro cañuto de caña «para que se les endulzara la boca a sus hijos». Tenía dos, como ya te digo, que fueron los únicos que se le lograron. Después no se supo ya de ella.

Ese Urbano Gómez era más o menos de nuestra edad, apenas unos meses más grande, muy bueno para jugar a la rayuela y para las trácalas. Acuérdate que nos vendía clavellinas y nosotros se las comprábamos, cuando lo más fácil era ir a cortarlas al cerro. Nos vendía mangos verdes que se robaba del mango que estaba en el patio de la escuela y naranjas con chile que compraba en la portería a dos centavos y que luego nos las revendía a cinco. Rifaba cuanta porquería y media traía en la bolsa: canicas ágatas, trompos y zumbadores y hasta mayates verdes, de esos a los que se les amarra un hilo en una pata para que no vuelen muy lejos.

Nos traficaba a todos, acuérdate.

Era cuñado de Nachito Rivero, aquel que se volvió menso a los pocos días de casado y que Inés, su mujer, para mantenerse, tuvo que poner un puesto de tepache en la garita del camino real, mientras Nachito se vivía tocando canciones todas desafinadas en una mandolina que le prestaban en la peluquería de don Refugio.

Y nosotros íbamos con Urbano a ver a su hermana, a bebernos el tepache que siempre le quedábamos a deber y que nunca le pagábamos, porque nunca teníamos dinero. Después hasta se quedó sin amigos, porque todos, al verlo, le sacábamos la vuelta para que no fuera a cobrarnos.

Quizá entonces se volvió malo, o quizá ya era de nacimiento.

Lo expulsaron de la escuela antes del quinto año, porque lo encontraron con su prima *la Arremangada* jugando a marido y mujer detrás de los lavaderos, metidos en un aljibe seco. Lo sacaron de las orejas por la puerta grande entre la risión de todos, pasándolo por en medio de una fila de muchachos y muchachas para avergonzarlo. Y él pasó por allí, con la cara levantada, amenazándonos a todos con la mano y como diciendo: «Ya me las pagarán caro».

Y después a ella, que salió haciendo pucheros y con la mirada raspando los ladrillos, hasta que ya en la puerta soltó el llanto; un chillido que se estuvo oyendo toda la tarde como si fuera un aullido de coyote.

Sólo que te falle mucho la memoria, no te has de acordar de eso.

Dicen que su tío Fidencio, el del trapiche, le arrimó una paliza que por poco y lo deja parálisis, y que él, de coraje, se fue del pueblo.

Lo cierto es que no lo volvimos a ver sino cuando apareció de vuelta por aquí convertido en policía. Siempre estaba en la plaza de armas, sentado en una banca con la carabina entre las piernas y mirando con mucho odio a todos. No hablaba con nadie. No saludaba a nadie. Y si uno lo miraba, él se hacía el desentendido como si no conociera a la gente.

Fue entonces cuando mató a su cuñado, el de la mandolina. Al Nachito se le ocurrió ir a darle una serenata, ya de noche, poquito después de las ocho y cuando todavía estaban tocando las campanas el toque de Ánimas. Entonces se oyeron los gritos, y la gente que estaba en la iglesia rezando el rosario salió a la carrera y allí los vieron: al Nachito defendiéndose patas arriba con la mandolina y al Urbano mandándole un culatazo tras otro con el máuser, sin oír lo que le gritaba la gente, rabioso, como perro del mal. Hasta que un fulano que no era ni de por aquí se desprendió de la muchedumbre y fue y le quitó la carabina y le dio con ella en la espalda, doblándolo sobre la banca del jardín donde se estuvo tendido.

Allí lo dejaron pasar la noche. Cuando amaneció se fue. Dicen que antes estuvo en el curato y que hasta le pidió la bendición al padre cura, pero que él no se la dio.

Lo detuvieron en el camino. Iba cojeando, y mientras se sentó a descansar llegaron a él. No se opuso. Dicen que él mismo se amarró la soga en el pescuezo y que hasta escogió el árbol que más le gustaba para que lo ahorcaran.

Tú te debes acordar de él, pues fuimos compañeros de escuela y lo conociste como yo.

No oyes ladrar los perros

—Tú que vas allá arriba, Ignacio, dime si no oyes alguna señal de algo o si ves alguna luz en alguna parte.

—No se ve nada.

—Ya debemos estar cerca.

—Sí, pero no se oye nada.

—Mira bien.

—No se ve nada.

—Pobre de ti, Ignacio.

La sombra larga y negra de los hombres siguió moviéndose de arriba abajo, trepándose a las piedras, disminuyendo y creciendo según avanzaba por la orilla del arroyo. Era una sola sombra, tambaleante.

La luna venía saliendo de la tierra, como una llamarada redonda.

—Ya debemos estar llegando a ese pueblo, Ignacio. Tú que llevas las orejas de fuera, fíjate a ver si no oyes ladrar los perros. Acuérdate que nos dijeron que Tonaya estaba detrasito del monte. Y desde qué horas que hemos dejado el monte. Acuérdate, Ignacio.

—Sí, pero no veo rastro de nada.

—Me estoy cansando.

—Bájame.

El viejo se fue reculando hasta encontrarse con el paredón y se recargó allí, sin soltar la carga de sus hombros. Aunque se le doblaban las piernas, no quería sentarse, por-

225

que después no hubiera podido levantar el cuerpo de su hijo, al que allá atrás, horas antes, le habían ayudado a echárselo a la espalda. Y así lo había traído desde entonces.

—¿Cómo te sientes?

—Mal.

Hablaba poco. Cada vez menos. En ratos parecía dormir. En ratos parecía tener frío. Temblaba. Sabía cuándo le agarraba a su hijo el temblor por las sacudidas que le daba, y porque los pies se le encajaban en los ijares como espuelas. Luego las manos del hijo, que traía trabadas en su pescuezo, le zarandeaban la cabeza como si fuera una sonaja.

Él apretaba los dientes para no morderse la lengua y cuando acababa aquello le preguntaba:

—¿Te duele mucho?

—Algo —contestaba él.

Primero le había dicho: «Apéame aquí... Déjame aquí... Vete tú solo. Yo te alcanzaré mañana o en cuanto me reponga un poco». Se lo había dicho como cincuenta veces. Ahora ni siquiera eso decía.

Allí estaba la luna. Enfrente de ellos. Una luna grande y colorada que les llenaba de luz los ojos y que estiraba y oscurecía más su sombra sobre la tierra.

—No veo ya por dónde voy —decía él.

Pero nadie le contestaba.

El otro iba allá arriba, todo iluminado por la luna, con su cara descolorida, sin sangre, reflejando una luz opaca. Y él acá abajo.

—¿Me oíste, Ignacio? Te digo que no veo bien.

Y el otro se quedaba callado.

Siguió caminando, a tropezones. Encogía el cuerpo y luego se enderezaba para volver a tropezar de nuevo.

—Éste no es ningún camino. Nos dijeron que detrás del cerro estaba Tonaya. Ya hemos pasado el cerro. Y Tonaya no se ve, ni se oye ningún ruido que nos diga que está cerca. ¿Por qué no quieres decirme qué ves, tú que vas allá arriba, Ignacio?

—Bájame, padre.

—¿Te sientes mal?

—Sí.

—Te llevaré a Tonaya a como dé lugar. Allí encontraré quien te cuide. Dicen que allí hay un doctor. Yo te llevaré con él. Te he traído cargando desde hace horas y no te dejaré tirado aquí para que acaben contigo quienes sean.

Se tambaleó un poco. Dio dos o tres pasos de lado y volvió a enderezarse.

—Te llevaré a Tonaya.

—Bájame.

Su voz se hizo quedita, apenas murmuraba:

—Quiero acostarme un rato.

—Duérmete allí arriba. Al cabo te llevo bien agarrado.

La luna iba subiendo, casi azul, sobre un cielo claro. La cara del viejo, mojada en sudor, se llenó de luz. Escondió los ojos para no mirar de frente, ya que no podía agachar la cabeza agarrotada entre las manos de su hijo.

—Todo esto que hago, no lo hago por usted. Lo hago por su difunta madre. Porque usted fue su hijo. Por eso lo hago. Ella me reconvendría si yo lo hubiera dejado tirado allí, donde lo encontré, y no lo hubiera recogido para llevarlo a que lo curen, como estoy haciéndolo. Es ella la que me da ánimos, no usted. Comenzando porque a usted no le debo más que puras dificultades, puras mortificaciones, puras vergüenzas.

Sudaba al hablar. Pero el viento de la noche le secaba el sudor. Y sobre el sudor seco, volvía a sudar.

—Me derrengaré, pero llegaré con usted a Tonaya, para que le alivien esas heridas que le han hecho. Y estoy seguro de que, en cuanto se sienta usted bien, volverá a sus malos pasos. Eso ya no me importa. Con tal que se vaya lejos, donde yo no vuelva a saber de usted. Con tal de eso... Porque para mí usted ya no es mi hijo. He maldecido la sangre que usted tiene de mí. La parte que a mí me tocaba la he maldecido. He dicho: «¡Que se le pudra en los riñones la

227

sangre que yo le di!». Lo dije desde que supe que usted andaba trajinando por los caminos, viviendo del robo y matando gente... Y gente buena. Y si no, allí está mi compadre Tranquilino. El que lo bautizó a usted. El que le dio su nombre. A él también le tocó la mala suerte de encontrarse con usted. Desde entonces dije: «Ése no puede ser mi hijo».

»Mira a ver si ya ves algo. O si oyes algo. Tú que puedes hacerlo desde allá arriba, porque yo me siento sordo».

—No veo nada.

—Peor para ti, Ignacio.

—Tengo sed.

—¡Aguántate! Ya debemos estar cerca. Lo que pasa es que ya es muy noche y han de haber apagado la luz en el pueblo. Pero al menos debías de oír si ladran los perros. Haz por oír.

—Dame agua.

—Aquí no hay agua. No hay más que piedras. Aguántate. Y aunque la hubiera, no te bajaría a tomar agua. Nadie me ayudaría a subirte otra vez y yo solo no puedo.

—Tengo mucha sed y mucho sueño.

—Me acuerdo cuando naciste. Así eras entonces. Despertabas con hambre y comías para volver a dormirte. Y tu madre te daba agua, porque ya te habías acabado la leche de ella. No tenías llenadero. Y eras muy rabioso. Nunca pensé que con el tiempo se te fuera a subir aquella rabia a la cabeza... Pero así fue. Tu madre, que descanse en paz, quería que te criaras fuerte. Creía que cuando tú crecieras irías a ser su sostén. No te tuvo más que a ti. El otro hijo que iba a tener la mató. Y tú la hubieras matado otra vez si ella estuviera viva a estas alturas.

Sintió que el hombre aquel que llevaba sobre sus hombros dejó de apretar las rodillas y comenzó a soltar los pies, balanceándolos de un lado para otro. Y le pareció que la cabeza, allá arriba, se sacudía como si sollozara.

Sobre su cabello sintió que caían gruesas gotas, como de lágrimas.

228

—¿Lloras, Ignacio? Lo hace llorar a usted el recuerdo de su madre, ¿verdad? Pero nunca hizo usted nada por ella. Nos pagó siempre mal. Parece que, en lugar de cariño, le hubiéramos retacado el cuerpo de maldad. ¿Y ya ve? Ahora lo han herido. ¿Qué pasó con sus amigos? Los mataron a todos. Pero ellos no tenían a nadie. Ellos bien hubieran podido decir: «No tenemos a quién darle nuestra lástima». ¿Pero usted, Ignacio?

Allí estaba ya el pueblo. Vio brillar los tejados bajo la luz de la luna. Tuvo la impresión de que lo aplastaba el peso de su hijo al sentir que las corvas se le doblaban en el último esfuerzo. Al llegar al primer tejaván se recostó sobre el pretil de la acera y soltó el cuerpo, flojo, como si lo hubieran descoyuntado.

Destrabó difícilmente los dedos con que su hijo había venido sosteniéndose de su cuello y, al quedar libre, oyó cómo por todas partes ladraban los perros.

—¿Y tú no los oías, Ignacio? —dijo—. No me ayudaste ni siquiera con esta esperanza.

El día del derrumbe

—Esto pasó en septiembre. No en el septiembre de este año sino en el del año pasado. ¿O fue el antepasado, Melitón?

—No, fue el pasado.

—Sí, si yo me acordaba bien. Fue en septiembre del año pasado, por el día veintiuno. Óyeme, Melitón, ¿no fue el veintiuno de septiembre el mero día del temblor?

—Fue un poco antes. Tengo entendido que fue por el dieciocho.

—Tienes razón. Yo por esos días andaba en Tuxcacuesco. Hasta vi cuando se derrumbaban las casas como si estuvieran hechas de melcocha, nomás se retorcían así, haciendo muecas y se venían las paredes enteras contra el suelo. Y la gente salía de los escombros toda aterrorizada corriendo derecho a la iglesia dando de gritos. Pero espérense. Oye, Melitón, se me hace como que en Tuxcacuesco no existe ninguna iglesia. ¿Tú no te acuerdas?

—No la hay. Allí no quedan más que unas paredes cuarteadas que dicen fue la iglesia hace algo así como doscientos años; pero nadie se acuerda de ella, ni de cómo era; aquello más bien parece un corral abandonado plagado de higuerillas.

—Dices bien. Entonces no fue en Tuxcacuesco donde me agarró el temblor, ha de haber sido en El Pochote. ¿Pero El Pochote es un rancho, no?

—Sí, pero tiene una capillita que allí le dicen la iglesia; está un poco más allá de la hacienda de Los Alcatraces.

—Entonces fue allí ni más ni menos donde me agarró el temblor ese que les digo y cuando la tierra se pandeaba todita como si por dentro la estuvieran rebullendo. Bueno, unos pocos días después; porque me acuerdo que todavía estábamos apuntalando paredes, llegó el gobernador; venía a ver qué ayuda podía prestar con su presencia. Todos ustedes saben que nomás con que se presente el gobernador, con tal de que la gente lo mire, todo se queda arreglado. La cuestión está en que al menos venga a ver lo que sucede, y no que se esté allá metido en su casa, nomás dando órdenes. En viniendo él, todo se arregla, y la gente, aunque se le haya caído la casa encima, queda muy contenta con haberlo conocido. ¿O no es así, Melitón?

—Eso que ni qué.

—Bueno, como les estaba diciendo, en septiembre del año pasado, un poquito después de los temblores cayó por aquí el gobernador para ver cómo nos había tratado el terremoto. Traía geólogo y gente conocedora, no crean ustedes que venía solo. Oye, Melitón, ¿como cuánto dinero nos costó darles de comer a los acompañantes del gobernador?

—Algo así como cuatro mil pesos.

—Y eso que nomás estuvieron un día y en cuanto se les hizo de noche se fueron, si no, quién sabe hasta qué alturas hubiéramos salido desfalcados, aunque eso sí, estuvimos muy contentos: la gente estaba que se le reventaba el pescuezo de tanto estirarlo para poder ver al gobernador y haciendo comentarios de cómo se había comido el guajolote y de que si había chupado los huesos y de cómo era de rápido para levantar una tortilla tras otra rociándolas con salsa de guacamole; en todo se fijaron. Y él tan tranquilo, tan serio, limpiándose las manos en los calcetines para no ensuciar la servilleta que sólo le sirvió para espolvorearse de vez en vez los bigotes. Y después, cuando el ponche de granada se les subió a la cabeza, comenzaron a cantar todos en coro. Oye, Melitón, ¿cuál fue la canción esa que estuvieron repite y repite como disco rayado?

—Fue una que decía: «No sabes del alma las horas de luto».

—Eres bueno para eso de la memoria, Melitón, no cabe duda. Sí, fue ésa. Y el gobernador nomás reía; pidió saber dónde estaba el cuarto de baño. Luego se sentó nuevamente en su lugar y olió los claveles que estaban sobre la mesa. Miraba a los que cantaban, y movía la cabeza, llevando el compás, sonriendo. No cabe duda que se sentía feliz, porque su pueblo era feliz, hasta se le podía adivinar el pensamiento. Y a la hora de los discursos se paró uno de sus acompañantes, que tenía la cara alzada, un poco borneada a la izquierda. Y habló. Y no cabe duda de que se las traía. Habló de Juárez, que nosotros teníamos levantado en la plaza y hasta entonces supimos que era la estatua de Juárez, pues nunca nadie nos había podido decir quién era el individuo que estaba encaramado en el monumento aquel. Siempre creíamos que podía ser Hidalgo o Morelos o Venustiano Carranza, porque en cada aniversario de cualquiera de ellos, allí les hacíamos su función. Hasta que el catrincito[134] aquel nos vino a decir que se trataba de don Benito Juárez. ¡Y las cosas que dijo! ¿No es verdad, Melitón? Tú que tienes tan buena memoria te has de acordar bien de lo que recitó aquel fulano.

—Me acuerdo muy bien; pero ya lo he repetido tantas veces que hasta resulta enfadoso.

—Bueno, no es necesario. Sólo que estos señores se pierden de algo bueno. Ya les dirás mejor lo que dijo el gobernador.

»La cosa es que aquello, en lugar de ser una visita a los dolientes y a los que habían perdido sus casas, se convirtió

---

[134] *Catrincito:* diminutivo de *catrín,* con el sentido de bien vestido, engalanado (DRAE). También petimetre, lechuguino, elegante. Actualmente en México el uso es ante todo popular y peyorativo (DMS). El diminutivo refuerza aquí lo despectivo y burlón.

en una borrachera de las buenas. Y ya no se diga cuando entró al pueblo la música de Tepec, que llegó retrasada por eso de que todos los camiones se habían ocupado en el acarreo de la gente del gobernador y los músicos tuvieron que venirse a pie; pero llegaron. Entraron sonándole duro al arpa y a la tambora, haciendo tatachum, chum, chum, con los platillos, arreándole fuerte y con ganas al *Zopilote mojado*[135]. Aquello estaba de haberse visto, hasta el gobernador se quitó el saco y se desabrochó la corbata, y la cosa siguió de refilón. Trajeron más damajuanas de ponche y se dieron prisa en tatemar más carne de venado, porque aunque ustedes no lo quieran creer y ellos no se dieran cuenta, estaban comiendo carne de venado del que por aquí abunda. Nosotros nos reíamos cuando decían que estaba muy buena la barbacoa, ¿o no, Melitón?, cuando por aquí no sabemos ni lo que es eso de barbacoa. Lo cierto es que apenas les servíamos un plato y ya querían otro y ni modo, allí estábamos para servirlos; porque como dijo Liborio, el administrador del Timbre, que entre paréntesis siempre fue muy agarrado, "no importa que esta recepción nos cueste lo que nos cueste que para algo ha de servir el dinero" y luego tú, Melitón, que por ese tiempo eras presidente municipal, y que hasta te desconocí cuando dijiste: "que se chorrié el ponche, una visita de éstas no se desmerece". Y sí, se chorrió el ponche, ésa es la pura verdad; hasta los manteles estaban colorados. Y la gente aquella que parecía no tener llenadero. Sólo me fijé que el gobernador no se movía de su sitio; que no estiraba ni la mano, sino que sólo se comía y bebía lo que le arrimaban; pero la bola de lambiscones se desvivía por tenerle la mesa tan llena que hasta ya no cabía ni el salero que él tenía en la mano y que cuando lo desocupaba se lo metía en la bolsa de la camisa. Hasta yo

---

[135] *Zopilote mojado:* se trata de un son (forma musical) tradicional en México.

fui a decirle: "¿no gusta sal, mi general?", y él me enseñó
riendo el salero que tenía en la bolsa de la camisa, por eso
me di cuenta.

»Lo grande estuvo cuando él comenzó a hablar. Se nos
enchinó el pellejo a todos de la pura emoción. Se fue ende-
rezando, despacio, muy despacio, hasta que lo vimos echar
la silla hacia atrás con el pie; poner sus manos en la mesa;
agachar la cabeza como si fuera a agarrar vuelo y luego su
tos, que nos puso a todos en silencio. ¿Qué fue lo que dijo,
Melitón?».

—«Conciudadanos —dijo—. Rememorando mi trayec-
toria, vivificando el único proceder de mis promesas. Ante
esta tierra que visité como anónimo compañero de un candidato a la Presidencia, cooperador omnímodo de un hombre representativo, cuya honradez no ha estado nunca des-
ligada del contexto de sus manifestaciones políticas y que
sí, en cambio, es firme glosa de principios democráticos en
el supremo vínculo de unión con el pueblo, aunando a la
austeridad de que ha dado muestras la síntesis evidente de
idealismo revolucionario nunca hasta ahora pleno de reali-
zaciones y de certidumbre».

—Allí hubo aplauso, ¿o no, Melitón?

—Sí, muchos aplausos. Después siguió:

»"Mi trazo es el mismo, conciudadanos. Fui parco en
promesas como candidato, optando por prometer lo que
únicamente podía cumplir y que al cristalizar, tradujérase
en beneficio colectivo y no en subjuntivo, ni participio de
una familia genérica de ciudadanos. Hoy estamos aquí presentes, en este caso paradojal de la naturaleza, no previsto
dentro de mi programa de gobierno...".

»"¡Exacto, mi general! —gritó uno de por allá—. ¡Exacto! Usted lo ha dicho".

»"... En este caso, digo, cuando la naturaleza nos ha castigado, nuestra presencia receptiva en el centro del epicen-
tro telúrico que ha devastado hogares que podían haber
sido los nuestros, que son los nuestros; concurrimos en el

auxilio, no con el deseo neroniano de gozarnos en la desgracia ajena, más aún, inminentemente dispuestos a utilizar muníficamente nuestro esfuerzo en la reconstrucción de los hogares destruidos, hermanalmente dispuestos en los consuelos de los hogares menoscabados por la muerte. Este lugar que yo visité hace años, lejano entonces a toda ambición de poder, antaño feliz, hogaño enlutecido, me duele. Sí, conciudadanos, me laceran las heridas de los vivos por sus bienes perdidos y la clamante dolencia de los seres por sus muertos insepultos bajo estos escombros que estamos presenciando"».

—Allí también hubo aplausos, ¿verdad, Melitón?

—No, allí volvió a oírse el gritón de antes: «¡Exacto, señor gobernador! Usted lo ha dicho». Y luego otro de más acá que dijo: «¡Callen a ese borracho!».

—Ah, sí. Y hasta pareció que iba a haber un tumulto en la mera cola de la mesa, pero todos se apaciguaron cuando el gobernador habló de nuevo.

—«Tuxcacuenses, vuelvo a insistir: me duele vuestra desgracia, pues a pesar de lo que decía Bernal, el gran Bernal Díaz del Castillo: "Los hombres que murieron habían sido contratados para la muerte", yo, en los considerandos de mi concepto ontológico y humano, digo: ¡me duele!, con el dolor que produce ver derruido el árbol en su primera inflorescencia. Os ayudaremos con nuestro poder. Las fuerzas vivas del Estado desde su faldisterio claman por socorrer a los damnificados de esta hecatombe nunca predecida ni deseada. Mi regencia no terminará sin haberos cumplido. Por otra parte, no creo que la voluntad de Dios haya sido la de causaros detrimento, la de desaposentaros...».

»Y allí terminó. Lo que dijo después no me lo aprendí porque la bulla que se soltó en las mesas de atrás creció y se volvió rete difícil conseguir lo que él siguió diciendo».

—Es muy cierto, Melitón. Aquello estuvo de haberse visto. Con eso les digo todo. Y es que el mismo sujeto de la comitiva se puso a gritar otra vez: «¡Exacto! ¡Exacto!», con unos chillidos que se oían hasta la calle. Y cuando lo quisieron callar, sacó la pistola y comenzó a darle de chacamotas[136] por encima de su cabeza, mientras la descargaba contra el techo. Y la gente que estaba allí de mirona echó a correr a la hora de los balazos. Y tumbó las mesas en la caída que llevaba y se oyó el rompedero de platos y de vidrios y los botellazos que le tiraban al fulano de la pistola para que se calmara, y que nomás se estrellaban en la pared. Y el otro que tuvo todavía tiempo de meter otro cargador al arma y lo descargaba de nueva cuenta, mientras se ladeaba de aquí para allá escabulléndole el bulto a las botellas voladoras que le aventaban de todas partes.

»Hubieran visto al gobernador allí de pie, muy serio, con la cara fruncida, mirando hacia donde estaba el tumulto como queriendo calmarlo con su mirada.

»Quién sabe quién fue a decirle a los músicos que tocaran algo, lo cierto es que se soltaron tocando el Himno Nacional con todas sus fuerzas, hasta que casi se le reventaba el cachete al del trombón de lo recio que pitaba; pero aquello siguió igual. Y luego resultó que allá afuera, en la calle, se había prendido también el pleito. Le vinieron a avisar al gobernador que por allá unos se estaban dando de machetazos; y fijándose bien, era cierto, porque hasta acá se oían voces de mujeres que decían: «¡Apártenlos que se van a matar!». Y al rato otro grito que decía: «¡Ya mataron a mi marido! ¡Agárrenlo!».

»Y el gobernador ni se movía, seguía de pie. Oye, Melitón, cómo es esa palabra que se dice...».

—Impávido.

—Eso es, impávido. Bueno, con el argüende de afuera la cosa aquí adentro pareció calmarse. El borrachito del «exac-

[136] *Dar de chacamotas:* la expresión no consta ni en el DRAE ni en el DMS; ha de vincularse con «chacamotear»; cfr. nota 107.

to» estaba dormido; le habían atinado un botellazo y se había quedado todo despatarrado tirado en el suelo. El gobernador se arrimó entonces al fulano aquel y le quitó la pistola que tenía todavía agarrada en una de sus manos agarrotadas por el desmayo. Se la dio a otro y le dijo: «Encárgate de él y toma nota de que queda desautorizado a portar armas». Y el otro contestó: «Sí, mi general».

»La música, no sé por qué, siguió toque y toque el Himno Nacional, hasta que el catrincito que había hablado en un principio alzó los brazos y pidió silencio por las víctimas. Oye, Melitón, ¿por cuáles víctimas pidió él que todos nos asilenciáramos?».

—Por las del efipoco.

—Bueno, pues por ésas. Después todos se sentaron, enderezaron otra vez las mesas y siguieron bebiendo ponche y cantando la canción esa de las «horas de luto»[137].

»Ora me estoy acordando que sí fue por el veintiuno de septiembre el borlote: porque mi mujer tuvo ese día a nuestro hijo Merencio, y yo llegué ya muy noche a mi casa más bien borracho que buenísano. Y ella no me habló en muchas semanas arguyendo que la había dejado sola con su compromiso. Ya cuando se contentó me dijo que yo no había sido bueno ni para llamar a la comadrona y que tuvo que salir del paso a como Dios le dio a entender».

---

[137] *Horas de luto:* se trataría de una habanera (forma musical criolla), cuyo título exacto es «Las horas de luto».

La herencia
de Matilde Arcángel[138]

En Corazón de María vivían, no hace mucho tiempo, un padre y un hijo conocidos como los Eremites; si acaso porque los dos se llamaban Euremios. Uno, Euremio Cedillo; otro, Euremio Cedillo también, aunque no costaba ningún trabajo distinguirlos, ya que uno le sacaba al otro una ventaja de veinticinco años bien colmados.

Lo colmado estaba en lo alto y garrudo de que lo había dotado la benevolencia de Dios Nuestro Señor al Euremio grande. En cambio al chico lo había hecho todo alrevesado, hasta se dice que de entendimiento. Y por si fuera poco el estar trabado de flaco, vivía si es que todavía vive, aplastado por el odio como por una piedra; y válido es decirlo, su desventura fue la de haber nacido.

---

[138] En la primera publicación de este cuento en la revista *Metáfora,* el título era «La presencia», y no «La herencia» de Matilde Arcángel, según me indicó el director de la Fundación Rulfo. La modificación no deja de ser relevante, por cuanto contribuye a una mayor precisión de la problemática planteada, sin modificarla sustancialmente. De acuerdo con el trabajo filológico llevado a cabo por Sergio López Mena, las demás modificaciones —bastante numerosas en relación con otros cuentos— son de estilo y van en el sentido de aligerar ciertos giros y remarcar mejor el ritmo y la entonación «orales» de la narración. Ninguna modifica sustancialmente el sentido del texto.

Quien más lo aborrecía era su padre, por más cierto mi compadre; porque yo le bauticé al muchacho. Y parece que para hacer lo que hacía se atenía a su estatura. Era un hombrón así de grande, que hasta daba coraje estar junto a él y sopesar su fuerza, aunque fuera con la mirada. Al verlo uno se sentía como si a uno lo hubieran hecho de mala gana o con desperdicios. Fue en Corazón de María, abarcando los alrededores, el único caso de un hombre que creciera tanto hacia arriba, siendo que los de por ese rumbo crecen a lo ancho y son bajitos; hasta se dice que es allí donde se originan los chaparros; y chaparra es allí la gente y hasta su condición[139]. Ojalá que ninguno de los presentes se ofenda por si es de allá, pero yo me sostengo en mi juicio.

Y regresando a donde estábamos, les comenzaba a platicar de unos fulanos que vivieron hace tiempo en Corazón de María. Euremio grande tenía un rancho apodado Las Ánimas, venido a menos por muchos trastornos, aunque el mayor de todos fue el descuido. Y es que nunca quiso dejarle esa herencia al hijo que, como ya les dije, era mi ahijado. Se la bebió entera a tragos de «bingarrote»[140] que conseguía vendiendo pedazo tras pedazo de rancho y con el único fin de que el muchacho no encontrara cuando creciera de dónde agarrarse para vivir. Y casi lo logró. El hijo apenas si se levantó un poco sobre la tierra, hecho una pura lástima, y más que nada debido a unos cuantos compadecidos que le ayudaron a enderezarse; porque su padre ni se ocupó de él, antes parecía que se le cuajaba la sangre de sólo verlo.

---

[139] *Chaparro:* designa a las personas bajas de estatura que tienden a ser más anchas que altas. También existe la expresión popular «suerte chaparra» para referirse a la triste y desgraciada (DMS). De ahí la alusión del narrador a la «condición» de la gente del lugar que, desde luego, no atañe a su sola estatura física.

[140] *Bingarrote:* término en desuso para designar un aguardiente destilado en forma artesanal que se obtiene de cabezas de maguey fermentadas en vasijas de pulque. Es parecido a lo que en otras áreas se conoce como chicha. Forma parte de las bebidas embriagantes prohibidas en tiempos de la Colonia, por sus efectos nocivos para la salud (DMS).

Pero para entender todo esto hay que ir más atrás. Mucho más atrás de que el muchacho naciera, y quizá antes de que Euremio conociera a la que iba a ser su madre.

La madre se llamó Matilde Arcángel. Entre paréntesis, ella no era de Corazón de María, sino de un lugar más arriba que se nombra Chupaderos, al cual nunca llegó a ir el tal Cedillo y que si acaso lo conoció fue por referencias. Por ese tiempo ella estaba comprometida conmigo; pero uno nunca sabe lo que se trae entre manos, así que cuando fui a presentarle a la muchacha, un poco por presumirla y otro poco para que él se decidiera a apadrinarnos la boda, no me imaginé que a ella se le agotara de pronto el sentimiento que decía sentir por mí, ni que comenzaran a enfriársele los suspiros, y que su corazón se lo hubiera agenciado otro.

Lo supe después.

Sin embargo, habrá que decirles antes quién y qué cosa era Matilde Arcángel. Y allá voy. Les contaré esto sin apuraciones. Despacio. Al fin y al cabo tenemos toda la vida por delante.

Ella era hija de una tal doña Sinesia, dueña de la fonda de Chupaderos; un lugar caído en el crepúsculo como quien dice, allí donde se nos acababa la jornada. Así que cuanto arriero recorría esos rumbos alcanzó a saber de ella y pudo saborearse los ojos mirándola. Porque por ese tiempo, antes de que desapareciera, Matilde era una muchachita que se filtraba como el agua entre todos nosotros.

Pero el día menos pensado, y sin que nos diéramos cuenta de qué modo, se convirtió en mujer. Le brotó una mirada de semisueño que escarbaba clavándose dentro de uno como un clavo que cuesta trabajo desclavar. Y luego se le reventó la boca como si se la hubieran desflorado a besos. Se puso bonita la muchacha, lo que sea de cada quien.

Está bien que uno no esté para merecer. Ustedes saben, uno es arriero. Por puro gusto. Por platicar con uno mismo, mientras se anda en los caminos.

Pero los caminos de ella eran más largos que todos los caminos que yo había andado en mi vida y hasta se me ocurrió que nunca terminaría de quererla.

Pero total, se la apropió el Euremio.

Al volver de uno de mis recorridos supe que ya estaba casada con el dueño de Las Ánimas. Pensé que la había arrastrado la codicia y tal vez lo grande del hombre. Justificaciones nunca me faltaron. Lo que me dolió aquí en el estómago, que es donde más duelen los pesares, fue que se hubiera olvidado de ese atajo de pobres diablos que íbamos a verla y nos guarecíamos en el calor de sus miradas. Sobre todo de mí, Tranquilino Herrera, servidor de ustedes, y con quien ella se comprometió de abrazo y beso y toda la cosa. Aunque viéndolo bien, en condiciones de hambre cualquier animal se sale del corral; y ella no estaba muy bien alimentada que digamos; en parte porque a veces éramos tantos que no alcanzaba la ración, en parte porque siempre estaba dispuesta a quitarse el bocado de la boca para que nosotros comiéramos.

Después engordó. Tuvo un hijo. Luego murió. La mató un caballo desbocado.

Veníamos de bautizar a la criatura. Ella lo traía en sus brazos. No podría yo contarles los detalles de por qué y cómo se desbocó el caballo, porque yo venía mero adelante. Sólo me acuerdo que era un animal rosillo. Pasó junto a nosotros como una nube gris, y más que caballo fue el aire del caballo el que nos tocó ver; solitario, ya casi embarrado a la tierra. La Matilde Arcángel se había quedado atrás, sembrada no muy lejos de allí y con la cara metida en un charco de agua. Aquella carita que tanto quisimos tantos, ahora casi hundida, como si se estuviera enjuagando la sangre que brotaba como manadero de su cuerpo todavía palpitante.

Pero ya para entonces no era de nosotros. Era propiedad de Euremio Cedillo, el único que la había trabajado como suya. ¡Y vaya si era chula la Matilde! Y más que trabajado, se había metido dentro de ella mucho más allá de las orillas de la carne, hasta el alcance de hacerle nacer un hijo. Así que a mí, por ese tiempo, ya no me quedaba de ella más que la sombra o si acaso una brizna de recuerdo.

Con todo, no me resigné a no verla. Me acomedí a bautizarles al muchacho, con tal de seguir cerca de ella, aunque fuera nomás en calidad de compadre.

Por eso es que todavía siento pasar junto a mí ese aire, que apagó la llamarada de su vida, como si ahora estuviera soplando; como si siguiera soplando contra uno.

A mí me tocó cerrarle los ojos llenos de agua; y enderezarle la boca torcida por la angustia: esa ansia que le entró y que seguramente le fue creciendo durante la carrera del animal, hasta el fin, cuando se sintió caer. Ya les conté que la encontramos embrocada sobre su hijo. Su carne ya estaba comenzando a secarse, convirtiéndose en cáscara por todo el jugo que se le había salido durante todo el rato que duró su desgracia. Tenía la mirada abierta, puesta en el niño. Ya les dije que estaba empapada en agua. No en lágrimas, sino del agua puerca del charco lodoso donde cayó su cara. Y parecía haber muerto contenta de no haber apachurrado a su hijo en la caída, ya que se le traslucía la alegría en los ojos. Como les dije antes, a mí me tocó cerrar aquella mirada todavía acariciadora, como cuando estaba viva.

La enterramos. Aquella boca, a la que tan difícil fue llegar, se fue llenando de tierra. Vimos cómo desaparecía toda ella sumida en la hondonada de la fosa, hasta no volver a ver su forma. Y allí, parado como horcón, Euremio Cedillo. Y yo pensando: «Si la hubiera dejado tranquila en Chupaderos, quizá todavía estuviera viva».

«Todavía viviría —se puso a decir él— si el muchacho no hubiera tenido la culpa». Y contaba que al niño se le había ocurrido dar un berrido como de tecolote, cuando el caballo en que venían era muy asustón. Él se lo advirtió a la madre muy bien, como para convencerla de que no dejara berrear al muchacho. Y también decía que ella podía haberse defendido al caer; pero que hizo todo lo contrario: «Se hizo arco, dejándole un hueco al hijo como para no aplastarlo. Así que, contando unas con otras toda la culpa es del muchacho. Da unos berridos que hasta uno se espanta. Y yo para qué voy a quererlo. Él de nada me sirve. La otra podía haberme dado más y todos los hijos que yo quisiera; pero éste no me dejó ni siquiera saborearla»[141]. Y así se soltaba diciendo cosas y más cosas, de modo que ya uno no sabía si era pena o coraje el que sentía por la muerta.

Lo que sí se supo siempre fue el odio que le tuvo al hijo. Y era de eso de lo que yo les estaba platicando desde el principio. El Euremio se dio a la bebida. Comenzó a cambiar pedazos de sus tierras por botellas de «bingarrote». Después lo compraba hasta por barricas. A mí me tocó una

---

[141] En este punto se introducen las mayores modificaciones respecto de la publicación primera en *Metáfora*. En ésta, la referencia a las palabras pronunciadas por el padre en el momento de la muerte de la esposa se presenta de la siguiente manera: «Estaría viva —decía él— si el muchacho no hubiera hecho diabluras. Pero se puso a berrear como un condenado. Yo le advertí a la Matilde que el caballo que montaba era bronco, y ese chiquillo da unos berridos que hasta uno se espanta. El pobre animal cómo iba a saber que además de la carga que traía encima, venía algo así como un pito de calabaza que soltaba el chillido de un derrepente. En qué cabeza cabe que él iba a tener consideraciones para con ella si de pronto lo asustaba. No, la culpa de todo la tuvo el muchacho. Y ahora, de sobra se ha quedado a mi cuidado como si yo no tuviera otra cosa que hacer. Además , no me sirve más que para estorbo. La muerta me podría haber servido de mucho y dado más y todos los hijos que yo hubiera querido; pero este diablo de muchacho la mató cuando apenas estaba agarrándole el sabor» (*Toda la obra*, 154). Es bastante obvia la dirección de las modificaciones introducidas por el autor. No sólo acortan estas consideraciones del padre, excesivamente disonantes en tales circunstancias, sino que al hacerlo y dejar sobreentendidas las ideas explayadas en la primera versión, deja mayor margen a la imaginación del lector y aligera también un énfasis que lastraba de algún modo la narración de su otrora rival en el corazón de Matilde.

vez fletear toda una recua con puras barricas de «bingarrote» consignadas al Euremio. Allí entregó todo su esfuerzo: en eso y en golpear a mi ahijado, hasta que se le cansaba el brazo.

Ya para esto habían pasado muchos años. Euremio chico creció a pesar de todo, apoyado en la piedad de unas cuantas almas; casi por el puro aliento que trajo desde al nacer. Todos los días amanecía aplastado por el padre que lo consideraba un cobarde y un asesino, y si no quiso matarlo, al menos procuró que muriera de hambre para olvidarse de su existencia. Pero vivió. En cambio el padre iba para abajo con el paso del tiempo. Y ustedes y yo y todos sabemos que el tiempo es más pesado que la más pesada carga que puede soportar el hombre. Así, aunque siguió manteniendo sus rencores, se le fue mermando el odio, hasta convertir sus dos vidas en una viva soledad.

Yo los procuraba poco. Supe, porque me lo contaron, que mi ahijado tocaba la flauta mientras su padre dormía la borrachera. No se hablaban ni se miraban; pero aun después de anochecer se oía en todo Corazón de María la música de la flauta; y a veces se seguía oyendo mucho más allá de la medianoche.

Bueno, para no alargarles más la cosa, un día quieto, de esos que abundan mucho en estos pueblos, llegaron unos revoltosos a Corazón de María. Casi ni ruido hicieron, porque las calles estaban llenas de hierba; así que su paso fue en silencio, aunque todos venían montados en bestias. Dicen que aquello estaba tan calmado y que ellos cruzaron tan sin armar alboroto, que se oía el grito del somormujo y el canto de los grillos; y que más que ellos, lo que más se oía era la musiquita de una flauta que se les agregó al pasar frente a la casa de los Eremites, y se fue alejando, yéndose, hasta desaparecer.

Quién sabe qué clase de revoltosos serían y qué andarían haciendo. Lo cierto, y esto también me lo contaron, fue que, a pocos días, pasaron también sin detenerse tropas del gobierno. Y que en esa ocasión Euremio el viejo, que a esas alturas ya estaba un tanto achacoso, les pidió que lo llevaran. Parece que contó que tenía cuentas pendientes con uno de aquellos bandidos que iban a perseguir. Y sí, lo aceptaron. Salió de su casa a caballo y con el rifle en la mano, galopando para alcanzar a las tropas. Era alto, como antes les decía, que más que un hombre parecía una banderola por eso de que llevaba el greñero al aire, pues no se preocupó de buscar el sombrero.

Y por algunos días no se supo nada. Todo siguió igual de tranquilo. A mí me tocó llegar entonces. Venía de «abajo», donde también nada se rumoraba. Hasta que de pronto comenzó a llegar gente. Coamileros[142], saben ustedes: unos fulanos que se pasan parte de su vida arrendados en las laderas de los montes, y que si bajan a los pueblos es en procura de algo o porque algo les preocupa. Ahora los había hecho bajar el susto. Llegaron diciendo que allá en los cerros se estaba peleando desde hacía varios días. Y que por ahí venían ya unos casi de arribada.

Pasó la tarde sin ver pasar a nadie. Llegó la noche. Algunos pensamos que tal vez hubieran agarrado otro camino. Esperamos detrás de las puertas cerradas. Dieron las nueve y las diez en el reloj de la iglesia. Y casi con la campana de las horas se oyó el mugido del cuerno. Luego el trote de caballos. Entonces yo me asomé a ver quiénes eran. Y vi un montón de desarrapados montados en caballos flacos; unos estilando sangre, y otros seguramente dormidos porque cabeceaban. Se siguieron de largo.

---

[142] *Coamilero:* derivado de *coamil,* que proviene del náhuatl. En el centro del país, designa un terreno que se desmonta para hacer en él la sembradura. Generalmente de poca extensión, se trabaja con azadón (DMS). Por extensión, los coamileros son aquellos que llevan a cabo la acción de limpiar el terreno antes de prepararlo para la siembra. Desconocido en la ciudad de México, el término no consta en los diccionarios consultados, ni siquiera como americanismo. Debe considerarse como localismo.

Cuando ya parecía que había terminado el desfile de figuras oscuras que apenas si se distinguía de la noche, comenzó a oírse, primero apenitas y después más clara, la música de una flauta. Y a poco rato, vi venir a mi ahijado Euremio montado en el caballo de mi compadre Euremio Cedillo. Venía en ancas, con la mano izquierda dándole duro a su flauta, mientras que con la derecha sostenía, atravesado sobre la silla, el cuerpo de su padre muerto.

Anacleto Morones

¡Viejas, hijas del demonio! Las vi venir a todas juntas, en procesión. Vestidas de negro, sudando como mulas bajo el mero rayo del sol. Las vi desde lejos como si fuera una recua levantando polvo. Su cara ya ceniza de polvo. Negras todas ellas. Venían por el camino de Amula, cantando entre rezos, entre el calor, con sus negros escapularios grandotes y renegridos, sobre los que caía en goterones el sudor de su cara.

Las vi llegar y me escondí. Sabía lo que andaban haciendo y a quién buscaban. Por eso me di prisa a esconderme hasta el fondo del corral, corriendo ya con los pantalones en la mano.

Pero ellas entraron y dieron conmigo. Dijeron: «¡Ave María Purísima!».

Yo estaba acuclillado en una piedra, sin hacer nada, solamente sentado allí con los pantalones caídos, para que ellas me vieran así y no se me arrimaran. Pero sólo dijeron: «¡Ave María Purísima!». Y se fueron acercando más.

¡Viejas indinas! ¡Les debería dar vergüenza! Se persignaron y se arrimaron hasta ponerse junto a mí, todas juntas, apretadas como en manojo, chorreando sudor y con los pelos untados a la cara como si les hubiera lloviznado.

—Te venimos a ver a ti, Lucas Lucatero. Desde Amula venimos, sólo por verte. Aquí cerquita nos dijeron que estabas en tu casa; pero no nos figuramos que estabas tan

247

adentro; no en este lugar ni en estos menesteres. Creímos que habías entrado a darle de comer a las gallinas, por eso nos metimos. Venimos a verte.

¡Esas viejas! ¡Viejas y feas como pasmadas de burro!

—¡Díganme qué quieren! —les dije, mientras me fajaba los pantalones y ellas se tapaban los ojos para no ver.

—Traemos un encargo. Te hemos buscado en Santo Santiago y en Santa Inés, pero nos informaron que ya no vivías allí, que te habías mudado a este rancho. Y acá venimos. Somos de Amula.

Yo ya sabía de dónde eran y quiénes eran; podía hasta haberles recitado sus nombres, pero me hice el desentendido.

—Pues sí, Lucas Lucatero, al fin te hemos encontrado, gracias a Dios.

Las convidé al corredor y les saqué unas sillas para que se sentaran. Les pregunté que si tenían hambre o que si querían aunque fuera un jarro de agua para remojarse la lengua.

Ellas se sentaron, secándose el sudor con sus escapularios.

—No, gracias —dijeron—. No venimos a darte molestias. Te traemos un encargo. ¿Tú me conoces, verdad, Lucas Lucatero? —me preguntó una de ellas.

—Algo —le dije—. Me parece haberte visto en alguna parte. ¿No eres, por casualidad, Pancha Fregoso, la que se dejó robar por Homobono Ramos?

—Soy, sí, pero no me robó nadie. Ésas fueron puras maledicencias. Nos perdimos los dos buscando garambullos. Soy congregante y yo no hubiera permitido de ningún modo...

—¿Qué, Pancha?

—¡Ah!, cómo eres mal pensado, Lucas. Todavía no se te quita lo de andar criminando gente. Pero, ya que me conoces, quiero agarrar la palabra para comunicarte a lo que venimos.

—¿No quieren ni siquiera un jarro de agua? —les volví a preguntar.

—No te molestes. Pero ya que nos ruegas tanto, no te vamos a desairar.

Les traje una jarra de agua de arrayán y se la bebieron. Luego les traje otra y se la volvieron a beber. Entonces les arrimé un cántaro con agua del río. Lo dejaron allí, pendiente, para dentro de un rato, porque, según ellas, les iba a entrar mucha sed cuando comenzara a hacerles la digestión.

Diez mujeres, sentadas en hilera, con sus negros vestidos puercos de tierra. Las hijas de Ponciano, de Emiliano, de Crescenciano, de Toribio el de la taberna y de Anastasio el peluquero.

¡Viejas carambas! Ni una siquiera pasadera. Todas caídas por los cincuenta. Marchitas como floripondios engarruñados y secos. Ni de dónde escoger.

—¿Y qué buscan por aquí?

—Venimos a verte.

—Ya me vieron. Estoy bien. Por mí no se preocupen.

—Te has venido muy lejos. A este lugar escondido. Sin domicilio ni quien dé razón de ti. Nos ha costado trabajo dar contigo después de mucho inquirir.

—No me escondo. Aquí vivo a gusto, sin la moledera[143] de la gente. ¿Y qué misión traen, si se puede saber? —les pregunté.

—Pues se trata de esto... Pero no te vayas a molestar en darnos de comer. Ya comimos en casa de *la Torcacita*. Allí nos dieron a todas. Así que ponte en juicio. Siéntate aquí enfrente de nosotras para verte y para que nos oigas.

Yo no me podía estar en paz. Quería ir otra vez al corral. Oía el cacareo de las gallinas y me daban ganas de ir a recoger los huevos antes que se los comieran los conejos.

---

[143] *Moledera:* de *moler,* en el sentido de molestar. El sustantivo no consta en ninguno de los diccionarios de referencia. En el DMS, figura «moledera» en el sentido de la acción reiterada de moler, sin especificación del sentido del verbo en cuestión.

—Voy por los huevos —les dije.

—De verdad que ya comimos. No te molestes por nosotras.

—Tengo allí dos conejos sueltos que se comen los huevos. Orita regreso.

Y me fui al corral.

Tenía pensado no regresar. Salirme por la puerta que daba al cerro y dejar plantada a aquella sarta de viejas canijas.

Le eché una miradita al montón de piedras que tenía arrinconado en una esquina y le vi la figura de una sepultura. Entonces me puse a desparramarlas, tirándolas por todas partes, haciendo un reguero aquí y otro allá. Eran piedras de río, boludas, y las podía aventar lejos. ¡Viejas de los mil judas! Me habían puesto a trabajar. No sé por qué se les antojó venir.

Dejé la tarea y regresé.

Les regalé los huevos.

—¿Mataste los conejos? Te vimos aventarles de pedradas. Guardaremos los huevos para dentro de un rato. No debías haberte molestado.

—Allí en el seno se pueden empollar, mejor déjenlos afuera.

—¡Ah, cómo serás!, Lucas Lucatero. No se te quita lo hablantín. Ni que estuviéramos tan calientes.

—De eso no sé nada. Pero de por sí está haciendo calor acá afuera.

Lo que yo quería era darles largas. Encaminarlas por otro rumbo, mientras buscaba la manera de echarlas fuera de mi casa y que no les quedaran ganas de volver. Pero no se me ocurría nada.

Sabía que me andaban buscando desde enero, poquito después de la desaparición de Anacleto Morones. No faltó alguien que me avisara que las viejas de la Congregación de Amula andaban tras de mí. Eran las únicas que podían tener algún interés en Anacleto Morones.

250

Y ahora allí las tenía.

Podía seguir haciéndoles plática o granjeándomelas de algún modo hasta que se les hiciera de noche y tuvieran que largarse. No se hubieran arriesgado a pasarla en mi casa.

Porque hubo un rato en que se trató de eso: cuando la hija de Ponciano dijo que querían acabar pronto su asunto para volver temprano a Amula. Fue cuando yo les hice ver que por eso no se preocuparan, que aunque fuera en el suelo había allí lugar y petates de sobra para todas. Todas dijeron que eso sí no, porque qué iría a decir la gente cuando se enteraran de que habían pasado la noche solitas en mi casa y conmigo allí dentro. Eso sí que no.

La cosa, pues, estaba en hacerles larga la plática, hasta que se les hiciera de noche, quitándoles la idea que les bullía en la cabeza.

Le pregunté a una de ellas:

—¿Y tu marido qué dice?

—Yo no tengo marido, Lucas. ¿No te acuerdas que fui tu novia? Te esperé y te esperé y me quedé esperando. Luego supe que te habías casado. Ya a esas alturas nadie me quería.

—¿Y luego yo? Lo que pasó fue que se me atravesaron otros pendientes que me tuvieron muy ocupado; pero todavía es tiempo.

—Pero si eres casado, Lucas, y nada menos que con la hija del Santo Niño. ¿Para qué me alborotas otra vez? Yo ya hasta me olvidé de ti.

—Pero yo no. ¿Cómo dices que te llamabas?

—Nieves... Me sigo llamando Nieves. Nieves García. Y no me hagas llorar, Lucas Lucatero. Nada más de acordarme de tus melosas promesas me da coraje.

—Nieves... Nieves. Cómo no me voy a acordar de ti. Si eres de lo que no se olvida... Eras suavecita. Me acuerdo. Te siento todavía aquí en mis brazos. Suavecita. Blanda. El olor del vestido con que salías a verme olía a alcanfor. Y te arrejuntabas mucho conmigo. Te repegabas[144] tanto que casi te sentía metida en mis huesos. Me acuerdo.

—No sigas diciendo cosas, Lucas. Ayer me confesé y tú me estás despertando malos pensamientos y me estás echando el pecado encima.

—Me acuerdo que te besaba en las corvas. Y que tú decías que allí no, porque sentías cosquillas. ¿Todavía tienes hoyuelos en la corva de las piernas?

—Mejor cállate, Lucas Lucatero. Dios no te perdonará lo que hiciste conmigo. Lo pagarás caro.

—¿Hice algo malo contigo? ¿Te traté acaso mal?

—Lo tuve que tirar. Y no me hagas decir eso aquí delante de la gente. Pero para que te lo sepas: lo tuve que tirar. Era una cosa así como un pedazo de cecina. ¿Y para qué lo iba a querer yo, si su padre no era más que un vaquetón?[145].

—¿Conque eso pasó? No lo sabía. ¿No quieren otra poquita de agua de arrayán? No me tardaré nada en hacerla. Espérenme nomás.

Y me fui otra vez al corral a cortar arrayanes. Y allí me entretuve lo más que pude, mientras se le bajaba el mal humor a la mujer aquella.

Cuando regresé ya se había ido.

—¿Se fue?

—Sí, se fue. La hiciste llorar.

—Sólo quería platicar con ella, nomás por pasar el rato. ¿Se han fijado cómo tarda en llover? ¿Allá en Amula ya debe haber llovido, no?

—Sí, anteayer cayó un aguacero.

—No cabe duda de que aquél es un buen sitio. Llueve bien y se vive bien. A fe que aquí ni las nubes se aparecen. ¿Todavía es Rogaciano el presidente municipal?

---

144 *Repegarse:* cfr. nota 111.
145 *Vaquetón:* consta en el DMS con el sentido de tardo y pesado, muy usado popularmente. También tiene el sentido de persona poco delicada, informal, descarada, trapacera, atrevida u osada.

—Sí, todavía.

—Buen hombre ese Rogaciano.

—No. Es un maldoso.

—Puede que tengan razón. ¿Y qué me cuentan de Edelmiro, todavía tiene cerrada su botica?

—Edelmiro murió. Hizo bien en morirse, aunque me esté mal el decirlo; pero era otro maldoso. Fue de los que le echaron infamias al Niño Anacleto. Lo acusó de abusionero[146] y de brujo y de engañabobos. De todo eso anduvo hablando en todas partes. Pero la gente no le hizo caso y Dios lo castigó. Se murió de rabia como los huitacoches[147].

—Esperemos en Dios que esté en el Infierno.

—Y que no se cansen los diablos de echarle leña.

—Lo mismo que a Lirio López, el juez, que se puso de su parte y mandó al Santo Niño a la cárcel.

Ahora eran ellas las que hablaban. Las dejé decir todo lo que quisieran. Mientras no se metieran conmigo, todo iría bien. Pero de repente se les ocurrió preguntarme:

—¿Quieres ir con nosotras?

—¿Adónde?

—A Amula. Por eso venimos. Para llevarte.

Por un rato me dieron ganas de volver al corral. Salirme por la puerta que da al cerro y desaparecer. ¡Viejas infelices!

—¿Y qué diantres voy a hacer yo a Amula?

—Queremos que nos acompañes en nuestros ruegos. Hemos abierto, todas las congregantes del Niño Anacleto, un novenario de rogaciones para pedir que nos lo canonicen. Tú eres su yerno y te necesitamos para que sirvas de

---

[146] *Abusionero:* de *abusón.*

[147] *Huitache:* el término no consta en ninguno de los diccionarios de referencia. Sergio López Mena indica que designa a un pajarito del altiplano, muy estimado por la dulzura y delicadeza de su canto. Se dice —añade López Mena— que el cenzontle y el huitacoche mueren de rabia porque mueren antes de consentir en algo que no les agrada, como el cambio de comida o la convivencia con otra ave en la misma jaula. También suele morir por haber perdido su libertad (Archivos).

testimonio. El señor cura nos encomendó le lleváramos a alguien que lo hubiera tratado de cerca y conocido de tiempo atrás, antes que se hiciera famoso por sus milagros. Y quién mejor que tú, que viviste a su lado y puedes señalar mejor que ninguno las obras de misericordia que hizo. Por eso te necesitamos, para que nos acompañes en esta campaña.

¡Viejas carambas! Haberlo dicho antes.

—No puedo ir —les dije—. No tengo quien me cuide la casa.

—Aquí se van a quedar dos muchachas para eso, lo hemos prevenido. Además está tu mujer.

—Ya no tengo mujer.

—¿Luego la tuya? ¿La hija del Niño Anacleto?

—Ya se me fue. La corrí.

—Pero eso no puede ser, Lucas Lucatero. La pobrecita debe andar sufriendo. Con lo buena que era. Y lo jovencita. Y lo bonita. ¿Para dónde la mandaste, Lucas? Nos conformamos con que siquiera la hayas metido en el convento de las Arrepentidas.

—No la metí en ninguna parte. La corrí. Y estoy seguro de que no está con las Arrepentidas; le gustaba mucho la bulla y el relajo. Debe de andar por esos rumbos, desfajando pantalones.

—No te creemos, Lucas, ni así tantito te creemos. A lo mejor está aquí, encerrada en algún cuarto de esta casa rezando sus oraciones. Tú siempre fuiste mentiroso y hasta levantafalsos. Acuérdate, Lucas, de las pobres hijas de Hermelindo que hasta se tuvieron que ir para El Grullo porque la gente les chiflaba la canción de «Las güilotas»[148] cada vez que se asomaban a la calle, y sólo porque tú inventaste chismes. No se te puede creer nada a ti, Lucas Lucatero.

---

[148] *Güilotas:* también como *huilotas* o *huiltotas,* designa en México a un tipo de palomas común en los campos (DMS). Pero según Sergio López Mena alude también al miembro viril, y vulgarmente «güila» quiere decir prostituta. Con este último sentido figura en el DMS.

—Entonces sale sobrando que yo vaya a Amula.

—Te confiesas primero y todo queda arreglado. ¿Desde cuando no te confiesas?

—¡Uh!, desde hace como quince años. Desde que me iban a fusilar los cristeros. Me pusieron una carabina en la espalda y me hincaron delante del cura y dije allí hasta lo que no había hecho. Entonces me confesé hasta por adelantado.

—Si no estuviera de por medio que eres el yerno del Santo Niño, no te vendríamos a buscar, contimás te pediríamos nada. Siempre has sido muy diablo, Lucas Lucatero.

—Por algo fui ayudante de Anacleto Morones. Él sí que era el vivo demonio.

—No blasfemes.

—Es que ustedes no lo conocieron.

—Lo conocimos como santo.

—Pero no como santero.

—¿Qué cosas dices, Lucas?

—Eso ustedes no lo saben; pero él antes vendía santos. En las ferias. En la puerta de las iglesias. Y yo le cargaba el tambache.

»Por allí íbamos los dos, uno detrás de otro, de pueblo en pueblo. Él por delante y yo cargándole el tambache con las novenas de San Pantaleón, de San Ambrosio y de San Pascual, que pesaban cuando menos tres arrobas.

»Un día encontramos a unos peregrinos. Anacleto estaba arrodillado encima de un hormiguero, enseñándome cómo mordiéndose la lengua no pican las hormigas. Entones pasaron los peregrinos. Lo vieron. Se pararon a ver la curiosidad aquella. Preguntaron: "¿Cómo puedes estar encima del hormiguero sin que te piquen las hormigas?".

»Entonces él puso los brazos en cruz y comenzó a decir que acababa de llegar de Roma, de donde traía un mensaje y era portador de una astilla de la Santa Cruz donde Cristo fue crucificado.

»Ellos lo levantaron de allí en sus brazos. Lo llevaron en andas hasta Amula. Y allí fue el acabóse[149]; la gente se postraba frente a él y le pedía milagros.

»Ése fue el comienzo. Y yo nomás me vivía con la boca abierta, mirándolo engatusar al montón de peregrinos que iban a verlo».

—Eres puro hablador y de sobra hasta blasfemo. ¿Quién eras tú antes de conocerlo? Un arreapuercos. Y él te hizo rico. Te dio lo que tienes. Y ni por eso te acomides[150] a hablar bien de él. Desagradecido.

—Hasta eso, le agradezco que me haya matado el hambre, pero eso no quita que él fuera el vivo diablo. Lo sigue siendo, en cualquier lugar donde esté.

—Está en el Cielo. Entre los ángeles. Allí es donde está, más que te pese.

—Yo sabía que estaba en la cárcel.

—Eso fue hace mucho. De allí se fugó. Desapareció sin dejar rastro. Ahora está en el Cielo en cuerpo y alma presentes. Y desde allá nos bendice. Muchachas: ¡arrodíllense! Recemos el «Penitentes somos, Señor», para que el Santo Niño interceda por nosotras.

Y aquellas viejas se arrodillaron, besando a cada Padre nuestro el escapulario donde estaba bordado el retrato de Anacleto Morones.

Eran las tres de la tarde.

Aproveché ese ratito para meterme en la cocina y comerme unos tacos de frijoles. Cuando salí ya sólo quedaban cinco mujeres.

—¿Qué se hicieron las otras? —les pregunté.

Y la Pancha, moviendo los cuatro pelos que tenía en sus bigotes, me dijo:

—Se fueron. No quieren tener tratos contigo.

---

[149] *Acabóse:* en el DRAE, «acabose» figura sin acento tónico en la «o».

[150] *... ni por eso te acomides:* de *acomedirse,* prestarse a hacer un servicio. Es americanismo (DRAE).

—Mejor. Entre menos burros más olotes. ¿Quieren más agua de arrayán?

Una de ellas, la Filomena, que se había estado callada todo el rato y que por mal nombre le decían *la Muerta,* se culimpinó[151] encima de una de mis macetas y, metiéndose el dedo en la boca, echó fuera toda el agua de arrayán que se había tragado, revuelta con pedazos de chicharrón y granos de huamúchiles:

—Yo no quiero ni tu agua de arrayán, blasfemo. Nada quiero de ti.

Y puso sobre la silla el huevo que yo le había regalado:

—¡Ni tus huevos quiero! Mejor me voy.

Ahora sólo quedaban cuatro.

—A mí también me dan ganas de vomitar —me dijo la Pancha—. Pero me las aguanto. Te tenemos que llevar a Amula a como dé lugar.

»Eres el único que puede dar fe de la santidad del Santo Niño. Él te ha de ablandar el alma. Ya hemos puesto su imagen en la iglesia y no sería justo echarlo a la calle por tu culpa».

—Busquen a otro. Yo no quiero tener vela en este entierro.

—Tú fuiste casi su hijo. Heredaste el fruto de su santidad. En ti puso él sus ojos para perpetuarse. Te dio a su hija.

—Sí, pero me la dio ya perpetuada.

—Válgame Dios, qué cosas dices, Lucas Lucatero.

—Así fue, me la dio cargada como de cuatro meses cuando menos.

—Pero olía a santidad.

—Olía a pura pestilencia. Le dio por enseñarles la barriga a cuantos se le paraban enfrente, sólo para que vieran

---

[151] *Columpinarse:* consta en el DMS el verbo *culimpinar,* transitivo, como verbo propiamente mexicano, cuyo sentido es empinar, o echar a uno de cabeza, principalmente en sentido figurado.

que era de carne. Les enseñaba su panza crecida, amoratada por la hinchazón del hijo que llevaba dentro. Y ellos se reían. Les hacía gracia. Era una sinvergüenza. Eso era la hija de Anacleto Morones.

—Impío. No está en ti decir esas cosas. Te vamos a regalar un escapulario para que eches fuera al demonio.

—...Se fue con uno de ellos. Que dizque la quería. Sólo le dijo: «Yo me arriesgo a ser el padre de tu hijo». Y se fue con él.

—Era fruto del Santo Niño. Una niña. Y tú la conseguiste regalada. Tú fuiste el dueño de esa riqueza nacida de la santidad.

—¡Monsergas!

—¿Qué dices?

—Adentro de la hija de Anacleto Morones estaba el hijo de Anacleto Morones.

—Eso tú lo inventaste para achacarle cosas malas. Siempre has sido un invencionista.

—¿Sí? Y qué me dicen de las demás. Dejó sin vírgenes esta parte del mundo, valido de que siempre estaba pidiendo que le velara su sueño una doncella.

—Eso lo hacía por pureza. Por no ensuciarse con el pecado. Quería rodearse de inocencia para no manchar su alma.

—Eso creen ustedes porque no las llamó.

—A mí sí me llamó —dijo una a la que le decían Melquiades—. Yo le velé su sueño.

—¿Y qué pasó?

—Nada. Sólo sus milagrosas manos me arroparon en esa hora en que se siente la llegada del frío. Y le di gracias por el calor de su cuerpo; pero nada más.

—Es que estabas vieja. A él le gustaban tiernas; que se les quebraran los güesitos; oír que tronaran como si fueran cáscaras de cacahuate.

—Eres un maldito ateo, Lucas Lucatero. Uno de los peores.

258

Ahora estaba hablando *la Huérfana,* la del eterno llorido[152]. La vieja más vieja de todas. Tenía lágrimas en los ojos y le temblaban las manos:

—Yo soy huérfana y él me alivió de mi orfandad; volví a encontrar a mi padre y a mi madre en él. Se pasó la noche acariciándome para que se me bajara mi pena.

Y le escurrían las lágrimas.

—No tienes, pues, por qué llorar —le dije.

—Es que se han muerto mis padres. Y me han dejado sola. Huérfana a esta edad en que es tan difícil encontrar apoyo. La única noche feliz la pasé con el Niño Anacleto, entre sus consoladores brazos. Y ahora tú hablas mal de él.

—Era un santo.

—Un bueno de bondad.

—Esperábamos que tú siguieras su obra. Lo heredaste todo.

—Me heredó un costal de vicios de los mil judas. Una vieja loca. No tan vieja como ustedes; pero bien loca. Lo bueno es que se fue. Yo mismo le abrí la puerta.

—¡Hereje! Inventas puras herejías.

Ya para entonces quedaban solamente dos viejas. Las otras se habían ido yendo una tras otra, poniéndome la cruz y reculando y con la promesa de volver con los exorcismos.

—No me has de negar que el Niño Anacleto era milagroso —dijo la hija de Anastasio—. Eso sí que no me lo has de negar.

—Hacer hijos no es ningún milagro. Ése era su fuerte.

—A mi marido lo curó de la sífilis.

—No sabía que tenías marido. ¿No eres la hija de Anastasio el peluquero? La hija de Tacho es soltera, según yo sé.

—Soy soltera, pero tengo marido. Una cosa es ser señorita y otra cosa es ser soltera. Tú lo sabes. Y yo no soy señorita, pero soy soltera.

—A tus años haciendo eso, Micaela.

---

[152] *Llorido:* consta en el DMS, con el sentido de lloro, llanto, gemido.

—Tuve que hacerlo. Qué me ganaba con vivir de señorita. Soy mujer. Y una nace para dar lo que le dan a una.

—Hablas con las mismas palabras de Anacleto Morones.

—Sí, él me aconsejó que lo hiciera, para que se me quitara lo hepático. Y me junté con alguien. Eso de tener cincuenta años y ser nueva es un pecado.

—Te lo dijo Anacleto Morones.

—Él me lo dijo, sí. Pero hemos venido a otra cosa; a que vayas con nosotras y certifiques que él fue un santo.

—¿Y por qué no yo?

—Tú no has hecho ningún milagro. Él curó a mi marido. A mí me consta. ¿Acaso tú has curado a alguien de la sífilis?

—No, ni la conozco.

—Es algo así como la gangrena. Él se puso amoratado y con el cuerpo lleno de sabañones. Ya no dormía. Decía que todo lo veía colorado como si estuviera asomándose a la puerta del Infierno. Y luego sentía ardores que lo hacían brincar de dolor. Entonces fuimos a ver al Niño Anacleto y él lo curó. Lo quemó con un carrizo ardiendo y le untó de su saliva en las heridas y, sácatelas, se le acabaron sus males. Dime si eso no fue un milagro.

—Ha de haber tenido sarampión. A mí también me lo curaron con saliva cuando era chiquito.

—Lo que yo decía antes. Eres un condenado ateo.

—Me queda el consuelo de que Anacleto Morones era peor que yo.

—Él te trató como si fueras su hijo. Y todavía te atreves... Mejor no quiero seguir oyéndote. Me voy. ¿Tú te quedas, Pancha?

—Me quedaré otro rato. Haré la última lucha yo sola.

—Oye, Francisca, ora que se fueron todas, te vas a quedar a dormir conmigo, ¿verdad?

—Ni lo mande Dios. ¿Qué pensaría la gente? Yo lo que quiero es convencerte.

—Pues vámonos convenciendo los dos. Al cabo qué pierdes. Ya estás revieja, como para que nadie se ocupe de ti, ni te haga el favor.

—Pero luego vienen los dichos de la gente. Luego pensarán mal.

—Que piensen lo que quieran. Qué más da. De todos modos Pancha te llamas.

—Bueno, me quedaré contigo; pero nomás hasta que amanezca. Y eso si me prometes que llegaremos juntos a Amula, para yo decirles que me pasé la noche ruéguete y ruéguete. Si no, ¿cómo le hago?

—Está bien. Pero antes córtate esos pelos que tienes en los bigotes. Te voy a traer las tijeras.

—Cómo te burlas de mí, Lucas Lucatero. Te pasas la vida mirando mis defectos. Déjame mis bigotes en paz. Así no sospecharán.

—Bueno, como tú quieras.

Cuando oscureció, ella me ayudó a arreglarle la ramada a las gallinas y a juntar otra vez las piedras que yo había desparramado por todo el corral, arrinconándolas en el rincón donde habían estado antes.

Ni se las malició[153] que allí estaba enterrado Anacleto Morones. Ni que se había muerto el mismo día que se fugó de la cárcel y vino aquí a reclamarme que le devolviera sus propiedades. Llegó diciendo:

—Vende todo y dame el dinero, porque necesito hacer un viaje al Norte. Te escribiré desde allá y volveremos a hacer negocio los dos juntos.

—¿Por qué no te llevas a tu hija? —le dije yo—. Eso es lo único que me sobra de todo lo que tengo y dices que es tuyo. Hasta a mí me enredaste con tus malas mañas.

---

[153] *Maliciárselas*: el DRAE hace constar el verbo *maliciar,* como verbo transitivo. No registra la forma *maliciárselas,* que tampoco figura en el DMS.

—Ustedes se irán después, cuando yo les mande avisar mi paradero. Allá arreglaremos cuentas.

—Sería mucho mejor que las arregláramos de una vez. Para quedar de una vez a mano.

—No estoy para estar jugando ahorita —me dijo—. Dame lo mío. ¿Cuánto dinero tienes guardado?

—Algo tengo, pero no te lo voy a dar. He pasado las de Caín con la sinvergüenza de tu hija. Date por bien pagado con que yo la mantenga.

Le entró el coraje. Pateaba el suelo y le urgía irse...

«¡Que descanses en paz, Anacleto Morones!», dije cuando lo enterré, y a cada vuelta que yo daba al río acarreando piedras para echárselas encima: «No te saldrás de aquí aunque uses de todas tus tretas».

Y ahora la Pancha me ayudaba a ponerle otra vez el peso de las piedras, sin sospechar que allí debajo estaba Anacleto y que yo hacía aquello por miedo de que se saliera de su sepultura y viniera de nueva cuenta a darme guerra. Con lo mañoso que era, no dudaba que encontrara el modo de revivir y salirse de allí.

—Échale más piedras, Pancha. Amontónalas en este rincón, no me gusta ver pedregoso mi corral.

Después ella me dijo, ya de madrugada:

—Eres una calamidad, Lucas Lucatero. No eres nada cariñoso. ¿Sabes quién sí era amoroso con una?

—¿Quién?

—El Niño Anacleto. Él sí que sabía hacer el amor.

Colección Letras Hispánicas

DE PRÓXIMA APARICIÓN